凡例

一、本書では、フリードリヒ・シュレーゲルが著した『リュツェーウム断章集』『イデーエン』、並びに、彼がその大部分の断章を書き、また編者として完成させた『アテネーウム断章集』の三つを訳出している。なお邦題であるが、本訳書ではシュレーゲル研究の慣例に従い、上記中二つの断章集についてはそれぞれの掲載誌名(『芸術のリュツェーウム』『アテネーウム』)を冠して『リュツェーウム断章集』『アテネーウム断章集』とし、『イデーエン』は原題をそのまま片仮名で表記した。

一、翻訳に際しては、すべて批判校訂版全集を底本とした。原タイトルは左の通りである。それぞれのドイツ語タイトルを掲載頁数とともに記しおく。

『リュツェーウム断章集』 Kritische Fragmente: *Kritische Friedrich-Schlegel-Ausgabe*, hrsg. v. Ernst Behler u.a. München/Paderborn/Wien 1958ff., Bd. II, S. 147–163.

『アテネーウム断章集』 Fragmente: Ebd., S. 165–255.

『イデーエン』 Ideen: Ebd., S. 256–272.

その他、レクラム文庫版(Friedrich Schlegel: *»Athenaeum«-Fragmente und andere frühromantische Schriften*, hrsg. v. Johannes Endres, Stuttgart 2018)と、雑誌『アテネーウム』のリプリント復刻版(*Athenaeum. Eine Zeitschrift*, Reprograph. Nachdr. Darmstadt 1992)を適宜参照した。

一、いずれの断章集も、初出時には断章番号は一切付されていない。しかし本訳書ではシュレーゲル研究の慣例に従い、底本通りの断章番号を採用している。

一、『アテネーウム断章集』に収められた全四五一篇の断章のうち、大部分はフリードリヒ・シュレーゲルによるものだが、それ以外の書き手によるものもある。初出時にはすべて無記名で記載されたため、著者の断定が難しいものもいくつかあるが、本訳書では上記底本による分類に従い、フリードリヒ・シュレーゲル以外による(とされる)ものについては、当該断章の後に以下の略号を付し、著者名に替えた。

AWS　アウグスト・ヴィルヘルム・シュレーゲル
FDS　フリードリヒ・ダニエル・シュライアマハー
N　ノヴァーリス

一、『イデーエン』に対してはノヴァーリスによる覚書が残されており、本訳書では初期ロマン派の「共同哲学」の一端を示す重要なドキュメントとして、そのすべてを訳注内に訳出している。それらの出典は以下の通り。Novalis: *Schriften*. 3. Band, hrsg. v. Richard

Samuel, Darmstadt 1968, S. 488–493.

一、訳注の作成に当たって特に参考としたのは、上記レクラム文庫版の編者 Johannes Endres による注のほか、以下の文献である。

Friedrich Strack/Martina Eicheldinger (Hrsg.): *Fragmente der Frühromantik*. Berlin/Boston 2011, Bd. 2.

一、訳注ならびに訳者解説では適宜、フリードリヒ・シュレーゲル批判校訂版全集（*Kritische Friedrich-Schlegel-Ausgabe*）から引用している。その際、これを KA と略記し、巻数をローマ数字で、頁数をアラビア数字で明記した。その他の略号、PL はシュレーゲルの遺稿断章集（エルンスト・ベーラー編集）『哲学的修業時代（*Philosophische Lehrjahre*）』を、FPL は同じく遺稿断章集（ハンス・アイヒナー編集）『詩と文芸についての断章集（*Fragmente zur Poesie und Literatur*）』を示し、いずれも、続くローマ数字はそれぞれの編集者による断章群番号、アラビア数字は断章番号を示す。

目次

フリードリヒ・シュレーゲル

断章集

リュツェーウム断章集

1　芸術家と呼ばれる人は多いが、彼らはそもそも自然がつくった芸術作品である。

2　どこの民族であれ、彼らが芝居で見たがるものと言えば、もっぱら彼ら自身のうわべの平均的な断面図にすぎない。となれば彼らには、豪傑なり楽団なり道化なりの大盤振る舞いをするしかあるまい。

3　ディドロが『運命論者ジャック』(1)で何やらいかにも非凡めいたことを成し遂げたとしよう。すると彼はいつもの通り、ただちにしゃしゃり出てきて、いかにも非凡めいたことができた喜びを語りはじめる。

4　かくも多くの詩的制作(ポエジー)がある、だがひとかどの詩(ポエム)と呼べるものほど希少なものはない(2)！　おかげでおびただしい数の詩の草案、習作、断片、詩にならんとする傾向、詩の廃墟、それに材料ばかりである。

5　多くの批評誌[3]には欠点があるが、それがどんな欠点かといえば、モーツァルトの音楽がしばしば批判される通り、ときとして管楽器の使い方が度を越すのである。

6　ゲーテの詩は韻律が無頓着だとケチをつける人がいる。[4]しかしそれにしても、ドイツ語の六歩格（ヘクサメータ）の規則が、ゲーテの詩に備わる性格と同じくらい首尾一貫していて、また普遍妥当的だとでも、言うのだろうか？

7　ギリシア文学研究についての私の試論[5]は、文学（ポエジー）における客観的なものを目指す頌歌（しょうか）、それも散文でわざとらしく書かれた頌歌である。その最悪の点は、私の見るに、本来あるべきイロニー[6]がまったく欠落していること。最良の点は、文学（ポエジー）には無限に多くの価値がある、と確信をもって前提としていること。それもまるで、これが決着済みの件であるかのように。

8　良き序言というものは、その書物の累乗根であると同時に二乗でもなければならない。

9　機知は無条件に社交的な精神、あるいは断片的な独創性である。

10　板をぶち抜くなら、もっとも分厚いところを破らねばならぬ。(7)

11　徹底的に、力強く、かつ巧みに、古代人とくに彼らの文学(ポエジー)に反抗する優れた著作は、いまだまったく書かれていない。

12　芸術の哲学と呼ばれるものには、ふたつのうちどちらかが欠けているのが常である。哲学か、あるいは芸術が。

13　どんな比喩も、それが長ったらしくありさえすれば、ボードマー(8)は嬉々としてこれをホメロス風と称する。となると、どんな機知も、そこで古典的といえるのが奔放さと露骨さくらいしかないのなら、きっとアリストファネス風と呼ばれることになろう。

14　詩的制作(ポエジー)においてもまた、いかに完全であっても中途半端であり、かつまた、いかに中途半端であってもやはり完全であると言えよう。

15 ディドロの『運命論者ジャック』に出てくる愚かな主人の方が、道化めいたその従者よりも、芸術家にとっては誉れであるかもしれない。なるほどあの主人というのは、ほとんど独創的なまでに愚かである、それだけのことだ。がしかし、その方が、完全に独創的な道化を創り出すよりもきっと難しいのである。

16 独創的天才は、たしかに恣意のなせるわざではない。けれども自由の働きによるものではある、いつか芸術や学問へと生成するはずの、機知、愛、そして信仰と同じく。人は、誰に対しても独創的天才を要求するべきであるが、ただし、そうであることを期待するべきではない。カント主義者ならこれをさしずめ、独創性の定言命法(9)と呼ぶであろう。

17 哀れを催させるような機知、これほど軽蔑すべきものはない。

18 小説は、「主の祈り」の始まり方と同様、「地上における神の国(10)」でもって終わることがよくある。

19　多くの詩の愛好のされ方たるや、まるでイエス・キリストが修道女に愛されるのと同じである。

20　古典的な著作ともなれば、完全に理解されることなど決してあり得るわけがない。だが、教養形成され、みずからを教養形成しつつある人びとは、そこからつねにいっそう学ぼうとしつづけるに違いない。

21　子供とはそもそも、一個の人間たらんと欲する、そのようなひとつの事態である。それと同様に詩作品もまた、一個の芸術作品たらんと欲する、そのようなひとつの自然物にすぎない。

22　たとえ賞賛のためだろうと、分析的な言葉をたった一言でも発すれば、それはどんなにすばらしい機知ゆたかな着想をも、たちどころに吹き消してしまうだろう。着想の炎は、一瞬派手にきらめいた後でこそ、はじめてあたたまるというのに。

23　良質の詩作品においてはどれも、すべてが意図であり、かつすべてが本能でなければならない。そうしてそれは理想的となる。

24　どんなにとるに足らない創造者(アウトーア)でも、天地のかの大いなる創造主(アウトーア)との類似性を、わずかなりとも有している。だから彼らは一日の仕事の完了の後、常にこう独り言(ご)ちるのである。「見よ、なしたるところのもののよかりしを(11)」。

25　凡俗という公準、および平凡という公理が、いわゆる歴史批判における両主要原則である。凡俗の公準は次のようなものだ。すなわち、なかなかに偉大、善にして美しいものといえども、すべて真実とは思われない、というのもそのようなものは並外れているし、それに少なくとも、胡散(うさん)臭いからである。そして平凡の公理は以下の通り。いついかなる時代も至るところ、我々の時代、我々の環境と同じであったに違いない、というのも、何といってもそれこそまったく理の当然なのだから。

26　小説は、我々の時代におけるソクラテス的対話である。学校的秀才に辟易(へきえき)するあまり、人生の叡智はこうした自由の形式へと逃げ込んだのである。

27　批評家は反芻(はんすう)する読者である。だから胃が一つでは足りないはずだ。

28　感性(というのは個々の芸術や学問、また人物などを解するセンス)は、分割された精神である。つまり精神の自己限定であり、したがって、自己創造と自己破壊による一つの成果である。

29　優美とは、折り目正しき生のこと。つまり自己自身を直観し、自己自身を形成してゆく感性のこと(12)。

30　近代の悲劇では、運命の代わりに父なる神が出てくることがあるけれども、さらに目につくのは悪魔本人の登場である(13)。それなのに、いかなる芸術識者もまだ悪魔的文学の理論へと手を伸ばしていないとは、どうしたことだろう?

31　素朴的芸術作品と感傷的芸術作品という分類は(14)、おそらく、芸術批評にもきわめて実り豊かに応用できるだろう。つまり感傷的な芸術批評というのがあって、これが完全に素朴たり得るに欠けているのは、ただただ、飾りのための挿画と題詞だけなのである。[15]挿画には、ホルンを吹きならす馭者（ぎょしゃ）がよい。題詞に用いるとすれば、かの老トマジウスがあるとき大学の式辞で結びとした次の一句はどうだろう。「実に、ティンパニとトランペットだけの楽団演奏といたしましょう」。

32　化学では分解を乾式法と湿式法とに分類しているが、[16]こうした分類法は、文学においてもまた、作家たちを分解するのに使える。つまり彼らは頂点を極めた後、ただ凋落（ちょうらく）するほかないのだが、その際、気化する者もいれば、液化する者もいるのである。

33　いかなる著述家であろうとその支配的な性癖は、ほとんど常に、次のいずれかである。あくまでも言わねばならぬはずの多くのことを言わずにすますか、あるいは、あくまでも言う必要のなさそうな多くのことを言ってしまうか。前者は綜合的な性分にとって、後者は分析的な性分にとって、それぞれ固有の原罪である。

34　機知に富む着想は、精神的な物質の分解現象だ。というのはつまり、これら物質はこうしてとつぜん分解されるまで、きわめて緊密に混じり合っているほかなかったのである。想像力は、あらかじめあらゆる種類の生に充たされ、飽和状態にまで達していなければならない。やがて時機が来れば、奔放な社交が摩擦となって想像力を帯電させる。ついには友人であれ敵であれ、どんなわずかな接触でも想像力を刺激して、きらめく火花、鮮烈な光線、あるいは轟然（ごうぜん）たる稲妻を誘発することだろう。

35　まるでライプツィヒ書籍見本市のときにホテル・ド・サクス(17)で昼食をともにした相手でもあるかのように、読者について語る人が多い。さて、この読者とは何者なのか？——読者とはまったく事実ではない。それは教会と同じく、一個の観念であり、一個の公準である。

36　自分の属する圏域のはるか外部にもなお延長はありうるが、ただそれに対する感性が自分にはまったくない、ということをはっきり洞察するに至っていない人。それに、人間精神から見ておおよそどの方角にこの延長が位置しているか、漠然とした予想すらできない人。こうした人は、自らが身を置く圏域において、独創の才がないか、あるいはまだ古典的なものに至るまで教養形成されていないか、どちらかである。

37　ある対象についてうまく書くことができるためには、もはやそれに関心を持っていてはならない。考えを冷静沈着に表現するべきなら、その考えは彼にとってとうに終わったもの、もはや興味のないものでなくてはならない。着想と熱狂の只中にある限り、芸術家は、少なくとも伝達するには不自由な状態にある。彼は何もかもを言おうとするだろうが、これは若い天才が陥る悪しき傾向、あるいは老いた能なしが抱く正しい偏見である。ともかくそれによって芸術家は自己限定の価値と尊さを見誤ってしまうのだが、何といってもこの自己限定こそ、芸術家ばかりか人間にとって、第一にして究極のもの、もっとも不可欠にして至高のものなのである。なぜ不可欠なのか。もしも人がすすんで自己を限定しなければ、つねに世界が彼を限定するのであって、それにより、人は奴隷となってしまうからである。なぜ至高のものなのか。自己限定が可能なのは、人が自己創造と自己破壊の無限の力を有するその瞬間、その局面においてのみだからである。友情溢れる会話でさえ、いかなるときにも自由に、それも無条件の気ままさから中断できるわけではないから、それにはやはりどこか不自由なものがある。ところで、洗いざらい語り尽くそうとし、またそうすることができ、何も自分の胸にとどめおこうとせず、おのれの知っていることを一切合切話したがる、そんな著述家というのは大変に嘆かわしいものである。せめて次の三つの過ちには気をつけねばならない。すなわち、無条件に気ままに見えるもの、ということは非常識ないしは常識過剰に見えるもの、そう見えるはずのものといえども、根底においてはこれまた断然、必然的かつ常識的でなくてはならない。さもないと気まぐれはわがままとなり、不自由な偏屈が生じる。そして自己限定は自己破壊になってしまう。第二に、自己限定を急ぎ過ぎてはならず、まずは自己創造、つまり着想と熱狂を存分に働かせ、その仕上がりを待たねばならない。第三に、自己限定も度を越してはならない。

38　祖国を愛する二、三の発明家が、ドイツ的なるものの理想像を打ちたててきた。この理想像に関して文句を言うとすればただ一つ、打ちたてた場所が間違っている。つまりこのドイツ的なるものは我々の背後にあるのではなく、我々の行く手にあるのである。

39　特に外国において古代の詩芸術がいかに模倣されてきたか、その歴史を辿ってみると、とりわけ次の点で役立つものである。つまり不随意的パロディや受動的機知といった重要な諸概念が、ここでは極めて容易かつ完全に展開されるわけである。

40　ドイツで考案され、ドイツで流布している意味を見る限り、「美的－感性論的(エステーティッシュ)」という語[18]がいかなるものかといえば、周知のとおり、そこに表示される内容、それを意味する言葉、そのいずれについてもまったくの無知をさらけだす、そのような語である。なぜ、こんな語がいまだそのままにされているのだろう？

41　社交的な機知、社交的な快活さという点で、小説『フォーブラ』[19]に比肩(ひけん)しうる書物はほとんどない。本作は、このジャンルのなかで泡立つシャンパンである。

42　ロゴスによる美と定義してもよい、そんなイロニーにとって本来の故郷は、哲学である。というのも口頭であれ書かれたものであれ、ともかく対話によっていて、しかも完全に体系的なわけではない、そのような哲学ならば何であれ、そこではイロニーが発揮されかつ要求されるべきだからである。そのうえストア派では、都会的洗練こそ徳と見なされたほどだ。なるほど、修辞的イロニーというのもあって、これは控えめに用いるならば素晴らしい効果もあるが、とくに論争のときがそうだ。だがこれとても、ソクラテスの霊感の放つ高尚な都会的洗練に比べると、どうだろう。それは、絢爛として技巧をきわめた堂々たる弁論を、高度な様式による古代の一悲劇と比べるのと同じである。

このような〔修辞的〕側面からであろうと、哲学の高みにまでのぼることが出来るのは、文学（ポエジー）だけである。しかも文学（ポエジー）は修辞学とは違い、個別的、部分的なイロニーのうえに成り立つものではない。全体のどこをとっても一貫して神々しいイロニーの息吹きを放つような、そんな詩は古代にも近代にも存在する。これらの詩には、真に超越論的な道化芝居が生き生きとしてある。その内面には、一切を展望しながら、たとえ自身の芸術だろうと徳だろうと独創性だろうと、条件づけられたあらゆるものをはるか無限に超越した気分が住まっている。外面、つまりそれが実現されるさまを見れば、そこで息づいているのは、ありきたりの善良なイタリア人道化もかくやとばかりの、わざとらしい物真似である。

43　ヒッペルには何とも見上げた格率があった、とカントは言う[20]。つまり、ユーモラスな叙述という美味な料理に、なお緻密な熟慮というスパイスをきかせよ、というのだ。ヒッペルに、この格率を受け継いでくれる弟子がいそうにないのはなぜだろう、カントでさえこれを評価したというのに？

44　まるで権威に乗っかるような具合に古典古代の精神を引き合いに出すべきではある

まい。相手が精神たちともなれば、一筋縄ではいかないのだ。それらは手で摑まえることも、他人に見せびらかすこともできない。精神たちが自らの姿を見せるのは、精神たちに対してだけなのだ。[21] もっとも簡単で的確なのはこの場合もやはり、自分は唯一至福説を信じる者であると、善き行いによって立証することだろう。

45　自作にギリシア由来の専門用語を冠したがる、近代詩人のそんな奇妙な好みを見るにつけて思い出されるのは、近年、古代共和国を模して催された祭典で、あるフランス人が発したおめでたい一言である――「ところが我々は、依然としてフランス人のままという怖れがある」。復古主義を言祝(ことほ)ぐ文学がこんな具合だとすれば、そうしたタイトルの多くのせいで、将来の学者たちの間では、例えば、「なぜダンテは自らの偉大な作品を『神聖喜劇(コメーディエ)』と呼んだのか[22]」といった類(たぐい)の研究が流行ることになるだろう。「悲劇(トラゲーディエ)」にしても、とにかく名称にギリシア語らしきものがなければだめだというのなら、「哀れな茶番劇(ミーメン)[23]」と称するのが一番よかろうと思えるような、そんな悲劇だってある。それらはかつてシェイクスピアにおいて登場した概念に倣って、「悲劇」の洗礼名を授かったように思われるが、それにしてもこの概念たるや、近代芸術の歴史のなかではひどくありふれたものとなっている。ピュラミス[24]が自殺しさえすれば、どんな芝居も歴とした悲劇というわけだ。

46　ギリシア人よりもローマ人の方が、我々には身近だし、理解しやすい。とはいえ、ローマ人を真に理解する感性の持ち主となると、ギリシア人に対するそれとは比較にならぬほど稀である。なぜなら分析的人間に比べ、綜合的人間の方が少ないからである。ことほど左様に、それぞれの民族を理解する独特の感性、つまりは、歴史的個性ならびに道徳的個性のための感性というものがあるのであって、だから感性とは、諸芸術や諸学問といった実践的ジャンルに対してだけあるのではない。

47　無限なるなにかを欲する者は、自分が何を欲しているのかを知らない。ところで、この命題は反転不可である。

48　イロニーはパラドクスの形式である。パラドクスとは、善であり同時に偉大であるものの一切である。

49　イギリス人が演劇やロマン的芸術(25)で用いるもっとも重要な手段の一つが、ギニー盛んに使われる。

金貨である。特に終結部のカデンツァで、男声低音部が大活躍し始めると、この手段が盛んに使われる。[26]

50 個人あるいは民族それぞれの特徴にすぎないものを一般化しようという性癖は、人間のなかになんと深く根付いてしまっていることか！ シャンフォールでさえ言っている、[27]「ほとんど精神(エスプリ)を有していない人間に対しても、詩は精神(エスプリ)を与える。そしてこれこそ、才能(タレント)と呼ばれるものなのである」と——。[28] これは一般的なフランス人の語法なのだろうか？

51 復讐の道具として機知を用いるのは、官能をくすぐる手段として芸術を用いるのと同様、恥ずべきことである。

52 多くの詩作品で散見されることだが、しかるべき叙述に代えて表題がひとつあり、その知らせる内容というのが、こうだ。ここには本来しかじかのものが叙述されるはずなりしも、詩人のほうに差し障りあり、恐懼(きょうく)しつつご海容(かいよう)を乞う次第なり。

53　近代詩は、その構成単位に目を向けるなら、ほとんどが寓意（アレゴリー）〔神秘劇、教訓劇〕、もしくは新奇な物語（ノヴェレ）〔冒険もの、陰謀もの〕である。つまりこれらの混合物、あるいは希釈物である。

54　絶対的なものを水みたいにがぶ飲みする著述家もいれば、登場するものなら犬でさえも無限なものにつながっている、そんな本だってある。

55　真に教養形成された自由な人間ならば、相手が哲学だろうと文献学だろうと、批評だろうと詩作だろうと、歴史学だろうと修辞学だろうと、古代だろうと近代だろうと、まるで楽器を調律するように、時を問わず、また程度の高低を問わず、思いのままに調子を合わせることができるに違いあるまい。

56　機知とは、言葉〔論理〕（ロギッシュ）による社交である。

57　神秘主義的な多くの芸術愛好家は、こう思っている。批評はどれも分析であり、分析はどれも楽しみを台無しにしてしまう、と。彼らがこうした考えを一貫させるとしたら、これ以上なく立派な芸術作品を評価するには、「これはたまげた！」と叫ぶに如かず、ということになるだろう。実際、それくらいのことしか言わない批評もある。ただし、はるかに回りくどい言い方ではあるのだが。

58　人間たちが公正な取引よりも大きな取引を好むように、芸術家もまた、人格を高めたり教訓を垂れたり、といったことをしたがるものだ。

59　シャンフォールによれば、天国での浄福なぞあり得ないのに対し、機知がその代償である。機知はいわば、最高善が負債を踏み倒したおかげで破産してしまった人がしぶしぶ受け取る、わずかばかりの利息なのである、というのがシャンフォールお気に入りの着想だったわけだが、それとて、機知は真理の試金石、というシャフツベリのそれに比べて、上出来とは言えない。あるいは、人倫の教導こそ芸術の至上の目的、といったよくある先入観とさえ、さして変わりはしない。徳や愛や芸術と同様、機知はそれ自体として目的である。あの独創的な人物〔シャンフォール〕は、おそらく、機知に無限の価値があることを感じとっていた。だがこのことを把握するためにフランスの哲学は十分ではないから、そこで彼が試みたのは、自分にとって至高のものを、フランス哲学が第一にして至高とするものと、本能のままに結びつけることだった。だから処世訓として見るなら、知者は運命に対してつねに「警句(エピグラム)を吐ける状態」(29)でなければならない、という彼の着想はうまいものだし、実に犬儒派的(ツューニッシュ)である。

60　そっくりそのまま古典的作風で詩を書いたところで、今ではどれもお笑い種(ぐさ)である。

61　厳密に言えば、学問的な詩という概念は、詩的な学問という概念と同様、馬鹿げている。

62　さまざまな詩体についての理論は、すでに多すぎるほどある。なぜ、いまだ詩体の概念がないのだろう？　となればおそらく、さまざまな詩体を扱う理論をたった一つだけ選んで、それで何とか切り抜けるほかあるまい。

63　芸術家を作り上げるのは芸術やその作品ではなく、感性と霊感と衝動である。

64　音楽と哲学の境界を定めるには、もう一つのラオコオン論(30)が必要なのではあるまいか。いくつもの文字(シュリフテン)を的確に観察しようにも、文字による(グラマーティッシュ)音楽芸術についての理論が、まだないのである。

65 文学(ポエジー)は、共和政体にもとづいた談話である。つまり、それ自体が自らの掟であり自らの法則である、そのような談話なのであって、そこではどの構成部分も自由市民であり、ひとしく選挙権を持つ。

66 以前に私が書いた哲学的楽譜には、客観性への革命的なまでの熱狂がみなぎっているが、そこには、ラインホルトの執政下で哲学界に猛威をふるった根元への熱狂[31]がわずかばかり含まれている。

67 イギリスにおいて機知は、芸術ではないとしても、少なくとも一つの専門職である。かの地では何でも専門職になってしまうわけだが、この島国では放蕩者(ルエー)でさえ、職人的なこだわりを見せる。彼らの機知(ウィット)もまたしかり。それは無条件に気ままに見えるからこそ、ロマンティックでいかがわしくもあるのだが、しかしまさにこの機知が、当の無条件な気ままさに、現実の何たるかを一から教えるのである。さらには彼らの機知に富んだ生きざまもまたしかり。これが突拍子もないことをしでかす彼らの才の所以(ゆえん)である。彼らはおのれの原則のために死ぬことも辞さない。

68　数ある著述家(シュリフトシュテラー)たちのなかに、どれほどの作者(アウトーア)がいるのだろうか？　作者とは創始者(ウアヘーバー)のことなのだが。

69　マイナスの感覚、というものもまた存在する。それはゼロよりはるかに優れているが、ただしきわめて稀なものである。何かあるものを、まさに自分がそれを所有していないがゆえに心から愛する、ということがある。それが与えるのは少なくとも予感であって、そこにはいかなる帰結もない。自分は決定的に無能だとはっきりわかっている、でなければ激しい反感とともにわかっているとしても、そうした無能でさえ、能力が本当にまったく無いならあり得ないわけで、だから、少なくとも部分的な能力やそれに共感する力を前提としているのである。プラトンの[32]言うエロスにも似て、おそらくこうしたマイナスの感覚は、余剰と欠乏の息子なのだろう。もっぱら精神ばかりで文字を持たないようなとき[33]、それは生まれる。あるいは逆に、材料と形ばかり、つまり創造的な天才の硬く乾いた殻ばかりで、核がないようなときも、それは生まれる。前者の場合、ここにあるのはまったくの傾向（テンデンツ）、すなわち蒼天のように広大なプロジェクトであるか、でなければせいぜいのところ、ファンタジーの下絵である。それに対し、後者の場合にあらわれるのは、釣り合いよくまとめ上げられた、かの芸術的凡庸なのであるが、ここできわめて典型的と言えるのが、イギリスの最大の批評家たちである。前者の部類、つまり精神を持ったマイナス感覚の徴候は、次のようなものである。つねに意欲に駆り立てられながらも、いつも実現不可能であるような場合。あるいは、どれほど進んで耳傾けようと、いつも耳に入っていないような場合。

70　本を書き、そのうえ、自分の読者こそ世間そのものであり、だからわれこそが世間を陶冶（とうや）せねばならぬと思い込んでいる連中、こうした連中はたちまち、おのれのいわゆる世間を軽蔑するばかりか、憎むまでになる。その先はまったく碌（ろく）なものではあるまい。

71　機知を解するセンスはあるのに、機知がない。自由精神（リベラリテート）の初歩としては、これで十分。

72　実のところ、文学作品は少しばかり破廉恥な方が、歓迎されるものなのだ。特に、作品の中間部ならなおさら。ただし、あからさまに礼儀を損なうのは駄目だし、それにラストは大団円でなくてはならない。

73　うまい翻訳、あるいは優れた翻訳はざらにある。そうした翻訳によって失われるものこそ、まさに一番大切なものである。

74　腹を立てるつもりもない人の腹を立てさせるのは、無理である。

75　脚注は文献学[34]的警句（エピグラム）、翻訳は文献学的物真似（ミーメン）である。注解は、その原典が単に障害あるいは非自我でしかないならば、多くは文献学的牧歌である。

76　一流の連中のあいだで第二位に甘んじるよりは、二流[35]のなかでの第一位でありたいという、そんな野心も存在する。これは古代の野心である。それとは別の野心もあって、タッソーのガブリエル[36]のように——

「大天使のなかで第二位のガブリエル」とあるが——

つまり二流のなかの一位でいるよりは、一流のなかの第二位でいようとするものである。

これが近代的野心である。

77 格率、理想、命法そして公準は、今となっては道徳のための引換用コインであることしばしばだ。[37]

78 優れた小説（ロマーン）の多くは、独創的な個体の精神生活全体を描いた概説であり、百科全書である。このような性質を備えた作品は、例えば『賢者ナータン』のようにまったく別の形式によるものでさえ、それによって小説の相貌を帯びるようになる。[38] さらに、教養形成されかつ自ら教養形成している人ならだれでも、その内面に一個の小説を有している。だがそれを表現すること、書くことは必要ではない。

79 ドイツ語の書物がポピュラーになる場合、その原因は以下の如し。著者がビッグネーム。あるいは著者それぞれの人柄。あるいは顔の広さ。あるいは著者が大いに頑張ったか、でなければ本が適度に猥褻（わいせつ）であるか、あるいは完全に理解不能であるか。それともよく調和がとれて凡庸であるか、あるいはどこから見ても退屈であるか、でなければ、たえず絶対的なものを目指しているか。

80　遺憾ながら、カントによる根源概念の系統図のなかには、「ほぼ」というカテゴリーがない。だが世間でも書物のなかでも、このカテゴリーの働きは他に引けをとらなかったし、それにその堕落ぶりも遜色ないのである。自然懐疑主義者[39]の精神のなかでは、「ほぼ」のカテゴリーが他のあらゆる概念も直観も染めてしまっている。

81　まるで小売りの商いよろしく、一人ひとりを相手に論争するというのもいささかケチな話である。論争を卸にかけるのは気が進まないというのなら、芸術家は少なくとも、次のような相手を選ばなければならない。すなわち、永遠に変わらぬ価値を持つ、古典的な人物を。これも無理だというのなら、例えば、正当防衛に訴えるほかないまで追い詰められたような場合は、論争的虚構の力でもって、相手を可能な限り理想化し、客観的間抜け、客観的阿呆の見本としなければならない。というのも、一切の客観的なものと同様、こうした見本もまた限りなく興味深いものだからであり、そもそも高次の論争にふさわしい主題とは、そのようなものでなければならないからである。

82　精神が、自然哲学なのである。[40]

83　手法（マニール）とはどれも、特徴的な街角である。[41]

84　近代人が欲することからは、文学（ポエジー）はどうなるべきかが、古代人のなすことからは、文学（ポエジー）はどうあらざるをえないかが、学べるに違いない。

85　誠実な作者（アウトーア）というものはどれも、誰に向けても書きはしない。あるいはさもなければ、万人に向けて書くのである。あれやこれやの人々が読んでくれるだろうと思って書く、そのような者にふさわしいのは、誰にも読まれないことである。

86　批評の目的は、読者を教養形成することである！　と言われる。[42]——だが教養人たらんと欲するならば、自らの手で自身を教養形成すればいい。これは失礼な物言いだが、他に仕方ないのである。

87　文学（ポエジー）には無限に多くの価値がある。[43]それだけに私にはわからないのだが、どうしてそれに飽き足らず、これまた無限に多くの価値を持つあれこれのものよりも文学の価値の方が上でなくてはならないのだろう。芸術を過大評価するなぞ決してしない、そんな芸術家がいる。なにしろそんなことはあり得ないのだから。だがそういう芸術家たちといえども、どこか囚われたところがあって、そのため、芸術の頂のはるか上まで自己を高めることができないのである。

88　独創的な一人の天才が手法（マニール）を有するとしたら、これほど刺激的なことはない。この場合はつまり、天才の方が所有者なのである。だが手法（マニール）の方が彼を所有するとなると、まったく話は違ったものとなる。何しろその行き着くところは、精神の石化なのだから。

89　芸術家の方が別人に生まれ変わったりしていないのに、一篇の小説（ロマーン）で飽き足らず、さらに書くなど、余計というものではあるまいか？——一人の作者による小説がすべて互いに連関しあっていることは、どうやら稀ではない。しかもそれら全部が一体となって、いわばたった一つの小説を成すのである。

90　機知は、束縛された精神の爆発である。

91　古代人は文学（ポエジー）におけるユダヤ人でも、キリスト教徒でも、イギリス人でもない。神によって任意に選ばれた芸術の民でもないし、唯一至福をもたらす美の信仰を持つでもなく、それに、詩芸術の独占権を有しているわけでもない。

92　精神もまた動物と同様、清浄な酸素と窒素の混ぜ合わさってできた大気のなかでしか、呼吸することができない。こうした考えに我慢もできずこれを理解もできないのは愚の骨頂であり、こんな考え方は真っ平ごめんだというなら、それは阿呆の始まりである。

93　古代人のなかには、まったき文学（ポエジー）ののこした完全な文字が見られる。近代人のなかには、生成のうちなる精神が予感される。

94　自分のちっぽけな書物を、まるで途轍（とてつ）もない巨人をご覧に入れる、とでも言わんばかりに宣伝する凡庸な作家どもは、文芸の警察からの強い指導の下（もと）、その産物を以下のような題詞でもって銘打つべきではあるまいか――「これは世界でもっとも巨大な象である、ただし本人を除いて[44]」。

95　調和のとれた凡庸は、哲学者にはきわめて役に立つだろう。つまりそれは灯台のように、人生や芸術や学問の、彼にとっては未知の海域を、明るく照らしてくれるだろうからだ。――調和のとれた凡庸な人物が賛美し好む人間や書物を、哲学者は避けて通るだろう。そしてその種の連中の多くが固く信奉する見解を、少なくとも信用はすまい。

96　よくできた謎々には、機知があってしかるべきだろう。さもないと、答えがわかった途端、後には何も残らないからである。そのうえ、何か惹き付けるものがなければならない。機知に富んだ思いつきが謎めいているのは、それをどうしても言い当ててみたくなる限りにおいてなのだから。ただしその意味は、正解が出たと同時にすっかりわかるものでなければならない。

97　辛辣さとは、言葉に振りかけられた塩である。それは粉末状である。だから辛辣さには、粗びきの辛辣さと細かな辛辣さとがある。

98　著述家が伝達に際して心掛けるべき普遍妥当の諸原則は、以下の通り。(一)伝達されるべき何かがなければならない。(二)この人になら伝達しようとして構わない、そういう相手がいなければならない。(三)伝達されるべき何かを実際に伝達し、相手と分かち合うことができなくてはならない。一方的にひとりで語るだけ、というのは不可である。でなければ、黙っている方がよかろう。

99 自分自身がすっかりと新しくないならば、その人は、新しいものをまるで古いかのように評価してしまう。そして古いものは、見るたびに新しい。ついには、見ている本人が古びてしまっている。

100 ある人の文学(ポエジー)は、哲学的文学と言われる。別の人の文学は文献学的文学であり、さらにほかの人の文学になると、修辞学的文学ということで、ほかにもまだある。それはそうと、文学的文学とはどんなものだろう?

101 気取りは、新しくあろうとする努力から生じるのではない。むしろ、古びることへの怖れから生じるものである。

102　何もかも評価しようなど、大いなる錯誤である。あるいは、つまらぬ罪過である。

103　細部の結びつきが素晴らしい、と賞賛される作品は多いが、それらとて、全体の統一はまだまだなのだ、もっぱら一つの精神（ガイスト）の息吹き（ガイスト）によって生命を得つつ、こぞって同じ目的を目指している、おびただしくも色鮮やかな着想の数々に比べれば。しかもこれら着想を一つに束ねるのは自由で平等な集いなのであって、それは、賢人たちが確言するところによれば完璧な国家の市民たちがいつかそこに集うであろう、そうした場なのである。すなわちそれは無条件に社交的な精神なのであって、上品な連中が尊大にも言うことには、そのような精神が見出されるのは今のところもっぱら、通常は上流社会と呼び慣わされるもののなかだけだが、この呼び方は大いに奇妙だし、それにほとんど子供っぽくもある。これに比べると、その内的連関の確かさについて誰も疑わない、そんな数ある産物などは、芸術家も自分でわかっている通り、作品ではなく、断片にすぎない。一つだろうと複数だろうと、断片の塊、断片的構想にすぎない。統一を目指す人間のうちなる衝動があまりに強いため、創造する当人が、自分では決して完成させることも纏め上げることもできないものを、制作のまさにその時であってさえ、せいぜいそこに何か付け足すのがやっと、ということがよくある。これは往々にしてとても意味深いが、しかしまったく自然に反している。ここで最悪なのは、まるで完成体のように見せようとして、ともかくも出来上がった念入りな代物（しろもの）に衣装を纏わせたはいいが、その衣装というのが大抵はどれもどぎつい色の継ぎはぎでしかない、ということ。それにこの継ぎはぎ衣装がそれとわからぬほど良く出来ていて、しかも計算ずくで飾り立てられていようものなら、これこそ最悪どころではない。そうなると、書物や行為の中にまだ辛うじて散見される歴とした善や美への深い感性を備えた選り抜きの人間でさえ、まずは騙される。それから判断を重ねて、はじめてようやく正しく感じとるに違いない！　そうした分別がいかに迅速になされたにせよ、最初に得た新鮮な印象はやがて消えてしまう。

104　ふだん理性と呼ばれているものは、ただ理性の一ジャンルにすぎない。つまり薄味で水のような理性である。だが濃厚で燃えるような理性もあって、これこそ実に機知を機知たらしめ、堅実な文体（スタイル）にしなやかさを与え、かつまた、それを帯電させるのである。

105　文字にではなく精神に目を向けるならば、ローマ民族全体は、元老院も凱旋将軍も皇帝たちもひっくるめて、すべてが一個の犬儒派（ツュニカー）であった。

106　物笑いになることへの、怖れ。これほど痛ましい起源をもつものはないし、これほどやり切れぬ帰結をうむものもない。だから例えば、女性は隷属状態にあるのだし、その他、人類を蝕む多くの癌が存在するのである。

107　古代人は文学的抽象の達人である。だが近代人には、いっそうの文学的思弁がある。

108　ソクラテスのイロニーは、どこまでも無意識でありながら、どこまでも意識され抜いた、唯一の偽装である。それを装うことも、それをうっかり外に漏らすことも、どちらもあり得ない。それを持っていない者にしてみれば、それがすっかりと白状された後でもなお、それは謎のままである。それは誰をも欺いたりしない、ただし、それを欺瞞と見なす連中は別とされる。また、片っ端から世間をからかっては愉快に悪ふざけをするのが好きだったり、あるいは、暗に自分もあてこすられているのでは、と感じて気を悪くしたりする、そんな連中も。そこでは一切が冗談であり、一切が真面目であり、一切が無邪気に開けっ広げであり、そして一切が深く隠されている、とされる。それは世渡りのための巧みなセンスと学問的精神とが一体となり、完全な自然哲学と完全な人工哲学とがぴったりと重なり合うところに生まれてくる。それは、制限されざるものと制限されたものとの対立は決して克服できないという感情、また、完全な伝達は不可能だが不可欠であるという感情、こうした感情を含み、かつこの感情を刺激し、呼び覚ます。それはありとあらゆる特権のなかでももっとも自由なものである。というのも、それによって人は自分自身を超越するからである。と同時にまた、それはもっとも合法則的なものでもある。というのも、それは無条件に必然的だからである。調和のとれた凡庸な連中が、こうした絶え間のない自己パロディをどう受け取ったものか途方に暮れて、信じ込んだり疑ったりを延々と繰り返した挙句、ついには眩暈（めまい）を覚え、冗談を真面目と、真面目を冗談と見なすようになったら、良い徴候である。レッシングのイロニーは本能である。ヘムステルホイス(45)の場合、古典古代研究がそれである。ヒュルゼン(46)のイロニーは哲学の哲学から発生したもので、だから前二者のそれを遥かに凌駕する可能性がある。

109　穏やかな機知、あるいは落ちのない機知は韻文（ポエジー）の特権であって、散文は、こればかりは韻文に譲っておかねばならない。というのも、ここぞという一点へと激しくも痛烈に向かうことによってのみ、一つひとつの着想は一種の全体性を獲得できるのだから。

110　貴族や芸術家の調和のとれた養成（アウスビルドゥング）などというのは、それこそ調和のとれたうぬぼれ（アインビルドゥング）にすぎないのでは？

111　シャンフォールこそ、ルソーが自らを進んでそう見せようとしていたところのものであった。すなわち、正真正銘の犬儒派（ツュニカー）であった。古代人の考え通りなら、彼こそが哲学者なのであって、その点、干からびた講壇学者がこぞって一軍団をなそうとも、敵いはしない。はじめこそ彼は上流階級とよろしくやっていたけれども、それでもその生きざまは自由であった、そのうえ死にざまもまた自由で堂々たるものであった[47]。そんな彼からすれば、大作家の栄誉などというちっぽけなものは、どうでもよかった。彼はミラボーの友人であった。人生知をめぐる着想や所見の数々こそ、彼がのこした素晴らしい遺産だ。念の入った機知、深いセンス、繊細な感受性。成熟した理性ときっぱりした男らしさ。たえず情熱のままに生きた心の興味深い足跡。そのうえどれも選び抜かれていて、表現も完璧。こうしたものに溢れかえった彼の本は、この種の書として空前絶後、至高の一冊だ。

112　分析的な著述家は、読者をそのあるがままに観察する。それから、その読者に相応の効果を与えるべく計算し、仕掛けを準備する。綜合的な著述家は、読者をそのあるべき姿へと構成し、作り上げる。彼の考える読者は、静止したもの、死せるものではない。生きたもの、反発力を持つものである。彼は、自分の着想を読者の眼前で段々と生成させてゆく。あるいは、読者がそれを自ら着想するように仕向ける。読者に対し、ある決まった効果を及ぼそうとはしない。そうではなく、読者と神聖な関係を結ぶ。これ以上なく親密な、共同哲学（ズュン・フィロゾフィー）あるいは共同文学（ズュン・ポエジー）(48)という関係を。

113　『ルイーゼ』でのフォスは、まるでホメロス流である(49)。となると、彼の翻訳ではホメロスもまた、フォス流ということになる。

114　実に多くの批評誌があるけれども、その性質はさまざまだし、その目指すところもばらばらだ。これらの類がそろそろ一つに纏まってくれてもよさそうなのだが。その団体の目的はもっぱら、批評それ自体を段々と実現してゆくこと、これだろう。何といってもこの批評こそが必要なのだから。

115　近代文学（モデルネ・ポエジー）の歴史全体は、哲学の書いた短い文言（テクスト）への、連綿とうちつづく注釈（コメンタール）である。その文言とは、こうだ。「芸術の一切が学問に、学問の一切が芸術になるべし。文学（ポエジー）と哲学とは、一体たるべし」。

116　芸術的感性と学問的精神の高みに関しては、ドイツ人こそ世界第一の民族だ、と言われる。確かに。ただし、ドイツ人は非常に少ない。

117　文学（ポエジー）の批評は、文学（ポエジー）によってのみ可能である。芸術批評とは、それ自体が一個の芸術作品でないならば、というのはつまり、必然的な印象の生成するありさまを表現するその質料においてか、あるいは美的な形式によってか、はたまた古代ローマ諷刺詩の精神が息づく自由な口調によって、一個の芸術作品でないならば、芸術の国で市民権を持つなど論外である。

118　およそ消耗品というのはどれも、はじめから失敗作だったか、あるいはつまらぬものだったのではないか？

119　サッフォー[50]流の詩は、自然に生長するもの、たまさか発見されるものでなくてはならない。あのような詩は作られるものではない。それに、世間に公表してしまっては神聖さも穢(けが)されてしまう。なのにそうするというのなら、その人には誇りも慎みも欠けている。なぜ誇りか。なぜなら彼は、おのれの最内奥に秘めたものを引きずり出して、密やかな心の聖域から、それを群衆の只中へと放り込んでしまうからだ。群衆はそれを、ポカンと口を開けて眺めるばかり。無粋に、あるいは冷淡に。そうして、それを惨めに繰り返させるか、あるいは金貨に代えてしまう。もう一つ、慎みがないといえば、自分自身をまるで理想像みたいに展覧に供しようなど、これこそいつだって慎みのない振舞いだ。だが抒情詩というものが、完全に独自でも自由でも真実でもないのだとしたら、それは上記のようなものとして以外、何の役にも立たないのである。ペトラルカはこの部類には入らない。なぜなら醒めたまま愛に生きるこの人物は、優美に飾った一般論しか言わないからだ。そのうえ彼はロマンティックであって、抒情的(リリック)ではない。だが、例えばプリュネ(51)が全ギリシア人の面前でそうしたように、ありのままの姿を晒してもよいほど徹底的に美しくかつ古典的な自然というものがまだ存在するとしても、そのような見世物のために集まるオリンピック競技の観衆など、もはや存在しないのである。プリュネの場合もそうだった。市場で情交に及ぶのは犬儒派(ツュニカー)だけだ(52)。一個の犬儒派であると同時に、偉大な詩人であることはできる。つまり犬だろうと月桂冠だろうと、ホラティウスの記念碑を飾る権利は平等なのだ。ただし、ホラティウス流はサッフォー流とはいっそう程遠い。サッフォー流は決して犬儒派的(ツューニッシュ)ではないのだから。

120　ゲーテのマイスターを然るべく特性描写する人がいたとしたら、これによってその人はおそらく、今この時、文学(ポエジー)はどうあるべきかを語ったことになろう。彼は、文学批評に関しては、いつだって引退して構わないわけだ。(53)

121　シェイクスピアの作品は人工物と自然物のいずれとして判断するべきか？　叙事詩と悲劇は本質的に異なるのか？　芸術とは欺瞞なのか、あるいは単なる仮象なのか？　以上のように、きわめて単純で身近な問いでさえ、深々とした思弁と該博な芸術史の知識がなければ、答えることはできない。

122　ここかしこで、ドイツ性なる高尚な観念がうたわれているが、この観念を正当化するものが何かあるとすれば、それは、他のどの民族もがそれぞれの国の文豪列伝(ジョンソン)(54)に仰々しく取り上げげそうな、そんな普通に善良な著述家どもを決然と無視し、軽蔑することである。それから、次のような性癖がかなり一般的だということである。すなわち、これが一番と自分たちが認めるもの、そして諸外国の人々でもそれを評価するだろうが、その評価以上に優れているもの、そうしたものにさえ好き放題に難癖をつけ、いついかなるときにも厳格に対処する、そうした性癖が。

123　芸術に関する何がしかのことを哲学から学ぼうというのは、浅はかで不遜な思い上がりである。多くの人は、哲学から何か新たな知識が得られんものとばかり、それに取りかかるのであるが、しかし哲学がなしうること、なしうべきことと言えば、所与の芸術経験と既存の芸術概念を学問へと作り変え、芸術観を唱え、芸術史の徹底的な知識の助けを借りてそれを押し広め、そしてこれら対象をも、あの気分、すなわち絶対的自由主義を絶対的厳格主義と一体化させる例の論理的気分によって覆い尽くすこと、それだけなのである。

124　近代のどんな巨大な文学作品であろうと、その内部と全体には韻が、つまり同じもののシンメトリックな反復が存在する。このことは優れた調和をもたらすのみならず、最高度に悲劇的な作用をもたらすこともある。例えば、バーバラ婆さんが夜更けになってヴィルヘルムのためにテーブルに並べる、シャンパンの罎(びん)と三つのグラス。(55)――私としては、これを巨人の如き韻、いやシェイクスピア流の韻と呼びたい。というのも、シェイクスピアこそこの道の達人（マイスター）だからである。

125　ソフォクレスからしてすでに、現実の人間よりも自分の描いた人間の方が優れている、と無邪気にも思っていた。だがそんな彼は、かのソクラテスを、ソロンを、アリステイデスを、さらに無数の偉人たちを、どこに描いたのだろう？——同じことが、他の詩人たちに対しても繰り返し問われ続けはしまいか？　どんな偉大な芸術家でも例外なく、実在の英雄を描くうち、いかにそれを矮小化してしまったことだろう？　にもかかわらず、あの〔ソフォクレスの〕思い込みは、文学（ポエジー）の帝国を治める皇帝（インペラトール）から下級官吏（リクレール）に至るまで、遍く広まってしまったのだ。なるほど詩人に対しては、こうした思い込みだって有益かもしれない。ともかく徹底的に視野を狭めれば、力を濃縮し、集中させることができるからだ。だが哲学者がこれに感染してしまったら、少なくとも、批判（クリティーク）の王国から追放されてしかるべきである。あるいはむしろ、天といわず地といわず、文学が夢想だにしないほどの善なるもの、美なるものが、なお限りなく存在したりはしないのだろうか？

126 古代ローマの人びとは、機知が予言者の能力だということを知っていた。だから彼らは、機知のことを鼻と呼んだ。(56)

127 なにかあるものが美しいから、あるいは偉大だからといって目を瞠るのは、失礼である。それではまるで、そうでない場合もあり得た、と言わんばかりだ。

アテネーウム断章集

執筆者(批判校訂版全集編者ハンス・アイヒナーの分類に従うが、そこで断定困難とされている場合は、略号に続けて「?」を付す)

AWS　アウグスト・ヴィルヘルム・シュレーゲル

FDS　フリードリヒ・ダニエル・シュライアマハー

N　ノヴァーリス

無記名　フリードリヒ・シュレーゲル、または筆者未特定。

1　哲学ほど、哲学されること稀な主題はない。

2　退屈は、その生じ方も、またその影響においても、むっとした空気に似ている。どちらも、大勢の人間が閉ざされた空間に集まっているときに生じがちである。

3　カントは負（ネガティーフ）の概念を世界知のなかに導入した。[1] となれば今や、正（ポジティーフ）の概念を哲学のなかに導入するのも、有益な試みではあるまいか？

4　文芸ジャンルの理論にとっては大いに不都合なことなのだが、諸ジャンルの下位区分がしばしばなおざりにされている。そこで例えば、自然文学（ナトゥア・ポエジー）は自然的自然文学と人工的自然文学とに区分できるし、民衆文学は民衆のための民衆文学と貴族や学者のための民衆文学とに区分できるのである。

5　素晴らしい社交の場と言われるものは大抵の場合、よくできた戯画を集めたモザイクでしかない。

6　『ヘルマンとドロテーア』[(2)]にある次の出来事を、デリカシーの大いなる欠如として多くの人が非難してきた。すなわち主人公の青年は、零落した百姓娘に惚れ込んで、彼女への恋心を偽りながら、わが善良なる両親の家に下女として来ないか、と提案するのだ。これを批判する連中はひょっとすると、自分のところの奉公人と折り合いが悪いのかもしれない。（AWS）

7　諸君はあいかわらず、新しい思想をお望みか？　では何か新しいことをしたまえ、そうすればそれについて何か新しいことが語られる。（AWS）

8　我らが文学の過去の時代をほめたたえるある種の連中に対しては、ステネロスがアガメムノンにしたのと同じように応じる[(3)]のがよい。「我らの誇りは、父祖たちに比べて自分がうんとましであることだ」、と。（AWS）

9　美徳が道徳（モラル）の到来を待ったりはしないように、幸いにも、文学（ポエジー）が理論の到来を待つことはない。さもないと当分、ひとかどの詩が出来（しゅったい）する望みはあるまい。　（AWS）

10　義務こそはカントにとっての一にして全である。感謝の義務ゆえに[4]彼はこう主張する、我々は古代人を擁護し、高く評価しなければならぬ、と。してみればカント自身、義務ゆえに偉大な人物となったわけだ。

11　パリの上流社会でゲスナー[5]の牧歌が好まれるのは、まさに、香辛料の味に慣れきった舌が、時には乳粥でもすすってさっぱりしたくなるようなもの。　（AWS）

12　数多の君主がこう評されたものだ、彼が私人であったらとても愛すべき人物だっただろうに、いかんせん、王には向いていなかった、と。こうした事情は、例えば聖書でもまったく同じだろうか？　聖書もまた、それが聖書でさえなければ、ただの愛すべき「私」書なのだろうか？

13　陽気な音楽にあわせて踊る術を心得ているからといって、若い男女には、当の音楽について批評的判断を下そうなど、まったく思いもよらぬこと。それに引き換え、なぜ人々は文学(ポエジー)に対してもっと敬意を払わないのだろう。

14　卑猥な描写のなかに宿る詩的道徳性を救うことのできる唯一のものは、朗読で発揮される絶妙のいたずら心である。卑猥な描写は、そこに沸き返らんばかりの生命力の充溢が認められないなら、たんに退廃と倒錯の証しでしかない。想像力は羽目を外そうとしなければならないのであって、何としても支配してこようとする官能に、隷属することに慣れてしまってはならないのである。それなのにここでは普通、快活な悪ふざけこそがもっとも弾劾すべきものと見なされる。しかもそれに対し、この種の描写がどれほどどぎつくとも、それがある意味ファンタスティックな官能の神秘に包まれていれば許容されてきたのである。まるで、いかなる悪徳もそれが乱痴気をきわめてさえいれば償われる、とでも言わんばかりではないか！　（AWS）

15　普通、自殺とはたんに一個の出来事にすぎず、一個の行為であることは稀である。それが出来事であるなら、やはり自殺者が間違っている。まるで父の手を逃れようとする子供も同然である。だが行為であるのなら、それが正当かどうかはまったく問題になりえない。問えるのはもっぱら、それが然るべくなされるかどうかである。というのも、純正な法律では決められない一切のもの、例えば「いま」「ここで」といったことを恣意は定めるはずであるし、さらに、一切のもの、すなわち他者の恣意によっても、ということは恣意そのものによっても破壊されない一切のものを、恣意は定めることが許されているのだが、そうした恣意といえども、然るべくなされるということ、これだけには従わされるからである。自らの意志で死ぬことは、決して不当ではない。しかし生き延びることは、しばしば不躾(ぶしつけ)である。

16　芸術よりも自然を、美や学問よりも徳を好むのが犬儒派思想(ツュニスムス)の本質だとすれば、つまりストア派が厳格に重んじた文字にはこだわらず、精神だけに目を向け、いかなる経済上の価値も政治上の栄光も無条件に軽蔑し、自立した恣意の権利を守り通すのがその本質だとするならば、キリスト教精神はおそらくほかでもない、宇宙的犬儒派思想(ツュニスムス)ということになるだろう。

17　演劇(ドラマ)という形式が選ばれるのは、体系として完璧でなければ、という性癖ゆえのこともあるし、あるいは人間をたんに描き出すのではなく模倣し模造するのが目的の場合もあれば、あるいはただ便利だから、あるいは音楽にぴったりだから、あるいはさらに、喋ったり喋らせたりするのが純粋に楽しいから、という理由もある。

18 功成り名遂げた作家のなかには、若い頃は躍起になって民衆の陶冶(ビルドゥング)に励んでいたのに、いざ本人の力が尽きると、今度は民衆を自分と同じところにとどめおこうとする者がいる。何とも無益なことだ。愚かにも、あるいは気高くも、一度は人間精神の進歩に自分も手を貸そうと努めたのなら、初志貫徹せねばならない。でなければ、ロースト用回転器に入ったまま足を踏み出そうともしない犬(6)と、変わるところがない。

（AWS）

19 理解不能であるための、あるいはむしろ誤解されるための最も確実な手段は、語をその本来の意味で用いることである。とりわけ古典語に由来する語を。

20 デュクロ(7)の述べるところによれば、専業作家の手になることなくしてほとんど傑作はあり得ない。フランスでは、こういう職業に昔から敬意が払われているのだ。翻ってわが方では、ただの作家風情など、箸にも棒にもかからぬ存在としか見なされない。いまもなおこうした偏見はあちこちで幅を利かせているが、しかしこんな偏見も、尊敬すべき種々の手本の威を借りて骨抜きにせねばならない。作家稼業はその程度に応じてさまざまなのであって、つまりそれは、恥ずべき営みであり、堕落であり、日雇い労働であり、職人仕事であり、芸術であり、学問であり、そして徳なのである。（AWS）

21　シェイクスピアの『十二夜』で、マライアがマルヴォーリオの通る道にこっそり置いておく偽手紙。カントの哲学はこの偽手紙に似ている。ただし、違いはある。つまりドイツには、おびただしい数の哲学的マルヴォーリオが存在するのだ。とはいえやはり彼らも靴下止めを十字に結び、黄色の靴下をはいて、いつまでもニタニタと笑っている。(8)

22　構想（プロジェクト）とは、生成する客観の主観的萌芽である。完全な構想たるもの、まったく主観的であると同時にまったく客観的でなくてはなるまい。それは不可分にして生きた個体でなくてはなるまい。その起源からすればまったく主観的、独創的であって、まさしく当の精神においてのみ可能である。その特性からすればまったく客観的であって、物理的にも道徳的にも必然的なものである。構想は未来からやってくる断片（フラグメント）と呼んでもよいが、このような構想を受けとるための感覚（ズィン）が過去からくる断片のための感覚と異なるのは、ただその方向だけである。つまり前者の方向は前進的であり、対して後者の方向は後退的なのである。(9) いずれにせよ本質的なのは、諸対象を無媒介に観念化すると同時に実在化し、かつまたそれらを補完し、部分的には自らのうちにおいて完成させる、そうした能力である。ところで超越論的なものとはまさしく、観念的なものと実在的なものとの結合あるいは分離に関わるものであるから、とすればこう言ってもよかろう、断片と構想のための感覚こそ、歴史的な精神の超越論的構成要素である、と。

23 ただ話すだけの方がよいものが印刷されることしばしばだし、印刷する方がふさわしいのに口頭で語るだけ、ということも時としてある。口頭で語るとともに文字で書くことのできる思想が最良の思想だとすれば、話された内容からどんなことが書かれ、書かれた内容からどんなことが話されうるか、時に確かめてみるのも骨折り甲斐があるかもしれない。もちろん、まだ生きているうちに思想を有するばかりか、それを世に知らしめようなど、思い上がりもいいところだ。それよりも、完全な作品を書くことの方がはるかに慎み深い。なぜならそれら完全な作品といえども、それ以外の諸々の作品が組み合わされただけなのかもしれないし、それに、そこに書かれた思想には、最悪の場合に備えて逃げ道が残されており、もっぱらテーマだけを目立たせて、自分はおとなしく片隅に控えているからである。だが思想とは、つまり一個の自立した思想とは、否応なくそれ自体として一個の価値を持ちたくなるものだし、それに自分は固有のもの、きちんと思考されたものである、とどうしても思い込んでしまうものだ。これに対して一種の慰めとなるのはただ一つ、すなわち、そもそも実存するということ、あるいはそれどころか、はっきりと自立しつつ実存するということ以上の思い上がりはない、という事実だ。とどのつまりは、この根源的にして根本的な思い上がりから、ありとあらゆる派生的な思い上がりが生じてくるのであって、それをどう思おうと、その人の勝手である。

24　古代人の多くの作品は断片(フラグメント)になってしまった。近代人の多くの作品は、その成立と同時に断片(フラグメント)である。

25　意味を取り出す(アウスレーゲン)べき解釈行為が、自分にとって好都合なもの、あるいは目的に適うものをはめ込む(アインレーゲン)行為であることは稀ではない。それに結果の導出(アプライトゥング)としての推論の多くは、そもそも目的に合わせた誘導(アウスライトゥング)なのである。このことは、精神の無邪気さにとって、博識と思弁が、人々が我々に信じ込ませようとするほどには有害ではない、ということの証しだ。何となれば、自分で仕組んでおきながら、奇蹟が起きたと喜び騒ぐなどというのは、なかなかの無邪気っぷりではないか。

26　ドイツ気質なるものが批評家たちお好みの題材なのは、おそらく次の理由による。つまり一国の民族が不完全であればあるほど、それは批評の対象であって、歴史学の対象ではないのである。

27　ほとんどの人間は、ライプニッツの言う可能的世界と同様、横並びの実在候補者にすぎない[10]。真に実在する者はわずかである。

28　批判的観念論の叙述を完成させること、哲学にとってはこれが依然として第一の課題であるが、それに次ぐ最重要の課題は以下のものだと思われる。質料的論理学、詩的詩学、実証的政治学、体系的倫理学、そして実践的歴史学。

29　機知に富んだ着想は、教養ある人間の繰り出す諺である。

30　花咲ける乙女こそ、純粋にして善良なる意志の、もっとも魅惑的な象徴だ。

31 かまととぶって、すました態度。それは無垢を衒ったものだが、無垢ではない。女たちとしては、たしかにいつまでもかまととぶっているしかない、男どもがおセンチで無知でくだらないあまり、女たるもの永遠に無垢で無教養であるべき、などと考えている以上は。なにしろ無垢こそ、無教養を高尚なものになしうる唯一のものなのだ。

32 機知は持っていて然るべきだが、しかし持とうとするべきではない。でないと、ただの戯言が生じる。いわば機知のアレクサンドリア様式[11]である。

33 自分がうまく話すよりも、他人がうまく話すきっかけを作る方が、はるかに難しい。

34 ほとんどすべての結婚は内縁関係か、左手結婚[12]、でなければむしろ真の結婚のための暫定的な試み、それに向けたささやかな接近にすぎない。さて真の結婚であるが、その本質は、あれやこれやの体系のパラドクスに従ってではなく、宗教的、世俗的なありとあらゆる道理に従って言うならば、複数の人格がもっぱら一つの人格になるべし、という点にこそある。なんとも結構な考えではあるが、しかしその実現には多大な困難が伴うように思われる。このことからしてすでに、勝手気ままさをできるだけ制限しないほうがよい、ということがわかる。というのもそうした気ままさは、ある一人の男子が不可分の一個人（インディヴィードゥウム）たらんとしているのか、それともただ共同の人格を構成する不可欠の部分たらんとしているのか、という違いがいざ問題となる時、ものを言ってしかるべきだからだ。そうなると、四人一組での結婚といったものに対してどこまで徹底的な異論が可能か、見当もつかない。しかし結婚の試みが失敗に終わったにもかかわらず、国家がそれを無理やりつなぎとめようとするならば、それによって国家は、結婚の可能性そのものを妨げていることになる。というのも、おそらくはもっと幸せな新たな試みによって、それが促進されることだってあり得るからである。

35　犬儒派（ツュニカー）は本来いかなる物も所有していてはなるまい。なぜなら一人間の所有する物はすべて、その所有者をある意味で所有することになるからだ(13)。したがって肝要なのはひとえに、あたかもそれを所有していないかのように、物を所有することである(14)。だがもっと手が込んでいて、もっと犬儒派的（ツューニッシュ）なのは、あたかもそれを所有しているかのように、物を所有しないことである。

（前半フリードリヒ・シュレーゲル、後半はＦＤＳ）

36　装飾画と祭壇画、喜歌劇と教会音楽、説教と哲学論文を、同じ物差しで評価するものなどいない。とすればなぜ、修辞的文学に対し、それが舞台に載せられているというだけで、高次の劇芸術にしか充たせないほどの要求が出されるのだろう?

37　機知に富んだ数多の着想。それらは、仲の好い二つの思想が長い別れの後に、思いがけず再会するのに似ている。

38　シャンフォールの言う「警句（エピグラム）を吐ける状態」に対する忍耐の関係は、哲学に対する宗教の関係に等しい、とSは言っている[15]。

（FDS）

39　大抵の思想は、思想の横顔（プロフィール）でしかない。だからその向きを変えて、見えざる対蹠面（アンティポーデ）と統合しなくてはならない。普段は冴えない多くの哲学書も、そうすれば大いに評判となろう。

40　一篇の詩についての注解は、一片の焼肉についての解剖学講義と似ている。

（AWS）

41　かのカントを解釈することを生業とした連中は、もともと次のような者であった。カントが書いた題材に少しでも目配りしようというセンスに欠けた者。あるいは、少しばかり運が悪かったために自分以外の誰をも理解できない者。あるいはまた、自分の考えを述べるのに、カント以上に支離滅裂な者。

42　すぐれた劇（ドラマ）は、劇的（ドラスティッシュ）でなくてはならない。

43　哲学の進み方は、なおあまりに真直ぐである。いまだ十分に循環的ではない。

44　哲学の批評はいずれも、同時に批評の哲学であるべきだろう。

45　新しいか、新しくないか。ある作品が問題となる際、もっとも高い立場からも、もっとも低い立場からも問われるのは、まさにこれである。ちなみに前者の立場は歴史学であり、後者の立場は好奇心である。

46　多くの哲学者の考え方に倣えば、整然と行進する兵士たちの一連隊、それが体系(システム)である。

47　カント主義者たちの哲学を称して、批判的(クリティッシュ)という。これはおそらく反語だろう。でなければ、それは余計な飾り文句である。

48　このうえなく偉大な哲学者たち。私にとって彼らがいかなるものかといえば、それはプラトンにとってのスパルタ人と同じである。プラトンはスパルタ人を限りなく敬愛していた。だがしばしば、こうもこぼしている。スパルタ人は何につけても中途半端にとどまってしまった、と。

49　文学において女性は不当に扱われているが、人生においてもまったく同様である。女性らしい女性は理想的でなく、理想的な女性は女性らしくない。

50　真の愛とは、その起源からすれば、まったく恣意的にして同時にまったく偶然的でありながら、必然的にして同時に自由であるかのように見えるべきものではあるまいか。

だがその性格からすれば、定めであると同時に美徳であって、ある種の秘儀、そしてある種の奇蹟のように見えるべきものではあるまいか。

51 イロニーに至るまでに、あるいは自己創造と自己破壊の不断の交替に至るまでに自然で、個体的で、あるいは古典的であるもの、でなければそう見えるもの。素朴なものとは、そうしたものである。それがただ本能だとしたら、子供らしいか、子供っぽいか、でなければ他愛もない。それが単なる意図だとしたら、気取りが生じる。美しく、詩的で、理想的な素朴は、意図であると同時に本能でなければならない。このような意味での意図の本質は、自由である。意識は、意図に至るにはなお程遠い。自分自身の天然ぶりというか他愛のなさをほれぼれと見つめる、といったことがあるけれども、これ自体、どうでもいいくらい他愛もない。意図だからといって、それはただちに深謀遠慮を前提とするわけではない。ホメロスの素朴[16]もまた、もっぱらの本能なのではない。そこには少なくとも、かわいらしい子供や無垢の少女が見せる優美さのなかに含まれているのと同程度に、意図があるのだ。彼その人に意図がなかったとしても、彼の詩（ポエジー）、そしてその本来の作者たる自然には、意図がある。

52　退屈への熱狂が哲学への最初の動機であるような、そんな特異な種類の人間もいる。

53　一つの体系を持つことも、一つの体系も持たないことも、精神にとっては等しく致命的である。だからきっと、この二つを結合するべく決意する必要があるだろう。

54　哲学者になることなら可能だが、哲学者であることは不可能だ。自分は哲学者だと思い込んだ途端、哲学者になることをやめている。

55　分類としてはあまりに不出来なのに、諸国と時代をことごとく支配するうえに、多くの場合、極度に特徴的であって、まるでそうした特徴的な歴史的個体の中心モナドであるかのような、そんな分類の仕方がある。例えば万物を神のものと人間のものとに分類するギリシア人のやり方がそうだが、これはホメロス流の古典的分類でさえある。さらにローマ人もまた、万事を家庭と戦場とに分類している。近代人はどうかといえば、いつだって口の端にのぼるのはこの世とあの世の区別であって、あたかも複数の世界があるかのようだ。もっとも近代人の場合、大抵のものが、彼らの言う「この」世と「あの」世と同じくらい、ばらばらに切り離されているのだが。

56　哲学は今では、目についたものを片端から批判している。だから哲学の批判があるとすれば、それは正当なる報復以外のなにものでもあるまい。

57　そもそも作家の名声は、女性からの好意、それに金儲けとだいたい同じである。根回しさえうまくしておけば、結果はおのずからついて来る、というわけだ。多くの作家は、「偶然によって、偉大と称される。「どんな幸運も運命次第」[17]というのが、つまるところ、少なからぬ文学上の現象の答えなのであって、政治上の現象とさして変わりはしない。　（AWS?）

58　伝統を信奉しながらも、つねに新奇なものを求めてやまぬ。真似をせずにはいられないくせに、自分の脚で立っていると誇らしげ。うわべは救いようもなくぎこちないが、不器用さにかけては深遠なまでの、というか陰気なまでのセンスがあって、その点、熟達と言い得るまでに巧みである。感じ方や見方について言えば、元来は平凡なのに、その志向たるや、超越的。機知や冗談を迎えるにあたっては真面目にこれを楽しみつつも、厳粛な嫌悪感ともいうべき砦に守られている。総じて、こうした特徴が当てはまりそうなのは、どんな文学だろう？
（AWS）

59　下手な著述家連中が、しきりに批評家の暴政について不平をこぼす。が、むしろ批評家の方こそ大いにこぼすべきではあるまいか。なにせ彼らは、美や才気や卓越性の欠けらもないものでさえ、美しく才気に富み卓越していると言い立てねばならないのだ。果たして、ちょっとでも権力が絡むとなると、批評された著述家どもは、まさに自分の詩にケチをつけられたディオニュシオスよろしく、批評家を扱うのだろう。しかもこのことを、かのコッツェブー[19]が公然と認めたのである[18]。かくなる上は、この種の小ディオニュシオスたちの新作を世に出すにあたっては次の文言でもって告知しておけば十分であろう。「我を再びラトーミエンへと送りたまえ！[20]」
（AWS）

60　二、三の諸国の臣下たちが、有り余るほどの自由をもっておのが誇りとしているけれども、そんな自由はどれも、当の自由によって無用のものとなるだろう。それと同じく、多くの詩の美しさが殊更に強調されるのは、ひとえに、それらがまったく美しくないからだろう。それらの一つひとつは巧みにできている。だが全体として、芸術作品ではない。
（AWS）

61 カント哲学に抗うことで何とか生きているわずかの著作は、人間の健全な良識を冒す病の歴史についての、もっとも重要なドキュメントである。この疫病はまずイギリスに発し、一度はドイツ哲学でさえ伝染の脅威にさらされたほどだ。

62 印刷に付すことと考えることとの関係は、産室と最初のキスの関係に等しい。

63 教養のない人間は、誰しもおのれ自身の戯画(カリカチュア)である。

64 中庸、それは去勢された偏狭の精神である。

65 自分が崇拝する対象をほめそやす連中の多くは、その偶像の偉大さを対照法的に証明している。すなわち、自分自身のくだらなさを表現することによって。

66 作者が批評家に対してもはやぐうの音も出ないとなると、ともかくこのように言い放つものだ。君だってこれ以上うまくは出来まいに、と。まさにこれこそ、独断論の哲学者が懐疑論者に浴びせたがる文句と同じである。君なんて、ひとつも体系(システム)を捻(ひね)りだせないくせに、と。

67　哲学者たるもの誰しも寛容な自由思想の持ち主であって、だからこそどんな批評にも耐えうるものだ、と当然のように前提にしないのは、いやそればかりか、仮にそれとは逆だとわかっていても、敢えてそういうことにしておかないのは、不寛容であろう。だが詩人を同じように扱うのは思い上がりというものだろう。ただし、その詩人が全身これ詩(ポエジー)そのものであって、いわば芸術作品として生き、かつ行動しているなら話は別だ。

68　本当に芸術を愛する芸術愛好家。それはもっぱら次のような者である。自分の望みのいくつかを、それ以外の望みが完全に充たされたとみるや、さっぱりと諦めることができる人。どんなに好きなものが相手でも厳格な評価ができる人。必要とあらばあれこれの解釈も甘んじて受け入れ、そして芸術史を解するセンスのある人。

69　古代人の無言劇(パントマイム)は、もはや存在しない。その代わり、今では詩(ポエジー)全体が無言劇風である。

70　検事が告訴状を引っ提げて登場することになっているなら、すでに裁判官がそこにいなければならない[21]。

71　芸術の美しさをあれこれ分析するせいで、愛好家の楽しみが台無しになってしまうとは、相も変わらず言われることだ。が、真の愛好家ならそんなものは気にもかけないのである！

72　全体の展望、というのが今の流行だが、それは個々の部分を全部眺めわたした後、それらを総括すればできることだ。

73　真理については結果よりも努力が大事と言われるが、人口についてもそれは同じではあるまいか？

74　悪しき言語慣用によれば、「蓋然的《ヴァールシャインリッヒ》（真理らしく見える）」の意味はおおよそ、「ほぼ」真理であるか、「いくらか」真理であるか、あるいは「いつか真理になるかもしれないもの」、といったところだ。だが今あげたどれもが、この語によって意味されることはありえない。このことは、その語形成からして明らかだ。「真理らしく見える」ものが、だからといって真理である必要は毛頭ない。とはいえ、それはやはり積極的にそう見えねばならない。蓋然的なもの(真理らしく見えるもの)は、熟慮されるべき対象である。すなわち、自由な行為の結果生じる様々な可能性のなかから、現実的なものを推測する能力が、これを対象とするのである。だからそれは、あくまでも主観的なものである。幾人かの論理学者が蓋然性（ヴァールシャインリッヒカイト）(真理らしく見えること)と呼び、予測を試みたものは、ただの可能性である。

75　形式論理学と経験心理学は、哲学的グロテスクである。というのも、加減乗除の算術、あるいは精神の実験物理学、こうしたものが興味をそそるのは、何といってもひとえに、形式と素材のコントラストゆえだからである。

76　知的直観[22]は観照（テオリー）の定言命法[23]である。

77　対話とは断片（フラグメント）の鎖、あるいは断片の花輪である。往復書簡はより大規模な対話であり、回想録は断片からなる一個の体系である。素材と形式において断片的であり、と同時にまったく主観的にして個性的であり、かつまったく客観的であって、あらゆる学問の体系のなかの必然的な一部門であるようなものは、いまだ存在しない。

78　無理解は大抵の場合、悟性[24]の欠如ではなく感性（ズィン）の欠如に由来する。

79　阿呆な振る舞いは、馬鹿な振る舞いと同様、それが意図的なものであるというただ一点によって、気違いじみた振る舞いとは区別される。こんな区別が通るものかというのなら、それなら、ある種の阿呆どもを監禁しておく一方で、それ以外の阿呆どもは好きにさせておくなど、不当もいいところである。なにしろこの場合、両者は単に程度の違いであって、種類の違いではない、ということになるのだ。

80　歴史家とは後ろ向きの予言者である。

81　大抵の人間は、これぞ尊厳、といった代表的（レプレゼンタティーフ）なもの以外、尊厳というものを知らない。そのくせ、これぞ価値、というべき価値のわかる人など、きわめて少ないのだ(25)。それ自体まったく何ものでもないにせよ、それもまた、何かしらのジャンルの特性描写には役立つだろう。このように考えてみれば、こう言ってもよかろう、まったく関心を引かない人などいない、と。

82　哲学における証明（デモンストラツィオーン）は、まさに軍事用語にいう示威行動（デモンストラツィオーン）のことである。演繹（デドゥクツィオーン）についてもまた、政治における陣取り（デドゥクツィオーン）とさして変わるところがない。つまり学問もやはり、まずはどこかの領域を占拠しておいて、そのあとで自分の正当性を証明すればいいからだ。およそ世間にいる友人なるものについてシャンフォールが述べた(26)ことは、さまざまな定義に応用できる。例えば学問における説明にも三種類ある。我々に光を、あるいは示唆を与えてくれる説明。何も説明しない説明。そして、何もかも曖昧にしてしまう説明。正しい定義は決して急ごしらえででっち上げられるものではなく、おのずと生じ来るものでなければならない。機知のない定義など、何の役にも立たない。それに、どの個体を一つとっても、それについて無限に多くのリアルな定義が存在するのである。人為的な哲学にはどうしても形式主義がついて回るが、それが度を越すと、ただの儀礼や見掛け倒しになり下がる。そうした人為的哲学の意味や価値は、おのが名人芸を試し、認めさせることにある。これは歌手にとっての超絶技巧的アリア、文献学者にとってのラテン語作文と同じだ。しかもそこには修辞的な効果も少なからずある。とはいえ大事な点は依然としてやはり、何かを知っていること、そしてそれを言葉にすることである。それを証明しよう、あるいはさらに説明しようなど、大抵の場合、きわめて余計である。古代ローマの十二銅板法[27]の定言的文体、そして命題定立的方法、そこにはつまり省察の純然たる事実だけが、むき出しのまま、希釈もされず、わざとらしい偽装もなく、研究のための、あるいは共同哲学のためのテクストのように並んでいるわけだが、これこそ、洗練された自然な哲学にとって、そのもっとも相応しい方法でありつづけている。ともかく、命題の主張とその証明のいずれも等しく上首尾になされるべきとなれば、証明よりも主張の方がはるかに難しいのは言を俟(ま)たない。形式を見れば素晴らしいが、いかんせん、その証明すべき命題が誤りだったり、月並みだったりする、そんな証明はゴマンとある。ライプニッツは主張し、ヴォルフは証明した。これだけ言えば十分だ。

83　矛盾律もまた、決して分析の原理ではない。つまりこれのみが分析の名に値するような、絶対的分析の原理なのではない。絶対的分析とは、一つの個体をどこまでも単一の要素へと化学的に分解することである。

84 主観的に見れば、哲学は叙事詩と同様、やはり常に中間から始まる。(28)

85 人生にとって原則とは何か。それは、野戦指揮官にとっての内閣訓令と同じである。

86 本当の親切とは他者の自由の促進を目指すものであって、動物的な享楽を認めてやろうというものではない。（ＦＤＳ?）

87 愛における第一の要素は互いを感じとるセンスであり、もっとも高度なのは、互いに対する信頼である。献身は信頼の表現であり、享楽は、一般に考えられるほどセンスを産み出すものではないにせよ、しかしセンスを高め、研ぎ澄ますことならあり得る。だからつまらぬ人間なら、センスある官能の喜びのせいで、あたかも互いに愛しあっているかのような錯覚に、わずかの間ながら陥ることもある。

88 つねに否(ナイン)と言うこと。これのみが行動のすべてであるような、そんな人間が存在する。いつも適切に否と言えるのなら、それは決してつまらぬことではあるまいけれども、しかしそれ以外に何もできない者には、きっと適切に否と言うことはできない。これら否定者たちのお気に入りはよく切れる鋏であるが、それで天才が極端にのばす枝葉を剪定するのだ。彼らにとって啓蒙とは、燃えさかる熱狂の炎を調節するための、巨大な芯切鋏である。そして彼らにとって理性とは、奔放な欲望や愛を抑えるための緩下剤である。

89 あれほど多くの哲学者たちが求めてついに得られなかった、そしてそれほどまでに不可能な、道徳的数学、ならびに礼儀の学。批評は、そのただ一つの代替物である。

90 歴史学の対象は、実践的に必然的なもの一切が現実になるそのプロセスである。

91 論理学は哲学の序論でもなければ道具でもなく、定型句でもなければ一挿話でもない。論理学は、積極的真理の要請、そして体系は可能だという前提、こうしたものに由来する歴とした実践的学問であって、そのようなものとして、詩学や倫理学に拮抗するのである。

92　哲学者（フィロゾーフェン）〔知を愛する者〕が文法学者（グラマティカー）〔文字学者〕にならない限り、あるいは文法学者が哲学者にならない限り、文法学は、それが古代人たちのもとでそうであったところのもの、すなわち実践的な学問に、そして論理学の一部門になることはないだろう。それに、そもそも学問にさえなるまい。

93　精神と文字についての学説が何より興味深いのは、それが哲学（フィロゾフィー）〔知への愛〕を文献学（フィロロギー）〔言葉への愛〕と触れあわすことができるからでもある。[29]

94　偉大な哲学者が自分の先達たちについて説明するとなると、ほとんどの場合わざとではないのだが、必ずと言っていいほど、まるで自分以前には誰も彼らを理解できなかった、とでも言わんばかりなのだった。

95　哲学は若干のことをとりあえずは永遠不変の前提としなければならない。しかも哲学にはそうすることが許されている。なぜなら哲学は、そのようにしなければならないのだから。

96 哲学のために哲学をせず、哲学を手段として用いるものは、ソフィストである。

97 一時的な状態としての懐疑主義は、論理による反乱である。体系としての懐疑主義は、無政府状態である。となるとさしずめ、懐疑主義的方法は、おおよそ謀反人どもの政府のようなものだろう。

98 論理的な理想の実現に寄与し、しかも学問の形を成しているものは、すべて哲学的である。

99 「彼の」哲学とか「私の」哲学といった表現を聞くたびに、『ナータン』の台詞が思い出される。「神は誰のものでしょうか？　そもそも一人の人間のものになる神とは、どんな神なのでしょうか？」(30)

100 文学(ポエジー)における仮象はさまざまな表象の戯れであり、戯れとはさまざまな行為の仮象である。

101　文学（ポエジー）のなかで起こることは、決して起こり得ないことであるか、あるいはいつだって起こり得ることである。そうでなければ、それは本当の文学ではない。ただし、それをいま現実に起こっていることと思い込むには及ばない。

102　女性には、芸術（クンスト）を解する感性（ズィン）はまったくないが、しかしおそらく文学（ポエジー）の感性はある。学問の素質はないが、しかし哲学の素質ならあるだろう。無限なものについての思弁や内的直観に欠けるところはまったくないが、ただし抽象はできない。こんなものを学ぶのははるかに容易（たやす）いのだが。

103　ある哲学に無効宣告を下すことも——ただしその際、うっかり者は自分自身も一緒に無効宣言してしまうこともある——、あるいは、無効宣言しているのはその哲学自体である、と指摘することも、当の哲学にとっては痛くも痒くもない。それが本当に哲学ならば、その哲学はあたかも不死鳥のごとく、おのれの灰の中から何度でも蘇ってくるだろう。

104　世間の理解では、最新のドイツの哲学文献に興味さえあれば、誰でもカント主義者である。講壇の理解では、カント主義者とはもっぱら、カントこそ真理と信じている人、そしてケーニヒスベルクの郵便馬車が事故に遭ったとしても、二、三週間なら軽く真理なしでいられるような人のことである。今では時代遅れのソクラテス流の理解では、カント主義者なぞごくわずかしかいない、ということになろう。というのもソクラテスの場合、この偉大な師の精神を自力で我が物とし血肉とした者こそが弟子と称され、また彼の精神が生んだ息子として、師にちなんだ名で呼ばれているからである。

105　シェリングの哲学は批判主義的神秘主義と呼んでもよさそうだが、それはアイスキュロスのプロメテウス同様、地震と没落をもって終わる。(31)

106　道徳的評価は、美的評価と完全に対立する。前者では善良なる意志がすべてだが、後者でそれは無意味だ。善良なる意志をもって機知を働かそうというのは、例えば、道化の美徳である。機知を用いる意志が許されるのはもっぱら、因襲の壁を取り除き、精神を解き放つ、その一点においてである、だが何より機知に富んでいるのは、機知を働かす意志などないばかりか、おのれの意志に反して機知を働かしてしまうような、そん

な人に違いあるまい。ちょうど「陽気な気難し屋」[32]が、本当は世にも善良な人物であるのと同じように。（AWS）

107　カントの福音を説く人々が口をそろえて唱和する要請、それも暗黙裏に前提とされ、かつ実際に第一の要請は、こうだ。カント哲学はカント哲学自身と一致すべし[33]。

108　美しいもの、それは魅力的にしてかつ崇高なもの。

109　ある種の些事拘泥（ミクロロギー）や権威信仰は、偉大さの特徴である。それは、完成を目指す芸術家の些事拘泥、そして自然の権威に対する歴史学の信仰である。

110　いつだって二乗されたものの方が好き、というのは高尚な趣味だ。例えば、真似事のさらなるコピー、書評についてのさらなる批評、補遺へのさらなる補足、覚書へのさらなる注釈、それでいよいよ長くなろうものなら、この趣味はとりわけ、いかにも我々ドイツ人にふさわしい。あるいは逆に、かえって短さと空疎さが引き立つなら、フランス人にふさわしい。彼らが学問を教授する際、それは往々にして、ダイジェストをさらに簡略化したものである。それに詩芸術でフランス人がつくる最高の産物、つまり彼らの悲劇も、それらしい形式をさらに形式化したものである。（AWS）

111　小説（ロマーン）が教説を述べようとするなら、それはもっぱら小説全体において伝わるような教説でなければならない。個別に証明されたり、分析によって究め尽くされたりするような教説であってはならない。でなければ、弁論術の形式をとる方がはるかに好都合だろう。

112　哲学者たちがいて、彼らが互いに反目してはいないとする。そんな彼らを結びつけているのは普通、ただの共感（ズュン・パティー）であって、共同哲学（ズュン・フィロゾフィー）ではない。

113　分類とは、さまざまな定義からなる一個の体系をうちに含んだ、一個の定義のことである。

114　ポエジーの定義が規定しうるのはもっぱら、ポエジーとは何であるべきかであって、現実にポエジーが何であったか、何であるかではない。さもなければ、きわめて簡潔にこう定義されることだろう――ポエジーとは、ある時代に、ある場所で、そう名付けられたもののこと。

115　祖国の祝祭歌は、それにたっぷりと報酬が支払われたとしても、その高貴さに傷がつくことはありえない。そのことはギリシア人とピンダロス[34]が証明している。とはいえ報酬がもっぱら祝福をもたらすだけではないことを、イギリス人が証明している。彼らは少なくとも、報酬という点だけは古代人を模倣しようとしたのだ。やはり何といっても、イギリスでは美は売買できないものなのである。もっとも、徳もそうとは限らないのだが。

116　ロマンティックな文学（ポエジー）、それは進展的な宇宙の文学（ウニヴェルザール・ポエジー）である。その使命は、分断された詩（ポエジー）のあらゆるジャンルを再統合し、詩（ポエジー）を哲学そして修辞学と触れ合わせるだけではない。韻文（ポエジー）と散文、独創性と批評、人為文学（クンスト・ポエジー）と自然文学（ナトゥア・ポエジー）を混ぜ合わせ溶け合わせ、詩（ポエジー）に生命と社交性を与え、生活と社会を詩的（ポエーティッシュ）にし、機知を詩と化し（ポエティジーレン）、芸術の諸形式をそれが形あるものならばどんな素材によってであれ充足し飽和させ、ユーモアの振動を通じてそこに魂を吹き込もうとし、またそうすべきである。それはいくつもの体系を入れ子状に内包している芸術の最大の体系から、詩作する子供が素朴な歌のなかへと吐きだす溜息や接吻に至るまで、詩的(ポエーティッシュ)でさえあればいかなるものをも包括する。それは描出されたもののなかへと自らの姿をかき消してしまうことがあるので、まるであらゆる種類の詩的(ポエーティッシュ)な個体を特性描写することがその一にして全なのではないかと思いたくなるほどだ。にもかかわらず、作家の精神を完全に表現するためにこそあるような、そんな形式はいまだ存在しない。結局、多くの芸術家は、せめて一篇の小説(ロマーン)を書こうとしながら、偶然のように自分自身を描き出してきたのである。それ〔ロマンティックな文学(ポエジー)〕だけが叙事詩と同じく周囲の世界すべての鏡となりうる。時代の似姿となりうる。ところがまたそれはたいていの場合、描出されたものと描出するものとのあいだを、一切の実在的関心からも観念的関心からも自由に、詩的反省の翼にのってその中間を漂い、この反省を繰り返し累乗させて、まるで果てしなく並ぶ鏡の列のなかのように多様化させることもありうる。それは最高度の、またもっとも多面的な形成能力をもつ。内から外への形成だけではない。外から内への形成も、である。すなわちそれ〔ロマンティックな文学(ポエジー)〕は、その所産のいずれも一つの全体でなくてはならないのだが、それらの一切の部分を同じように有機的に組織化するのであり、そのことによって、限りなく生長する古典性への展望が開ける。ロマンティックな文学(ポエジー)は諸芸術の中にあって、哲学における機知、生における社会、社交、友情そして愛と同様のはたらきをもつ。他の創作法はすでに完成していて、だから完全に分析しつくすことができる。ロマンティックな創作法はまだ生成の途上にある。それどころか永遠にただ生成し続けて、決して完成されえないというのがその固有のあり方である。それはいかなる理論によっても汲みつくされえないけれども、予見的批評のみが、その理想を特徴づけんとする意志の敢行を許されるであろう。ロマンティックな文学(ポエジー)のみがひとり無限であり、ひとり自由であり、そして詩人の恣意はいかなる法則の重圧も被らない、ということを第一の法則として承認する。ロマンティックな創作法はジャンルを超えた、いわば創作術そのものと言える唯一の創作法である。というのもある意味では、一切の文学(ポエジー)がロマンティックであり、あるいはロマンティックであるべきなのだから。

117　作品の理想像。それが芸術家にとって、恋人や友人と同じくらいに生き生きとしたリアリティ、いわば人格のようなものを持たないのなら、そんな作品はむしろ書かずにおくのがよい。それは少なくとも、芸術作品にはならないに決まっている。

118　ある小説(ロマーン)のすべての登場人物が、まるで太陽を取りまく惑星のように、たった一人の人物の周囲をめぐって動いているとしたら、それはエゴイズムを決して上品にではなく、実に露骨にくすぐっているだけだ。しかもその一人の人物というのは普通、著者によって甘やかされた腕白小僧であり、かつまた、読者がうっとりと眺める鏡のなかで、おべっかを使い始める始末である。そもそも洗練された人間は、自分にとっても他者にとっても、ただ目的であるばかりか手段でもある。それと同様、洗練された文学作品においてもまた、一切が目的であると同時に手段でもあるべきではなかろうか。文学作品の体制は、共和制がよい。つまりそこでは、若干の部分が能動的、その他の部分が受動的であることが、いつでも認められるというわけだ。

119　独り善がりにしか見えない比喩表現にも、往々にして深い意味があったりする。考えてもみれば、金塊や銀塊と、精神の様々な能力との間には、どんな類似性があるのだろう。それら能力とはつまり、あまりに安定的で完全無欠である結果、好き勝手を始めるわけだし、それにその成り立ちがあまりに偶然だったために、かえって生来のものと思われかねない、ということだろうか。それにしても、次のことは一目瞭然だ。つまり、人は才能をまるで事物のように所有し保有しているだけなのであって、この事物は事物なりにおのれ自身で確かな価値を保持している一方、当の持ち主の価値を高めるとは限らないのである。そもそも天才は所有物ではありえない。天才とは、もっぱらそうであるところのものである。さらに、天才の複数形も存在しない。この場合、複数形はあらかじめ単数形のなかに隠れている。すなわち天才とは、さまざまな才能からなる一つの体系なのである。

120　人々が機知をほとんど尊重しない理由は、以下の通り。機知による表現には十分な長さと広がりがないから。つまりそれらの表現を感じとることは、もっぱら暗闇で数学的計算をするのと同じなのだ。さらなる理由は、人々は機知に出くわすと笑ってしまうものだから。だがこのことは、当の機知に本物の気品が備わっているとしたら、失礼千万であろう。規則通り、立場をわきまえて振る舞うべきところ、そうせずにひたすら行動する人間。機知は、そうした人物に似ている。

121　完成してイロニーとなった概念。絶対的対立命題（アンチテーゼ）の絶対的綜合（ズュンテーゼ）。相争う二つの思想の間で繰り返される、自己産出的で絶え間なき交替。これこそ、一個の理念である。理想とは、理念であると同時に事実（ファクトゥム）である。だから古代の神々が芸術家に対して持っていたような個性、もしもそれと同じような個性を理想が思想家に対して持っていないなら、どれほど理念にかかずらったとて、それは空疎な決まり文句をサイコロ代わりにした、退屈で面倒な遊びでしかない。あるいは中国の坊主よろしく、自分の鼻先をいつまでも黙然と眺めているのと変わりはしない。このような、対象なき感傷的な思弁ほど、惨めで馬鹿げたものはない。ただし、それを神秘主義と呼んではなるまい。なぜならこの古き良き言葉は、絶対的哲学を言い表すにきわめて便利どころか不可欠だからである。絶対的哲学とはすなわち、精神がその見地に立ったとき、他の観点からは理論的にも実践的にも自然としか見えない一切が、秘儀のように、また奇蹟のように見える、そのような哲学のことである。細部にわたる思弁は、大まかな抽象と同じく、稀である。ところがこの両者こそ、学問における機知のためのありとあらゆる素材を産み出すのであり、この両者こそ高次の批評の原理なのであり、かつまた、精神形成の最高段階なのである。大まかな実践的抽象こそが、そもそも古代人をして古代人たらしめる。何といってもそれは、彼らにあっては本能だったのだ。個体の一つひとつがその属する種の理想を完全に体現したとしても、種の方もまた、それぞれが厳密かつ明確に切り離され、それぞれの固有性（オリギナリテート）へといわば自由に委ねられていなければ、意味がなかったのだ。それにしても、あるときはこちらの領域、あるときはあちらの領域へと、まるでもう一つの世界へと赴くかのように、思いのまま、しかも単に悟性や想像によってではなく、魂全体をもって、みずからを置き換えること。おのれの存在のうち、ときにこの部分、ときにあの部分を自由自在に放棄して、そのつど別の部分へと、みずからをすっかり制限すること。今度はこちらの個体、今度はあちらの個体のなかに、おのれの一にして全なるものを求めかつ見出して、その他一切は意図的に忘れておくこと。このようなことができるのは、もっぱら次のような精神だけである。すなわち、さながら多数の精神をおのれのうちに含み持つかのごとく、さまざまな人格からなる一個の体系をすっかりと自らの内部に抱いており、だからその内面には、いかなるモナドのうちにも胚胎すると言われる宇宙がすっかり生長を遂げ、熟しきっている、そのような精神だけである。

122　一冊の新刊が出るとする。その本が読者を冷やしもせず熱くもしないとき[35]、ビュルガー[36]はよくこう言ったものだ。「こいつは『美学叢書』[37]で褒めるにふさわしい」。

（AWS）

123　文学（ポエジー）はとりわけ次の理由によってもまた、あらゆる芸術のなかでも最高位にあるのではなかろうか。その理由とはつまり、文学（ポエジー）においてのみドラマは可能なのだ。

124 もし、ひとたび心理学を手掛かりに小説(ロマーン)を書いたり読んだり、ということがあるとすれば、自然に反した欲望、残酷な責め苦、不愉快きわまる卑劣さ、吐き気を催すほどの、肉体あるいは精神の不能、こうしたものの分析を、それがどんなにじっくり詳細な分析であれ、避けようとするのはまったく筋が通らない。それだけに、けちくさい。

125 お互いに補完し合う複数の人々が共同の作品を形づくったとしてももはやまったく珍しいことではない、というくらいに共同哲学(ズュン・フィロゾフィー)や共同文学(ズュン・ポエジー)が一般的なもの、親しいものになったなら、そのときおそらく、諸学と諸芸の完全に新たな時代が始まるだろう。まるで切断されて二つに分かれたもののように、二つの精神はもともと一体であって、これらは結合されてはじめて、ありうべき一切となり得るのではなかろうか。こうした考えを、しばしば抑えることができない。さまざまな個体を溶け合わせる技術があるとしたら、あるいは欲しがってばかりの批評に、ただ欲しがる以上のことができるとするなら(そうするきっかけを、批評は至る所に見出すわけだが)、私としては、ジャン・パウル(38)とペーター・レーベレヒト(39)が結合されているのを見てみたい。前者に無いものがまさにすべて、後者には備わっているのだ。ジャン・パウルのグロテスクな才能と、ペーター・レーベレヒトの奇想天外(ファンタスティッシュ)な教養が一体となれば、何とも素晴らしい、ロマンテイックな詩人が生まれることだろう。

126　俗受けを狙った国民的なドラマはどれも、小説（ロマーン）仕立ての物真似芝居（ミーメン）だ。　（AWS）

127　クロプシュトックは文法学的詩人であり、また詩的文法学者である。(40)　（AWS）

128　いたずらに悪魔に身を捧げること以上に惨めなものはない。例えば、いかがわしい詩を作ってはみたものの、とても傑作とは言えない場合がそれだ。　（AWS）

129　例えばドラマの中で韻律をいかに用いるべきか、といった問題を考える際、理論を弄ぶ多くの連中が忘れがちなのは、そもそも文学（ポエジー）とは美しい嘘にすぎない、ということだ。それについては、なにしろ次のようにも言われるほどである。「気高き嘘よ、真理とて、汝以上に好まれるほど美しきときはあろうか？」(41)　（AWS）

130　文法学的神秘主義者というのも存在する。モーリッツはその一人であった。(42)　（AWS）

131　詩人が哲学者から学べることは少ない。しかし、哲学者は詩人から多くを学びうる。それよりも心配なのは、夜になって賢者のともす灯りが、普段は啓示の灯りのもとで歩き回っている人間を惑わすかもしれないことだ。（AWS）

132　詩人は実際、いつだってナルキッソスなのだ。（AWS）

133　まるで、女性は何もかも手作りだが、男性は仕事道具を使っている、とでも言わんばかりだ。（AWS）

134　まずナーヤルの母系制(43)が導入されないことには、男性が女性によって向上することはないだろう。（AWS）

135　時々ではあるが、我々の文化のうち全く別々の、それも互いに矛盾しあっていることもよくある諸部分のあいだにも、何らかの関連が認められることがある。例えばドイツで書かれた道徳劇にでてくる善良な人間たちは、最近の教育学の手によるもののよう

に見えるのだ。（AWS）

136　緊張のあまりに力んだり、力の方向がはっきりしたりすると、途端にしなやかさを失ってしまう、そんな人々がいる。このような精神の持ち主たちもなにがしかを発見するだろうが、しかしごくわずかにすぎず、だからそうして見つけたお気に入りの命題を、いつまでも繰り返す危険がある。錐(きり)を力任せに板に押し付けたところで、当の錐を回さなければ、たいして深く穿つことはできない(44)。（AWS）

137　哲学のソフィスト的悪用、朗読調の文体練習、応用文学、即興の政治的駆け引き、以上のものは常にどれも同じ名で呼ばれるものだが、こんなものをはるかに超越した修辞学、すなわち質料的、熱狂的な修辞学が存在する。その使命は、哲学を実践的に現実化すること、そして実践的な非哲学と反哲学を単に弁証法的に克服するばかりか、現実に根絶せしめることである。ルソーとフィヒテは(45)、自分の目で見ない限りは信じない、といった手合いに対しても、こうした理想をキマイラと見なすことを禁じている。

138　悲劇作家は作品の舞台をほとんどいつも過去に設定する。どうしてもそうでなければならないとしたら、それはなぜだろう。なぜ、舞台を未来に設定することができないのだろう。そのようにすれば、想像力（ファンタジー）はどんな歴史的配慮からも歴史的制約からも一気に解き放たれるというのに。もっともそうなれば、こちらを恥じ入らせるばかりの人物たちが、より良き未来の堂々たる表現のなかに描かれるわけで、観衆はそれに耐えるはめになるのだが、そのような観衆としては、まずは共和制以上のもの、つまり自由（リベラル）な心情というものを持っていなくてはなるまい。

139　ロマンティックな視点から見れば、文学（ポエジー）のさまざまな変種にもまた、それがどんなに常軌を逸した（エクツェントリッシュ）異形のものであろうと、価値がある。すなわちそこに何らかのものが含まれてさえいれば、あるいはそれら変種が独創的（オリギナール）なものでさえあれば、宇宙的包括性（ウニヴェルザリテート）のための素材として、下準備として、それらもまた、重要なのである。

140　劇作家の特徴は、他者への惜しみなき寛大さのあまり、自分自身を見失うことであるように思われる。また抒情詩人の特徴は、愛情たっぷりのエゴイズムをもって、何もかも自分自身へと引き寄せることであるように思われる。　（ＡＷＳ）

141　イギリスとドイツの悲劇には、何といっても趣味に違反するものが多すぎる、と言われる。フランスにおける悲劇は、もっぱら唯一の巨大な違反でできている。というのも、自然からすっかり離れて書き、また上演するなんて、これ以上の趣味違反があるだろうか？
（AWS）

142　プラトンにおける予言者のごとき飛翔と、体系家ならではの厳格な生真面目さ、これらをヘムステルホイス[46]は統合する。ヤコービの場合、精神のさまざまな能力がこのように調和的に均衡を保つことはないけれども、その代わり、深さと力強さとがいっそう自由に働いている。だが神的なものを感じ取る本能を、両者は共有している。ヘムステルホイスの作品は知性による詩と言えよう。ヤコービは申し分なく完璧な古典的作品については一つもなしえなかったが、しかし独創性と気高さと親密さ溢れる断片的作品を世に出した[47]。おそらくはヘムステルホイスの熱狂に満ちた文体の方が、いっそう力強い印象を残すだろう。なぜならそれは、美の限りを尽くして溢れかえっているからだ。一方で理性は、おのれに襲い掛かってくる感情の熱狂的な高まりを察知するや、ただちに防戦体制に入るのである。
（AWS）

143　古代人を古典的と見なすか、あるいは単に古いと見なすか。いずれかを強要することは、何びとに対してもできない。それは結局のところ、主義の問題だからである。

144　ローマ文芸の黄金時代、独創の気はいっそう満ちていた。だから韻文（ポエジー）にとってはなおさら好都合であった。いわゆる銀の時代は、散文においてはるかに正確であった[48]。

145　詩人として見る限り、ホメロスはとても倫理的である。というのも、彼はあのように自然でありながらも、それでもあのように詩的（ポエーティッシュ）であるからだ。だが、古代人たちが、かつての善良な哲学者たちからの抗議を尻目にしばしばそう見なしたごとく、倫理を説く人としてホメロスを見るならば、まさに同じ理由から、彼はとても非倫理的である。

146　近代の文学（ポエジー）をすみずみまで染め上げているのは、小説（ロマーン）である。同じようにローマの韻文（ポエジー）、それどころかローマ文芸全体もまた、諷刺詩で染め上げられている。諷刺詩、それはどれほど姿を変えようとも、ローマ人にとってはつねに、文化的宇宙の中心より発し、また中心を目指す、古典的な普遍的文学（ウニヴェルザール・ポエジー）、社交的文学（ゲゼルシャフツ・ポエジー）でありつづけた。そしてそのようなものとして、諷刺詩はいわばローマ文芸全体の音調を決定している。キケロ、カエサル、スエトニウスのような人物たちの散文においてもっとも都会的に洗練されたもの、独創的なもの、美しいものがいかなるものかを感じ取る、そのようなセンスを持つためには、それ以前にしてすでにホラティウスの諷刺詩を愛好し、理解していなければならない。都会的洗練の永遠の源泉とは、まさにこれなのである。

147　古典的に生活し、古代を実践的に自己のうちに実現すること。これこそ文献学の頂点であり目標である。犬儒派思想（ツュニスムス）が全くないとしたら、果たしてこれは可能だろうか？

148　かつて存在したあらゆる対立命題（アンチテーゼ）のなかでも最大のものが、カエサルとカトーである。サルスティウスによるその叙述[49]は、まさにそれにふさわしいものであった。

149　体系的なヴィンケルマン。彼はあらゆる古代人の著作を、いわばまるでただ一人の著者によるもののように読み、一切を全的に眺望し、全精力をギリシア人へと傾注したわけだが、その彼が実質的な古典古代研究の礎を築いたのは、古代人と近代人との絶対的な差異を感じたからだった。だから、まずは古代人と近代人のあいだの、かつて存在したか、いま存在しているか、でなければ将来存在するかもしれない絶対的同一性、それがいかなる立場において、いかなる条件下で可能なのかが見出されてはじめて、この学問の、少なくとも輪郭は出来上がったのであって、ここからはその体系的完成が問題となる、と言うことができるのである。

150　タキトゥスの『アグリコラ』(50)は、執政官を務める一人の農場経営者が行った、古典的なまでに壮麗な、歴史的列聖である。この書を支配する考え方に従えば、人間の最高の使命とは、皇帝の許可のもと、勝利を収めることである。

151　古代人のなかに人々が辛うじて見出してきたものは、誰しも各々が必要としたもの、あるいは望んだもの、そしてとりわけ、おのれ自身であった。

152　キケロは都会的洗練にかけては偉大な達人であったが、この達人はもともと、弁論家、いやそれどころか、ひとかどの哲学者たらんと欲していた。さらに、古代ローマの美徳や祝祭についての知識を集め、記録する、きわめて独創的な研究者、文筆家、博識家になることもできたろう。

153　古代の作家は、通俗的であればあるほどロマンティックである。これこそ、古典作家(クラシカー)の諸作品を集めた古代の選集を元手に近代人が実際の行動を通じて作り上げた、あるいはむしろ依然として作りつつある、新たな選集の原理である。

154　アリストファネス、すなわち喜劇のかのオリュンポスの高みから降りてきたばかりの者にしてみれば、ロマンティックな諷刺などは、さしずめ、アテナの織った布地(51)をほどいて長々と引き延ばした糸のように見える。あるいは、天上の炎のひと欠けらといったところか。ただし、地上へ落下するうちに、その最良の部分は消えてしまっている。

155　教養のない国民の自然文学がギリシア人の古典的芸術と対照的なのと同じく、カルタゴ人やその他、古代の諸民族が行った粗野なコスモポリタン的試み(52)は、ローマ人の示した政治的普遍性と対照的であるように思われる。もっぱら専制政治の精神に満足し、その文字を軽んじたのは、ローマ人だけである。つまりローマ人だけが、素朴な暴君を擁していたのだ。

156　喜劇における機知、それは叙事詩の機知と短長格詩（ヤンブス）の機知との混合である。つまりアリストファネスは、ホメロスであるとともにアルキロコス[53]でもあるわけだ。

157　オウィディウスはエウリピデス[54]と大いに似ている。人を感動させる力、レトリックの輝き、たっぷりとした饒舌、虚飾、中身のなさ。どれも同じである。

158　マルティアリスにおける最良のもの、それはもしかするとカトゥルス風に見えるものかもしれない[55]。

159　古代後期に書かれた少なからぬ詩、例えばアウソニウスの『モセッラ』[56]がそうだが、そこにはもはや古代的なものは何もない。ただ、古くさいものがあるだけだ。

160　クセノフォン[57]における、アッティカ的教養。ドーリア的調和を目指す、彼の努力[58]。あるいは、それゆえにこそ彼を愛すべき人物に見せるかもしれない、ソクラテス的な優美さ。その文体から立ち昇る、魅惑的な素朴さ、明澄さ、そして独特の心地よさ。ところが囚われぬ心で見るならば、このどれひとつとして、彼の生と作品の最内奥を統べる凡庸な精神を、覆い隠すことはできないのである。『ソクラテスの思い出』は、彼が師匠の偉大さをいかに理解できていなかったかの証しである。そして『アナバシス』、これは彼が描いた作品中もっとも興味深く素晴らしいものだが、これを読むと、彼本人がどれほど小物だったかがわかる。

161 プラトンとアリストテレスの場合、最高存在の本質は円環的であるが、こうした円環的性質は、ある種の哲学的手法（マニール）が擬人化されたものではあるまいか？

162 太古のギリシア神話を研究するに際し、それと比較対照するべき人間精神の本能が、ほとんど無視されてきたのではなかろうか。ホメロスの描く神々の世界は、ホメロスの生きた人間世界がそのまま姿を変えたものだ。ヘシオドスの場合、彼の描く神々の世界には英雄たちの対立が見られぬ代わり、その世界はいくつものさまざまな神々の種族へと分裂してゆく。その信ずるところの神々がいかなるものか、それがわかれば人間のこともわかる、とアリストテレスは言う。この古い言葉のうちに表現されているのは、すべての神学が主観的である、ということだけではない。そのような主観性はおのずから明らかなのだ。それだけでなく、もっと不可解な、人間の精神に生まれつき備わる二重性をも、かの言葉は表している。

163　初期ローマ皇帝たちの歴史は、シンフォニーのようである。そして後代のあらゆる皇帝たちの歴史にとっての、テーマのようである。

164　ギリシアのソフィストたちの欠陥は、欠如から生じた欠陥というより、むしろ過剰から生じた欠陥であった。自分は何もかも知っている、それどころか何でもできると思い込み、かつそう称していた彼らのあの自信と自惚れのなかにさえ、なにかとても哲学的なものがある。ただ、それは意図的なものでなく、本能的なものではあるが。というのも哲学者にとっては、何もかも知ろうとするか、あるいは何も知ろうとしないか、この二つの選択肢しかないのだ。そこからせめて何事かを学び取るか、あるいは雑多なものを学べばよい、というのは確かに哲学ではない。

165　プラトンのなかには、ギリシア散文のありとあらゆる純粋種が、古典的な個体性のままに見出される。それらは混ぜものでないばかりか、しばしばするどい輪郭とともに併存しているのだ(59)。すなわち論理的散文、自然的散文、演技的散文、頌歌的散文、そして神話的散文である。演技的散文が基盤であり、全体の構成要素である。その他は、しばしばエピソードのように現れるだけである。だがさらに、プラトンにはとりわけ独特な散文種があって、ここでこそ、これ以上ないほどのプラトンぶりが発揮されるのだが、それは酒神讃歌的(ディテュランボス)散文である。これを神話的散文と頌歌的散文の混合物と呼ぶこともできよう。とはいえそこには、自然的散文の持つなにかしら簡潔な、端的な気品はないのではあるが。

166　さまざまな国民や時代の特性を記述し、偉大なものを偉大なままに描写すること。これこそ詩情豊かなタキトゥスに備わる、本来の才能である。歴史的な肖像を描く点にかけては、批評性を備えたスエトニウス(60)の方こそ、より偉大な巨匠である。

167　ほとんどすべての芸術批評は、あまりに一般的か、でなければあまりに特殊的である。批評家は、おのれのこうした産物のなかにこそ程よき中庸を求めるべきなのであって、詩人たちの作品のなかに求めても仕方あるまい。

168 キケロはさまざまな哲学の価値を、それが弁論家にとってどう役立つか、という基準で評価している。(61) それと同様、詩人にとってもっともふさわしい哲学がどれかを問うこともできよう。感情や常識(ゲマインズィン)が語ることと矛盾するような体系は、まず論外だ。あるいは現実を仮象に変えてしまう体系、あるいはまったく決断のできない体系、あるいは超感覚的なものへの飛翔を阻む体系、あるいは外部のさまざまな事物から、人間なるものをようやく拾い集めてくるような体系、いずれも然り。ということは、幸福説も宿命論も観念論も懐疑論も唯物論もさらには経験論も、いずれも論外なのだ。となると、詩人に残された哲学はいかなるものだろうか。それは自由から、そして自由への信仰から出発し、人間精神が万物に対しておのれの掟をいかに刻印するかを、また世界がいかに人間精神の作品であるかを示す、創造的な哲学である。

169 観察がいつもどこか中途半端で不完全にとどまるのに対して、アプリオリな例証(62)には、やはりなにかこう、満ち足りた安心感のようなものがある。アリストテレスはもっぱら概念によって、宇宙を球体と見なした。どんな些細な凹凸も認めなかった。同じ理由から、彼は彗星もまたこの地球の圏内での事象としたのであり、そうしてピュタゴラス派の唱える正真正銘の太陽系説(63)をあっさりはねつけたのだ。現代の天文学者たちが、再び宇宙についてのあのように明確、明瞭で、球体のように完全な洞察を得るまでに、彼らはどれほどヘルシェルの望遠鏡(64)をのぞいては、観察を繰り返すことになるのだろう。

（AWS）

170　なぜドイツの女性たちはもっと小説（ロマーン）を書こうとしないのだろう？　このことから、彼女らが人生で小説を演じるのが巧みかどうか、どんな推論ができるのだろう？　小説を書くことと小説を演じること、この二つの技はお互いに関連し合っているのだろうか。それとも、反比例の関係なのだろうか？　後者については、イギリス女性の手による小説があんなにもたくさんあるのに、フランス女性によるものは極めて少ないという状況から、おおよそ想像されよう。それともフランスの才気と魅力に溢れた女性の場合、あまりに多忙な政治家と事情は同じ、ということだろうか。つまり引退でもしない限りは、回想録など書く気にならぬというわけか。となると、女性としての稼業に励むこの人物としては、いつが引き際だと思っているのだろうか？　イギリスで女性の貞操をめぐって定められた堅苦しい礼儀作法を見るにつけ、また男どもの付き合い方ががさつなせいで、かの地の女性たちがしばしば強要される隠遁生活を目の当たりにするにつけ、イギリスの女性たちがあのように多くの小説を書くことそれ自体、なにかもっと自由な生活が欲しい、と仄めかしているように思えるのだ。日中の散歩で日焼けするのが怖い人は、少なくとも月光浴で満足しておくものである。（AWS）

171　フランスのさる批評家は、ヘムステルホイスの著作のなかに「いかにもドイツ人らしい粘液質〔冷淡さ〕」を見出した。さらにほかの批評家は、ミュラーの『スイス史』の仏語訳が出た後、この本には将来の歴史家にとって有益な資料が含まれている、と言った。こういうおびただしい無知蒙昧の数々は、(65)人間精神の年鑑にでも書き留めて保管しておくべきではあるまいか。それに、どこか天才の着想と似てもいる。それらはどんなに知識を集めても、そうそう思いつけるものではない。それらはとたんに面白みをなくしてしまうだろう。だから、注釈と称して一言でも付け足せば、（AWS）

172　いかにも詩的天才ならではの特徴がなにかと言えば、それは、おのれが知っているということを知っているよりも、はるかに多くを知っている、ということだろう。（AWS）

173　本物の詩人の文体に、飾りなどまったくない。一切が必然的な聖刻文字(ヒエログリフ)なのだ。

（AWS）

174　詩芸術(ポエジー)は、内なる耳にとっての音楽であり、また、内なる眼にとっての絵画である。ただし、音の消された音楽であり、また、漂い消えゆく絵画である。　（AWS）

175　絵画を観るときは目を閉じるのが一番、そうすれば想像力(ファンタジー)が邪魔されないから、という人は少なくない。　（AWS）

176　天井画の多くについて、文字通りにこう言える。天から楽天使がたくさんぶら下がって、何ともめでたい限り、と。(66)　（AWS）

177　言葉を用いて絵画を描こうとする技、それは失敗してばかりではあるが、こうした芸術に対して処方を与えるとすると、一概に言って、描く対象に応じてどこまでも多彩に手法(マニール)を取り換えよ、と言うほかあるまい。時には描写対象とされた瞬間が、物語の流れのなかから生き生きとうまれてくるかもしれない。場所を説明するには、時として、ほとんど数学のような正確さも必要である。ふつう、何がどうなっているかを読者にわからせるには、描写する際の調子が一番ものをいう。この点、ディドロ(67)は達人である。彼はまるでフォーグラー(68)のように、絵画という音楽をあまた奏でている。（AWS）

178 ラファエロを奉じた神殿、せめてその控えの間にドイツ絵画から何がしかを選んで陳列することが許されるとしたら、アルブレヒト・デューラーとホルバインは、学者メングス(69)よりも、きっとあの聖域の近くに並ぶこととなろう。（AWS）

179 オランダの芸術趣味が偏狭だからといって、これを貶めてはならない(70)。第一に、彼らは自分の欲するところをはっきりと知っているのだから。第二に、彼らは自分自身のジャンルをみずから作り上げたのだから。さて、これら誉むべき二点のうちひとつでも、イギリスの芸術愛好家に認められるだろうか？（AWS）

180 ギリシアの造形芸術は、混じり気なく高貴なものを表現するとなると、きわめて慎み深くなる。例をあげれば、一糸まとわぬ神々や英雄の姿を借りて、いかにも現世的な欲望を、このうえなく控えめに仄めかすのだ。もちろん、ギリシア芸術は中途半端な慎み（デリカテッセ）などとは無縁であって、だからこそ獣欲にまみれたサテュロスを、一切包み隠さず見せつける。いかなるものも、それぞれの本分のまま、表現されねばならないのだ。これら制御不可能なものたちは、その姿を見ただけでわかる通り、人間の本性のなかから放逐されたものである。同様に、両性具有者（ヘルマフロディーテ）を作り出したのはおそらく、官能のみならず、倫理にもとづいた抜け目なさであったろう。というのも、性的な欲求がひとたびこのように誤った道に入り込んでしまったからこそ、生まれながらこの道に定められた創造物が考え出されたわけである。（ＡＷＳ）

181　ルーベンスの絵画においては、人物たちはぼうっとして互いの輪郭がぼやけたままであるが、全体の構図はしばしば酒神讃歌風（ディテュランボス）である。彼の精神は火のように高ぶって、重苦しい風土と闘っているのだ。(71) 彼の絵画が内的にもっと調和しているとしたら、彼にはあのような活力は必要なかった。というより、フランドル人である必要はなかった。（ＡＷＳ）

182　ディドロの如き人物に、展覧会について書いてもらうこと。これこそ、皇帝しか味わえぬ本物の贅沢というものだ。（ＡＷＳ）

183　ホガースは醜を描き、かつ美について書いた[72]。（AWS）

184　ピーター・ラールのバンボッチアーテ[73]は、イタリアに繁茂したオランダ産の外来植物である。イタリアのいっそう暑い気候のためにその色彩はより褐色を帯び、人物や表情はいっそう活発な力を得て醇化（じゅんか）されたようである。（AWS）

185　題材が寸法を忘れさせることもある。例えばオリュンポスに座すゼウス[74]は立ち上がってはならなかったわけだが、これは見苦しいとはされなかった。もし立ち上がったなら、屋根を突き破ってしまっただろうからである[75]。ところが、レリーフ付きの台座にのったヘラクレスは、いっそう超人的に巨大に見える。作品の題材が何か、思わず錯覚させられるのは、もっぱら縮約した場合だろう。平凡なものを敢えて巨大に仕上げると、その平凡さはいわば倍増する。（AWS）

186　ヨーロッパ人の肖像画が光と影に彩られているのを見て、この人たちは本当にこんな汚い顔をしているのか、と尋ねる。そんな中国人のことを、我々が嘲笑うのも理の当然だ。がしかし、古代ギリシア人にレンブラント流の明暗法を用いた作品を見せたとして、彼が無邪気にも、キムメリオス人の国(76)ではきっとこんなふうに描くんだろう、と述べたとする。このとき我々には、このギリシア人を嘲笑う勇気があるだろうか？

（ＡＷＳ）

187　低劣な情欲に抗うための手段として、美の崇拝ほど強力なものはない。だから高次の造形芸術はすべて純潔なのであるが、ただしその際、その題材が何であるかは別だ。それらは官能を醇化するのであって、つまりアリストテレス言うところの悲劇が、抑えがたい情動を浄化するのと同じである(77)。もっともここでは、これら造形芸術が偶然にもたらす作用は度外視しておく。というのも魂のけがれた者ならば、ウェスタの処女(78)を目にしてさえ、情欲に駆られかねないからである。

（ＡＷＳ）

188　ある種の事柄は、いつまでも凌駕されぬまま残る。なぜならそれに追いつき追い越すための条件というのが、あまりに情けないものだからである。ヤン・ステーン(79)のような呑んだくれの居酒屋亭主がひとかどの芸術家になれっこないからといって、ひとかどの芸術家が一介の居酒屋亭主になることは、期待できない。

（ＡＷＳ）

189　ディドロの絵画論のなかにわずかに存在するどうでもいい部分、それは感傷的な部分だ。ところがディドロは、こういう感傷的なものにまんまと騙されそうな読者を、彼一流の類稀な厚かましさでもって、みずから叱責したものである。（AWS）

190　これ以上なく退屈で平板な自然が、風景画家を育てる最良の教師である。考えてもみればいい、この分野でオランダ芸術がどれほど豊かであることか。貧しければこそ、やりくり上手にもなる。足るを知るためのセンスが育つ。それは自然のなかで高次の生が寄越す、どんな些細な合図をも楽しむことができる。旅の途上ではロマンティックな光景に出会おうとする。旅先であることから、その光景は芸術家にいっそう感銘を与えるものだ。想像力もまた、対立命題（アンチテーゼ）と無縁ではない。例えば、恐ろしい荒涼の地を描かせたら並ぶものなき画家、サルヴァトール・ローザ[80]。彼はしかし、ナポリ生まれであった。（AWS）

191　どうやら古代人は、細密彫り（ミニチュア）においても不朽のものを愛したようだ。つまり彫石術[81]は、彫刻の小型版（ミニチュア）なのである。（AWS）

192　山と積みあがったありとあらゆる自然の宝庫に、科学がどれほどせっせと手を加えようとも、古代の芸術そのものがかつてのままに蘇ることはあり得ない。なるほど、蘇ったかに見えることもままある。けれどもそこには、やはり何かが足りない。すなわちそれはまさしく、生命にこそ由来するものであり、模造不可能なものである。その一方でしかし、古代芸術のたどった運命は、一言一句たがわず蘇りつつある。それはあたかも、コリントの宝であった美術品の数々でもって、きわめて乱暴なかたちでおのれの鑑識眼を磨いた、あのムミウス(82)の亡霊であるかの如く、いままさに、死者の国から復活したのである。　　　　　　　　　　　　　　　　　（ＡＷＳ）

193　芸術家の名前とか、学者がさりげなく仄めかすこととか、こうしたものに幻惑されることなく古今の詩人をよく見てみると、そこには造形芸術へのセンスが思ったほど見当たらないことに気づく。誰よりもピンダロスは、詩人のなかでも彫塑的詩人と言えるし、それに古代の壺絵の繊細な様式を見ていると、彼のいかにもドーリア的なしなやかさと、心地よい壮麗さとが連想されるのである。またプロペルティウスは、たった八行の詩句で八人の芸術家の特性を描き出すことができたわけだが(83)、そんな彼は、ローマ人のなかでは例外である。ダンテは視覚世界を題材とする際、まるで画家のような偉大な資質を示したけれども、ただし、彼に備わっていたのは遠近法の技術ではなく、むしろはっきりとした線描の技である。彼には遠近法のセンスを磨くための主題がなかったのだが、というのも近代芸術はそのころ子供同然であったし、古代の芸術はなおも地下に眠ったままだったのである。だが、あのダンテが画家から何を学ぶ必要があったろう。なにしろミケランジェロさえ、この人から学んだほどだというのに。アリオストを読むと、この詩人が絵画芸術の最盛期を生きていたことが実感される。[84] 彼は美しいものを叙述する際、絵画趣味の嵩じるあまり、詩芸術（ポエジー）の限界を飛び越えてしまうこともあった。ゲーテの場合、決してこういうことはない。彼は造形芸術を作品の題材とすることがあるが、しかしそれ以外、彼の作品には造形芸術がこれ見よがしに言及されることはまずない。あるいは無理にもそれが言及されることもない。心穏やかながら、あふれんばかりに所有する、ということ。こうした場合、その財産は陽の目を見ようとひしめき合ったりはしないし、わざわざ身を隠したりもしない。仮にこのような箇所をどれも差し引いたとしても、登場人物たちの群れなすありさま、一人ひとりを輪郭づける際の単純なる偉大、こうしたものを見れば、芸術に対するかの詩人の愛と洞察とは、やはり紛れもないであろう。

（ＡＷＳ）

194　古代貨幣の真贋を見分ける表徴(メルクマール)として、古銭研究ではいわゆる青錆がある。時間が与えるこうした刻印をしのぐべく、偽造術はありとあらゆる手を尽くして模倣に努めてきたのである。ところでこのような青錆は、人間、英雄、賢人、詩人たちを見分ける際にも存在する。ヨハネス・ミュラーは人間という古銭を鑑識するすぐれた研究者である。（AWS）

195　コンドルセは死の危険に包まれながら、人間精神の進歩についての著作をものした。この時、もしも彼が残されたわずかの時間を、かの無限なる展望を開くためではなく、有限なる個体としての自己を誇示するために使ってしまったとしたら、コンドルセは果たして、あれほどの素晴らしい偉業を成しえただろうか。後世の人々と語らううちに自分自身を忘れる。まさにそのことによって、彼は後世に訴えかけることができたのではないか?(85)（AWS）

196　正真正銘の、自伝。それが執筆されるのは次のケースのいずれかによる。まず、おのれの自我の虜となった神経症患者によって。ルソーがこれに含まれる(86)。あるいは、芸術家なり冒険家なりの、強靱な自己愛によって。例えばベンヴェヌート・チェリーニ(87)がそうだ。あるいは生まれながらの歴史記述者によって。彼らにとっては、自分自身でさえ歴史学的芸術のための材料にすぎない。あるいは、後世の人々にも媚(こび)を売ろうという、そんな女性たちによって。あるいは、念入りすぎる人たちによって。つまり死ぬ前にどんな些細なことでも整理しておきたくて、だからこの世を去るにあたっては、自分自身に注釈を施さずにはいられない、というわけだ。あるいはまた、自伝とは結局、公衆を前にしての自己弁明でしかない、と見ることもできる。自伝作家たちの上流階級は、自己欺瞞者たちで構成されているのだ。(88)

197 独創性(オリギナリテート)への偏執が生んだ奇形児。ドイツ以外の文学を探しても、そんな奇形児はなかなか見当たらない。この点からしても、我々がやはりヒュペルボレオス人であることがわかる。ヒュペルボレオス人の慣わしでは、アポロンへの捧げものはロバであった。ロバがおかしな飛び跳ね方をするのを見て、アポロンは面白がったというわけだ。(89)

（AWS）

198 かつて我々のもとで説かれていたのは、自然という福音であった。いまではもっぱら、理想という福音ばかり聞かされる。それにしても忘れがちなのだが、この二つは緊密に一体となり得るのであって、表現さえ美しいならば、そこでは自然は理想のごとく、理想は自然のごとくあるはずなのだ。（AWS）

199　崇高こそイギリスの国民性である、という説がまず生まれてきたきっかけは、居酒屋の亭主たちとみて間違いない。ところが小説や芝居の類がこの説をさらに引き立て、それによって、崇高な滑稽という学説に対してはねつけ難い寄与を果たしたのである。（AWS）

200　「阿呆の言うことなんか、俺は信用しないぞ」とは、シェイクスピアに登場するとても利口な阿呆の言である。「まずは奴の脳みそを見てみないことにはな」[90]。こうした信用のための条件を、ある種の自称哲学者たちに要求したいところである。賭けてもいいが、カントの著作をもとに彼らがつくったのは張りぼてだった、とわかるはずだ。（AWS）

201　『運命論者ジャック』しかり、『絵画試論』しかり、そのほかディドロがまさにディドロそのものであるあらゆるところ、彼は図々しいまでに率直である。彼は自然に不意打ちを食らわせる、それも稀ならず、自然が色っぽい寝間着姿でいるときに。さらに、自然がその生理的欲求のままに用を足すのさえ、見逃さなかった。（AWS）

202　芸術には理想が不可欠だ、と必死で説かれだして以来、理想という名の怪鳥を無邪気にも追い回す、そんな徒弟どもを見かけるようになった。連中としては、もう手が届くとみるやいなや、鳥の尾に美学（エステーティク）という塩を振りかける魂胆だろう。（AWS）

203　モーリッツは、抽象概念を言い表すために、まるでギリシア人のように形容詞を中性名詞化するのを好んだ。そうしていかにもいわくありげにしようとしたのである。例えば、彼の『神話論』や『アントゥーサ』(91)について、モーリッツ流に言えば次のようになるだろう。ここでは至るところ、人間的なモノが聖なるモノに近づこうとし、また思考するモノは象徴的なモノのうちに自らの姿を認めようと努めるのだが、しかし思考するモノは、自分が何を言っているのか理解できないことがままある。（AWS）

204　どなたかが講壇の上からどんなにご立派な話をしたところで、そこに本当の喜びは、微塵もない。なぜなら、こちらからその人に話しかけてはならないのだから。同じこと

は、いかにも教師ぶった書き手にも言える。（ＡＷＳ）

205　批判こそわが仕事、と常々称する連中。その筆致は冷淡、平凡、お高くとまって、とてつもなく味気ない。そんな連中にとって、自然も感情も高貴さも、精神の偉大さも、存在しないに等しい。ところが彼らの行いたるや、まるでこれらを裁判官たる自分の前に引き出してやろうとでも言わんばかりだ。そんな彼らがなまぬるい感激を込めて究極目的とするものはといえば、かつてフランス宮廷にたむろしたへっぽこ詩人を真似ること。とにかく間違いのないこと、これが彼らにとっての美徳である。良き趣味こそ、彼らの崇め奉るもの。つまり偶像であって、それに仕えるに、喜びなどあってはならない。さて、こうして出来上がった肖像画を見て、美学の神殿に住まう祭司たちの姿を、そこに認められない人がいるだろうか。彼らはキュベレの祭司たち(92)と同じ人種なのだ。（ＡＷＳ）

206　断章（フラグメント）は、一個の小さな芸術作品と等しく周囲の世界から完全に切り離され、それ自体のうちで完結していなければならない(93)。一匹のハリネズミのように。

207　無神論の辿る階梯は、決まって次の通りである。まず悪魔、次に聖霊、その次にキリスト、最後に父なる神の順で攻撃されてゆく。（AWS）

208　とても幸せな気分で、次から次へとアイデアが浮かぶのに、それを他人に伝えることも、実際に何かを産み出すこともできない、そんな日がある。つまりそれらはアイデアではなく、アイデアの霊にすぎないのだ。（AWS）

209　例えばフランス語のように慣例でがんじがらめの言語は、一般の意志が支配権を要求し、共和制となってもよさそうではないか？　言語が人々の精神を支配するのは明らかである。しかしだからと言って、言語が神聖にして不可侵だということにはならない。かつて主張された国権の神授説が、自然法ではもはや通用しないのと同じである。（AWS）

210　こんな話がある。クロプシュトックは、フランスの詩人ルジェ・ド・リール(94)が訪ねてきたのを出迎えて、こう言ったというのだ。「よくもまあドイツに来られたものですね。あなたの創った『ラ・マルセイエーズ』のおかげで五万もの勇敢なドイツ人が命を落としたというのに」。この咎めだては、不当であった。なにしろサムソンは、ロバの顎の骨でもってペリシテ人たちを叩き殺したのではなかったか？[95]『ラ・マルセイエーズ』が本当にフランスの勝利に絡んでいるとしたら、少なくともルジェ・ド・リールは、おのれの詩(ポエジー)の持つ殺人的な威力を、当の一曲で使い果たしてしまったのだ。それ以外の彼の作品を全部集めても、ハエ一匹、叩き殺せはすまい。（AWS）

211　群衆を無視することは、道徳にかなっている。群衆に敬意を表することは、法律にかなっている。

212　ひょっとすると、自由の名に値する民族など存在しないのかもしれない。が、この問題は神の法廷(フォルム・デイ)に委ねておこう。

213　大多数を専制支配する少数が、少なくとも共和政体を保持している。こうした国家だけが、貴族政体と呼ばれるに値する。

214　完全な共和国は、民主政によるだけでなく、同時に貴族政、また君主政によるものでなければなるまい。自由と平等による立法の内部においては教養あるものが教養なきものを抑えかつ導き、そうして一切が一個の絶対的な全体へと有機的に組織化されなくてはなるまい。

215　市民の名誉への侵害に対して、生命への侵害ほどの厳罰を下さない。そんな立法が果たして道徳にかなっていると言えようか。

216　フランス革命、フィヒテの知識学、そしてゲーテの『マイスター』。これらが、この時代最大の傾向である。(96) このような組み合わせに抵抗を覚える人。騒々しさや実質性を伴わない革命などどうでもいい、としか思えない人。こういう人は、人類の歴史を広々と見わたす高度な立脚点まで、まだ上がったことがないのだ。我らの有する文化の歴史、ほとんどそれは、模範となるべき原典もないまま延々と注釈ばかりが付された異本のコレクションに似ている。こんな貧弱な文化の歴史であるとはいえ、そこには数々のささやかな書物があって、同時代の騒々しい群衆はそれにほとんど目もくれないが、しかしそれらの書物こそ、連中がしでかしたことを全部ひっくるめてもかなわぬほど、重要な役割を担っているのである。

217　語彙は古風に、語順は新奇に、簡潔な上にもなお簡潔に、たっぷりと微に入り細を穿つこと。そうすれば人物描写の際、いまひとつ理解できないその人物の特徴が、理解できぬままに再現できる。したがって、以上が歴史記述の文体の本質的特性である。だが何より本質的な特性は、貴族的な気高さ、壮麗さ、品格。こういう気品を歴史記述の文体が獲得するには、まず血統正しき純国産の語彙があくまでも均質で純粋であること、また、これ以上なく立派で重みもあってお見事な語彙を選び出すことが必要だし、さらに、明晰に——曖昧であるより硬質すぎるほうがよい——分節された、トゥキディデス[97]もかくやといわんばかりの、複雑な堂々たる掉尾文[98]、そのうえ調子や色彩はカエサル流に質実剛健、一気呵成、磊落闊達、だが特に重要なのは、タキトゥスを思わせるほどひたむきで気高い教養であって、それこそ無味乾燥な単なる経験的事実を詩(ポエジー)と化し、都会的に洗練させ、哲学にまで高め、浄化しかつ普遍化せずにはおかないのだが、それによってただの経験が、まるで完全無欠の思想家であると同時に芸術家でありかつ英雄でもある、そんなひとりの人物によって把捉され、幾重にも練り上げられたかのようになり、しかもそうでありながら、露骨な詩情(ポエジー)、純粋に凝り固まった哲学、あるいは場違いの機知が調和を乱したりはしない。さて、歴史記述においては以上のすべてが一つに溶け合っている必要がある。だから比喩も対立命題も、もっぱら仄めかすにとどめるか、あるいは再び溶解しなければならない。そうして漂いかつ流れるような表現が生まれるが、それこそ、活発に動き回る人物たちが生まれてくる有様そのものだ。

218 これは将来こうなるだろう、とあらかじめわかっているように思うたび、何だかびっくりして首をかしげてしまう。だがそれに劣らず不思議なことに、これが今こうなっている、とわかることができるのである。もっともこんなのは日常茶飯なので、誰も驚きはしないのだが。

219 古典時代の土壌に立つ古代人たちへの、ペダンティックなイギリス人による、わざとらしくもさもしい信心ぶり。ギボンにおいてそれは、没落し、廃墟と化した太古の栄華についての、センチメンタルなエピグラムになるまで洗練されてはいる。けれども似非信心がその本性から改心しきるのは無理だった。ギボンがギリシア人を解するセンスをまるで持ち合わせていなかったということは、彼自身がさまざまなかたちで示している。さらにローマ人に関して言えば、彼が好むのはもともと物質面での壮麗さだけ。だがとりわけ好むのは、商業か数学かのどちらかしかない国民性にふさわしく、量的崇高なのである。こうなると、トルコ人だってギボンにとっては同じだったのでは、と考えてもおかしくない[99]。

220 いかなる機知も宇宙の哲学（ウニヴェルザール・フィロゾフィー）にとっての原理であり器官であるとすれば、またいかなる哲学も宇宙的全体の精神（ウニヴェルザリテート）、互いに融合と分離とを永遠に繰り返す一切の学問についての学問、つまりロゴスによる化学にほかならぬとすれば、ベーコンとライプニッツ、このスコラ的散文の両巨頭のうち前者が最初期の、後者が最大級の使い手（ヴィルトゥオーゾ）の一人であった機知、すなわち絶対的で熱狂的でどこまでも質料的な機知に備わる価値と品位は、無限である[100]。学問上なされてきたもっとも重要な発見の数々は、実にこの機知による鋭い警句なのである。というのもそれらは、偶然の不意打ちによって成立したからであり、その思考が結合術的だからであり、さらに、そのぞんざいな文体がまさにバロック様式だからである。とはいえ内実を見れば、むろんそれらは、単に詩的な機知をはるかにしのぐ。というのももっぱら詩的な機知が引き起こす期待など、どうせ無に帰してしまうからである。もっともすぐれた発見は、無限なものへの眺望を開く、小さな隙間だ。ライプニッツの全哲学は、このような意味で機知ゆたかな、数少ない断片（フラグメント）と構想（プロジェクト）から成り立っている。カントと言えば哲学におけるコペルニクスだが、彼はおそらく、ライプニッツ以上の混合主義的精神と批判的機知とを生まれながらに持っている。しかし彼がおかれた状況と彼が辿った教養形成には、それほどの機知はない。しかも彼が思いついた数々の着想も、まるで流行歌のようになってしまった。カント主義者どもが愛唱したあまり、もはや擦り減ってしまったのだ。だからカントは、すぐ不当に非難されるのだろう。つまり実際以上に機知がないと思われがちなのである。もちろん哲学は、それがもはや天才的な着想の降りてくるのを期待したり当てにしたりするまでもなく、なるほど熱狂的な精力と天才的な技術は必要ではあるが、それでも確実な方法によって不断の前進を続けることができてはじめて、正常な状態であることはたしかだ。だがしかし、結合術による芸術と学問がいまだ存在しないからと言って、現になお存在する、綜合的天才の残したわずかの産物に敬意を払ってはならないのだろうか。それに、真の結合的な芸術や学問など、どうしてあり得るだろう。なにしろ我々は、依然として小学校低学年よろしく、ほとんどの学問はその文字をたどたどしくなぞっているばかりで、哲学の数ある方言のなかの一つについて、その格変化と語尾変化を覚えては目的に達したと錯覚し、統語法など思いもよらず、掉尾文にいたってはこれっぽっちも構成できずにいる、まだその程度だというのに。

221　A「あなたは日頃から、自分はキリスト教徒だと言い張っておられる。キリスト教とはどんなものだとお考えですか?」――B「一八世紀も前からキリスト教徒がキリスト教徒として作り続けているもの、あるいは作ろうとしているもの、これがキリスト教です。キリスト教徒であること、これは私には、一個の事実（ファクトゥム）[101]であるように思えます。ただし、ようやく始まったばかりの事実ですから、一つの体系として歴史的に叙述することはできません。もっぱら予見的批評によって特性描写することしかできないのです」。

222　神の国を実現しようという革命的な希望。それは進展的な文化形成（ビルドゥング）に弾みをつける段階であり、近代史の出発点である。神の国と何らの関係も持たないものは、近代史において枝葉末節にすぎない。

223　いわゆる国家史とは、ある国民の政治的現状を何らかの現象と見なし、その現象がいかに発生したかを定義する営みにほかならず、だから純然たる学芸とはいえない。むしろそれは学問による商売であって、かつてのファウスト・レヒト[102]のような悪習とか当世の流行とかに反発し、あくまで実直にふるまうことによって洗練されうるのみである。

また世界史も、全人類の普遍的教養形成という本義(ガイスト)を忘れ、別の何かを前面に出すやいなや、詭弁に陥る。さらには道徳的理念とて、歴史という宇宙全体のなかで、ある一党派に与(くみ)した途端、ただの他律的原理になるだろう。そして歴史叙述においてこれ以上なく腹立たしいのは、言葉巧みに横目を使うこと、それに教訓を垂れることである。

224　ヨハネス・ミュラー(103)は歴史を書きながら、しばしばその眼差しをスイスから世界へと向けている。だが世界市民の眼でもってスイスを観察することはあまりない。（AWS）

225　伝記がひたすら一般的な記述に努めるようなら、それは歴史の断片(フラグメント)である。個体の特性を描写することにすっかり専念するのなら、その伝記はただの記録文書、あるいは処世術を伝える産物である。

226　仮説に対してそんなに反論ばかりするのなら、一度、仮説なしの歴史学でも企ててみればいい。何かが存在する、と言う前に、それが何かを明らかにしておかねばならない。事実について考えているときには、すでにその事実は概念に結びつけられている。

しかも、それがどの概念かが大事なのだ。このことがわかっていれば、あとは考えられるさまざまな概念のなかから、どんな種類の事実でも結びつくはずの必然的な概念を指定し、選び取ればいい。そんなのは承服しかねるというのなら、依然として本能、偶然、あるいは恣意のままに概念を選び続けるだけのこと。純粋にして堅実な、まったくアポステリオリな経験的方法を確立したと自分では思い込んでいるのだが、そこにあるのは、きわめて一面的で、きわめて独断論的で超越的な、アプリオリな見方にすぎない。

227　人類の歴史に規則性などまったく無いように見えるのは、なぜか。それは、自然にはさまざまに不均質な勢力圏があって、それら一切が自然のなかで出会い、また干渉しあうことによって、衝突が絶えないからである。さらに言えば、自由な必然性と必然的な自由が支配するこの自然という領域においては、無条件な恣意などに制法権も立法権もない。せいぜい、執行権と司法権という肩書でごまかす程度だ。コンドルセは、フランス人とは思えぬほどの熱狂でもって、無限の完成可能性の理念を歓迎した。この理念はいささか手垢まみれとなってしまったが、しかし彼の心は称えられてよい。だがそれに劣らず、彼の精神も称えられよう。それは歴史のダイナミズムという思想のための見取り図を描いたからだ。

228 おのれの行為がいかなる歴史的傾向にあるか。これが、国家に仕える政治家にして世界市民たる者の実際的倫理を決定する。

229 アラビア人はきわめて攻撃的な性質を有しており、諸国民のなかの破壊者である。彼らは翻訳が完了すると原典を残らず根絶やしにするか、あるいは棄ててしまうというが、こうした彼らの趣味は、彼らの哲学に備わる精神の特性を描き出してくれる。まさにこれあってこそ、彼らは中世のヨーロッパ人に比べて限りなく洗練されていたのだろう。しかも豊かに洗練された文化を持ちながら、中世ヨーロッパ人よりもまるで野蛮だった。野蛮とはつまり、古典的模範に敵対すると同時に、進歩思想にも抗うもののことである。

230 キリスト教精神が生んださまざまの秘儀は、理性と信仰を絶え間ない争いに巻き込んだ挙句、非経験的なあらゆる知識に対する懐疑的な諦念か、でなければ批判的観念論のどちらかに行き着くしかなかった。

231　カトリシズムは素朴(ナイーフ)なキリスト教である。対してプロテスタンティズムは感傷的(センチメンタル)なキリスト教であり、その論争性や革命性がもたらした功績のほか、さらなる積極的功績として、聖書の神聖視を通じて文献学のきっかけを作ったことがあげられる。進展的な普遍宗教にとってもまた、文献学は不可欠なのだ。ただし、プロテスタンティズムにはおそらく、なおも都会的洗練が欠けている。例えばいくつかの聖書中の物語をまるでホメロスの叙事詩みたいに書き換えたり、ほかの部分はヘロドトスのように虚心に、かつタキトゥスのように厳格に、古典的歴史記述の文体で叙述してみたり、あるいは聖書全体を、たった一人の作家の書いた作品として批評してみたり。こんなことをすれば、誰だって話にならん逆説(パラドクス)と思うだろうし、腹を立てる人も多かろうし、やっぱりやり過ぎだ、と思う人だっているだろう。だが宗教をいっそう寛容(リベラル)にするかもしれない試みが、ただのやりすぎと思われてよいものか？

232　まさしく「一」であるところの事物はすべて、同時に「三」であるのが常なのだから、とすれば、なぜ神についてだけ話は別とされるのか、見当もつかない。なにしろ神は単に一つの思想であるのみならず、同時に一つの事物でもある。ただの思い込みでない限り、思想はすべて事物なのだから。(104)

233　宗教は大抵の場合、教養形成(ビルドゥング)の補完物である、あるいはそれどころか、教養形成の代用品にすぎない。自由の所産でないならば、何であれ、厳密な意味で宗教的ではない。つまりこう言っていい、自由であればあるほど、いっそう宗教的である。そして教養形成されていればいるほど、宗教ではない。

234　仲介者はただ一人いればよいなんて、狭量なうえに思い上がりも甚だしい。このように見たとき、かの比類なきスピノザこそ、完全なキリスト教徒にもっとも近いと言っていい。完全なキリスト教徒にとっては、きっと万物が仲介者であるはずだろう。(105)

235　今となってはキリストも、さまざまなやり方でアプリオリに演繹されてしまっている。だが聖母のほうはどうだろう。彼女もまたキリストに劣らず、純粋理性とは言わないまでも、女性的な理性と男性的な理性が抱く根源的にして永遠、かつ必然的な理想を名乗る資格がありはしないだろうか？

236　一個の理想を表現するためには可能な限り多くの美徳をかき集め、それを一つの名のもとに束ねて包まねば、とか、ある人物が抱く道徳の完全な概要を作成せねば、とか、そのように思い込んでいる人がいる。ひどい誤りだが、これは依然としてありがちな誤解なのだ。何しろあのように理想を表現しようとしたところで、結局、個性と真実が消えるだけで、何も残りはしない。量を求めても、理想は見つからない。理想は、質にこそある。グランディソン[106]はただのお手本であって、理想ではない。（ＡＷＳ）

237　ユーモアとはいわば、感情による機知である。だからその表現は意識を伴って構わないのだが、ただし、そこに何かしらの意図が認められるなら、すなわちそれは偽りのユーモアである。（ＡＷＳ）

238　そのことごとくが観念と実在の比例関係で成り立っており、したがって哲学の造語とのアナロジーで言えば、超越論的文学（ポエジー）とでも呼ぶほかない、そのような文学（ポエジー）が存在する。それはまず諷刺詩として、観念と実在の絶対的相違をもって始まり、次に悲歌としてその中間を漂い、最後は牧歌として、両者の絶対的同一性をもって終わる[107]。ところで超越論的哲学の場合でも、批判的でないようなもの、産出物とともに産出者をも描き出すことのないようなもの、そして超越論的思考の体系のなかに、超越論的思考についての特性描写を含んでいないようなものが評価されることはほとんどあるまい。とすれば超越論的文学もまた、近代詩人によくある創作能力の詩的理論（ポエーティッシェ・テオリー）〔創造的直観〕のための超越論的素材と下準備を、ピンダロスの作品、ギリシア人の抒情詩断片、また古代の悲歌に見られ、近代では特にゲーテに見られるところの芸術的な省察、そして美的な自己反省と結び合わせて一つにするべきだろうし、そしてその描写のどこをとっても自分自身を描写しているべきだろうし、かつそこでは、どこもかしこも文学（ポエジー）であると同時に文学（ポエジー）の文学（ポエジー）であるべきであろう。

239　アレクサンドリアとローマの詩人たちは、いかにも詩的でない、やりにくい題材を好んだが、[108]その根底には、一切は詩（ポエジー）にされるべし、という偉大な思想がある。ただしこの思想は決して芸術家の意図とは関わりなく、あくまで作品そのものの歴史的な傾向である。古代もさらに時代を下ると、詩の折衷主義者たちがありとあらゆるジャンルを混ぜ合わせるようになる。その根底には、ただ一つの哲学があるべきなのと同様、詩（ポエジー）もまたただ一つであるべきだ、との要求がある。

240　アリストファネスにおいては、道徳に反してこそ法にかなうのであり、悲劇詩人たちにおいては、法に反してこそ道徳にかなうのである。

241　自分のものにできたら、と思うありとあらゆる性質を、神話の登場人物たちが象徴してくれるのだから、何とも便利なことである。それらの人物たちについて滔々（とうとう）と語っているうちに、お人好しの読者なら、そこで象徴されている性質を、語っている本人に備わっているものと勘違いしてしまう。もし優美の女神（グラーツィエ）が神話に登場しなかったとしたら、我々の知っている詩人のうち、誰かさん、あるいはあちらの誰かさんなぞ、とてもやってはいられまい。(109)　（AWS）

242　もし誰かが、古代人を一つのまとまりとして特性描写しようとしたとしても、それはおかしい（パラドクス）と思う人はいない。ところが、これは連中が自分で何を言っているのかまるでわかっていないから当然なのだが、次のように主張すれば、当の彼らは途端にぎょっとするだろう。つまり、古代の文学（ポエジー）はきわめて厳密かつ文字通りの意味で、一個の不可分の個体（インディヴィードゥウム）である、と。しかもその相貌も手法（マニール）も行動基準も、我々が法や社会のもとで常に人格だと、いやそれどころかまさに不可分の個体だと否応なく見なしており、かつそう見なすべき相貌、手法、行動基準といった現象を全部あわせた以上にはっきりと際立ち、独創的であり、首尾一貫しているのである。これ以上分割できない個体(インディヴィードゥエン)。それ以外、何を特性描写できようか？　ある所与の立場からはもはやこれ以上掛け算不可能なもの、それはこれ以上割り算不可能なものと同様、歴史における一単子(アインハイト)ではないのか？　あらゆる体系はどれも個体であり、あらゆる個体もまた、少なくともその萌芽を見れば、またその傾向によれば、どれも体系ではないのか？　実在的な単子(アインハイト)は、すべて歴史的なのではないか？　個体からなる体系のすべてを内包する個体は、存在しないのだろうか？

243　かつて存在した黄金時代という虚像は、なお来たるべき黄金時代の接近を妨げる、最大の障害の一つである。仮に、黄金時代なるものがあったとしよう。だがそれは本当の黄金ではなかった。黄金なら錆びることなどあり得ない。あるいは風化もあり得ない。黄金は、ありとあらゆる混合と分解を繰り返すことによって生じる。それこそ不滅の再生である。永遠不変の持続を欲しないなら、黄金時代などむしろ始まらないほうがいい。だから黄金時代とはもっぱら、その喪失を嘆く悲歌に役立つばかりである。（ＡＷＳ）

244　アリストファネスの喜劇は、あらゆる側面から観察可能な芸術作品である。ゴッツィ(110)のドラマには、視点は一つである。

245　大多数に受ける詩やドラマは、あらゆる要素を少しずつ備えた、一種のミクロコスモスでなくてはならない。不幸もちょっぴり、幸運もちょっぴり。いくばくかの人工と、いくばくかの自然。美徳の量は分相応に、なお一服の悪徳を。機知のみならず精神も必要で、そればかりか哲学、何といっても道徳、おまけに政治も混ぜ入れなくては。ともかく何か加えてみること。こちらがダメでも、別の添加物なら効くかもしれない。それで出来上がった全体が仮に役立たずだったとしても、少なくとも害にはなるまい。何しろ、毒にも薬にもならぬからこそ好まれる薬は多いのだ。

246　近代喜劇が古代のアリストファネスそっくりになるための手段は、外面的には俗衆をいかに煽るかだが、内容的には魔術、戯画、具体的叙述がそれであって、これらの手段によって近代喜劇は、ゴッツィにおいて、アリストファネスを記念するところにまで至っている。とはいえ、喜劇の本質が熱狂的精神と古典的形式であることに変わりはない。

247　ダンテの予言的な詩作品は、超越論的文学（ポエジー）の類稀なる体系であり、この種のものでは依然として最高の体系である。シェイクスピアの宇宙的包括性（ウニヴェルザリテート）は、ロマンティックな芸術の中心点も同然である。ゲーテのひたすらに文学的な文学（ポエーティッシェ・ポエジー）こそが、文学（ポエジー）についての完璧を究めた文学（ポエジー）である。以上が近代文学の偉大な三和音であり、近代文芸のなかから批判的に選び抜かれた古典的詩人たちを、大小のありとあらゆる圏に配するならば、かの三者こそ、その天球の中心を占める何よりも神聖な環なのである。

248　偉大な人物たち一人ひとりが孤立していることは、ギリシア人とローマ人のなかではあまり見られない。彼らのなかに天才（ジェニー）はさほどおらず、むしろ独創性（ゲニアリテート）の方がいっそう豊かであった。古典古代の一切は、独創的なのである。古典古代は全体で一つの独創的精神（ゲーニウス）であり、それも、絶対的に偉大、比類なきもの、空前絶後と大げさでなく称しうる、唯一の独創的精神である。

249　詩作する哲学者、哲学する詩人は、予言者である。教訓詩は予言的でなくてはなるまいし、そうなる素質もある。

250　想像力（ファンタジー）、あるいは情念（パトス）、あるいは物真似（ミミック）の才のある人は、ほかのどんな技術的なことと変わりなく、文学（ポエジー）を学ぶことができるに違いなかろう。想像力は、霊感（ベガイステルング）に取りつかれることであると同時に、像を作り出すこと（アインビルドゥング）である。情念は、魂と激情である。そして物真似は、洞察する眼差しと表現である。

251　涙もろくてお人好しのあまり、ろくに悲劇を観ることもできない。有り余る高潔と品格のせいで、喜劇に耳を傾けようともしない。そんな連中が、今日ではなんと多いことだろう。これぞ我々の世紀がいかに軟弱な道徳を有しているかの大いなる証しであって、フランス革命は、これを誹謗しようとしただけなのである。

252　文学（ポエジー）についての、あるべき芸術学。それは芸術とありのままの美との間の、永遠に解決不可能な分断をもって始まるだろう。それ自身が両者の争いを具現化するうち、やがては人工文学（クンスト・ポエジー）と自然文学（ナトゥア・ポエジー）の完全な調和をもって閉じるだろう。こうした調和は古代人にしか存在しないのだから、となると件（くだん）の芸術学それ自身が、古典的文学の精神についての、高度な歴史叙述以外の何ものでもあるまい。次に、文学（ポエジー）一般についての哲学。それは美の自立性をもって始まるだろう。つまり、美的なものは真にして善なるものとは分かたれるべくして分かたれており、かつまた、美的なものは真にして善なるものと同等の権利を有する、という命題から始まるであろう。この命題の言わんとすることは、それをおおよそ理解できる者にとってみれば、自我は自我であるという命題[111]からおのずと帰結するものである。文学(ポエジー)一般についての哲学は、それ自身として、哲学と文学、実践と文学、文学一般とその諸ジャンルや諸様式、こうした二項それぞれの統一と分断の間を漂ううちに、やがては完全な統一をもって閉じるであろう。その始まりからは純粋詩学(ポエティーク)の諸原理が、また中間部からは近代文学のさまざまな特殊様式、つまり教訓的、音楽的、高度な意味での修辞的様式、等々の理論が生じることだろう。全体を仕上げる要石は、プラトンの政治的芸術学においてその基本的な大筋が示された、小説(ロマーン)の哲学[112]であろう。もちろん、ジャンルを問わず存在する最良の詩人たちをさして読んでもいないしそもそも熱意もない、そんなうわべばかりのディレッタントにとってみれば、ここで言うような詩学など、お絵描きしたいだけの子供に三角法の教科書をやるのと同じである。ある対象についての哲学を利用することができるのは、その対象をすでに知っているか、あるいはすでに所有している人だけなのである。そのような人だけが、件の哲学が何のために、何を言っているのかを理解できるのである。経験やセンスといったものを、哲学がこちらに接ぎ木してくれたり、魔法のように与えてくれたり、そんなことはあり得ない。それにそんなことを、哲学がしようとするわけがない。そんなことはとっくに知っている人が、なるほど、哲学から未知の何かを経験することはないだろう。だがそれは哲学によってはじめてその人の知識となるのであり、そのことによって、新たな姿を取るのである。

253　正確（コレクト）、という語が意味するのは、作品のなかのどれほど人目につかぬ奥底までも、またどんな些細な部分までも、作品全体の精神に従い、意図を込めてじっくり仕上げて完成させること、つまり、芸術家の実践的な反省のことである。このように根源的でいっそう高尚な語義に照らすなら、[113] 近代詩人のなかでおそらくシェイクスピア以上に正確な人はいない。しかも彼は、誰にもまして体系的でもある。すなわち、ある時はさまざまな個体、集団、それればかりか世界さえも、絵画の群像のようなコントラストで描き分けるその対照法によって。ある時は同じように大規模な音楽的シンメトリーによって、途方もなく息の長い繰り返し、リフレインによって。細かな文字レベルのパロディによることも往々にしてあるが、そうかと思うと、ロマンティックなドラマの精神を見下すほどのイロニーによっても。さらにはその至るところ、最高度にして完全きわまる個体性によって、またその個体性の表現によって。このきわめて多面的な表現において、最下位の感性的模倣から最上位の精神的特性描写に至るまで、文学(ポエジー)のすべての階梯が統合されている。

254 『ヘルマンとドロテーア』はまだ出版される以前から、フォスの『ルイーゼ』と比較されていた。それが世に出されることによって、こんな比較も終わるはずであった。ところが果たせるかな、『ルイーゼ』は、これから旅に出る『ヘルマンとドロテーア』の手に、あたかも読者への紹介状とでもいわんばかりに、押し付けられているのである。だが後世では、『ルイーゼ』の方こそ、こう紹介されることになるかもしれない。この作品は『ドロテーア』の洗礼式で代母を務めたのだ、と。(114)（AWS）

255 文学(ポエジー)は、それが学問になればなるほど、いっそう芸術にもなる。文学が芸術になるべきならば、そして芸術家がおのれの手段と目的について、またそれらにとっての障害とそれらが題材とするべきものについて徹底的な洞察と学識を備えているべきならば、だとすれば詩人は、おのれの芸術について哲学するのでなくてはならない。詩人がたんに創意の人、仕事の人ではなく、自分の専門分野における学識者でもあるべきならば、そして芸術の国に住まう同胞たちを理解できる、ということが求められるとするならば、詩人はまた、文献学者にもならねばならない。

256　理屈ばかりの(ソフィスティッシュ)美学が抱える根本的な誤りは、美をたんに一個の所与の対象、心理学の一現象と見なしていることだ。美は言うまでもなく、創造されるべき何かについての単なる空疎な観念ではない。美は同時に、事柄それ自体、つまり人間精神が根源的に行動するその方法の一つである。美はもっぱら一個の必然的虚構であるのみならず、事実(ファクトゥム)(115)でもある。すなわち永遠にして超越論的な、一個の事実である。

257　ドイツ人の集まる社交の場は、生真面目である。彼らの喜劇も諷刺も、生真面目である。彼らの批評も生真面目であり、彼らの文学のことごとくは、生真面目である。この国民の場合、愉快なものは相変わらず無自覚で無意識にしか現れないのだろうか？　（AWS）

258　俗受けを狙った文学。ときに喜劇的、ときに悲劇的に脱線し誇張する、そんな正気ではない文学の真似をしたがる、目立ちたがりの音楽。このような音楽や文学はすべて、やかましい(レトーリッシュ)。

259　Ａ「断章こそ宇宙の哲学の本来の形式ではなかろうか、とあなたは仰る。形式はどうでもよろしい。それより、そんな断章が、人類の最大にして重大な案件にとって、つまり学問の完成にとって、いったい何だというのです？　そして、どんな貢献ができるのです？」――Ｂ「精神の腐敗に抗う、レッシング流の塩にほかなりません。古代のルキリウスかホラティウスの文体による、諷刺と皮肉のてんこ盛り（ランクス・サトゥーラ）[116]。あるいは、批判哲学のために認識を促す酵母（フェルメンタ・コグニツィオス）[117]とさえ言っていい。または、時代というテクストに付される欄外注[118]ですな」。（ＡＷＳとフリードリヒ・シュレーゲルの合作）

260　ヴィーラント[119]はこう言った。ほぼ半世紀の長きにわたるわが経歴は、ドイツ文学の曙光とともに始まり、その没落とともに終わる、と[120]。実に堂々と白状したものだ、自分の眼は生まれつき錯覚ばかりしている、と。（ＡＷＳ）

261　『ヴィラ・ベッラのクラウディーネ』のなかの、詩心あるならず者がモットーとする、「気は狂えども抜け目なし」[121]。これはまた、天才による多くの作品の性格でもある。とすれば、規則を守ってばかりで退屈な作品に対しては、逆のモットーが適用されそう

だ。「分別あれども無知蒙昧」。（AWS）

262　善人は誰しも、ますます神に近づくものである。神になる、人間である、自己形成する。これらの表現が意味するところは同じである。

263　真の神秘主義は、最高位の道徳である。(122)

264　共同哲学（ズュン・フィロゾフィー）は、万人とともに行おうとすべきではない。同じ高みにいる人々に限るべきである。

265　真理を得るための天賦の才、これを有するのは少数である。だが、多くの人には間違えるという才能がある。まさに一個の才能であって、しかも堅忍不抜の大いなる努力が、せっせとこれを支えているのである。たった一つの間違いを作るための成分が、人間精神のありとあらゆる地域からかき集められてくる。まるで、誰も食べたことのない珍味でも作るかのように。

266 ロゴスについての憲法が起草されるまでは、暫定政府のような哲学があってもよいのでは？ そもそも、そのような憲法が承認され、発布されない限り、哲学などどれも暫定的なのでは？

267 すでに知っていることが多ければ多いほど、なお学ぶべきことも多い。知るほどに、知らないことが増えてくる。というかむしろ、無知の知は増大する。

268 幸せな結婚とされるものと、愛との関係。それは、正確に書かれた詩と、即興の歌との関係に似ている。

269 ある若手の哲学者について、Wはこう語った。「彼は脳のなかに理論の詰まった卵巣があって、毎日ひとつ、牝鶏よろしく理論を産み落とすんだ。この時だけが、彼のやすらぎだ。なにしろ、自己創造と自己破壊をいつまでたっても繰り返さなきゃならないのだから。まったく、骨の折れる軍事教練みたいなものだろうよ」[123]。（AWS）

270 ライプニッツは、周知の通り、スピノザにレンズを作ってもらった。しかもそれが、スピノザと、あるいはスピノザ哲学と交流した唯一の機会であった。[124] だがそれにしても、ついでに眼もこさえてもらっていたら！　そうすれば彼は、スピノザにとっては故郷であり、自分にとっては未知だった哲学の領域を、せめて遠くから望見するくらいはできたろうに。

271　古典古代に対する超越論的な視点[125]を得るには、おそらく第一級の近代人でなくてはなるまい。ヴィンケルマンがギリシア人たちを直接的に感じたときは、みずから一人のギリシア人であるかのようだった。それに対してヘムステルホイスの場合、近代という広大な領野に、古代人のような単純さで、美しく輪郭を引くことができた。彼は教養ある人間の高みに立って、まるでどちらにも属さぬ境界上にいるかのように、古代世界にも、近代世界にも、ひとしく情感のこもった眼差しを投げかけたのだった。（AWS）

272　非哲学的人間や非文学的人間もいるのだから、なぜ、非道徳的人間もいてはいけないというのだろう？　ただし、反政治的人間、あるいは非法律的人間だけは、我慢できない。

273　神秘的なるもの、それは愛に酔える者の眼差しが、相手のなかに見て取るもの。誰しも、それぞれにとって神秘的に見えるものはある。ただしそれは、こっそり自分だけのものにしておかねばならない。古代の美しい芸術を茶化して騒ぐ連中はたくさんいる。が、そこに神秘を見出す人だって、きっと少しはいる。この人たちは、だから、じっと黙っていなければならない。両者とも、古代の美術品を純粋に楽しむセンスからも、古代の美術品が戻るべき道からも、程遠い。[126]（AWSとフリードリヒ・シュレーゲル）

274　スピノザを哲学者と見なさないならば、哲学の哲学はどれもいかがわしく見えるに違いない。[127]

275　ドイツの作家は本当に狭いサークルに向けてしか書かない、それどころか作家同士に向けて書いてばかりだ、との不満は多い。ところが、これもまた悪くないのである。というのもそれにより、ドイツ文学にもいよいよ精神と性格が宿るようになるだろうから。そのうちにひょっとしたら、読者層たる公衆が生まれてくるかもしれない。

276　ライプニッツは、あまりにも中庸主義者であった。だから彼は、自我と非自我を、カトリックとプロテスタントのように融合させようとしたのであり、さらに、能動と受動をただの程度の差と見なしたのである。こんなのは調和の理念の過剰な濫用である。公平無私も行き過ぎれば戯画となる。　（ＦＤＳとフリードリヒ・シュレーゲルの合作？）

277　ギリシア人に信仰を寄せるのは、まさにこの時代の流行である。だからギリシア人について熱弁をふるうのを、人々はよろこんで聴いている。だが誰かがやって来て、こう言うとしよう。「ギリシア人がおいでですよ」。すると、誰もが居留守を決め込む。

278　無知ゆえの馬鹿と見える多くは、ただの馬鹿であって、しかも皆が思っている以上にくだらない馬鹿なのである。馬鹿とはつまり、その傾向が絶対的に転倒しているということ。そして、歴史的精神が欠けらもないということ。

279　ライプニッツの法学の方法(128)は、その目的からして、彼自身の構想を全般的に開陳している。それは実務家、官房書記、教授、宮内大臣など、あらゆるものを念頭に書かれたのだった。本書の独自な点は、法学の題材を神学の形式へと結合したことに尽きる。『弁神論』はそれと反対で、神という主題について、ベールとその周辺に反論する弁護

士の文体で書かれている。[129]　（ＦＤＳ）

280　身体の健康を知らせる決まった感覚はないのに、病気に限ってそれがあるとは遺憾なことだ、と皆思っている。だが自然のこうした差配がいかに賢明か、それは諸学の状況を見ればわかる。こちらでは事態は逆であって、水腫や黄疸にかかった患者、結核患者などが、自分を健康な人と比べては、こう思うのだ。太った人や痩せた人、でなければブルネットの女性とブロンドの女性くらいの違いしかないね、と。　（ＦＤＳ）

281　フィヒテの知識学は、カント哲学という素材についての哲学である。形式について、フィヒテは多くを語らない。なぜなら彼は、形式の達人だから。がしかし、批判的方法の本質が以下の点にあるとしたら、どうだろう。つまりその方法においては、規定主体たる能力の理論と、規定対象たる心情作用の体系とが、あたかも予定調和説における事物と観念のように、緊密に統合されているべきだとしたら、どうだろう。そうだとすれば、フィヒテは形式においてもまた、二乗されたカントであると言えようし、知識学は、その見かけよりもはるかに批判的であると言えるだろう。とりわけ知識学の新たな叙述[130]は、どこをとっても哲学であると同時に、哲学の哲学である。批判的、という語はさまざまな意味で用いられていて、そのなかには、必ずしもフィヒテの著作全部には当てはまらないものもあるだろう。だがフィヒテを読むならば、よそ見は一切せず、とにかく全体を見なければならない。そして肝心かなめの一点だけを注視せねばならない。そうしないと、彼の哲学とカント哲学の同一性は見えてこないし、理解もできない。しかも、批判的なものとはおそらく、次のようなものである。すなわち、どこまで批判的であろうと、まだまだ十分には批判的とは言えないもの。

282　これ以上先には進めない、そんなときに人は、鶴の一声か、権威主義か、拙速な判断にすがるものだ。（N）

283　何かを探し求める人は、逡巡することだろう。だが天才は、何かが自分のなかに生起しつつあるとみるや、平然かつ決然とそれを口にする。なぜなら天才は、自分が口にする言葉に囚われたりはしないからである。ということは、天才が口にする言葉もまた、当の天才に囚われたりしないからである。むしろ天才の観察と、その観察対象とはおのずと一致し、そのまま一個の作品となって合一するように思われる。我々とて、外界について語り、現実にある事物を描写する場合には、天才と同じように振る舞っている。

天才的な独創性がなければ、そもそも我々の生存はあり得なかったろう。天才は、万物にとって不可欠なのである。しかし、普通に天才と呼ばれているものは、ただの天才ではなく、天才の天才のことである。（N）

284　精神(ガイスト)は永遠の自己証明をおこなっている。（N）

285　この世の生に対する超越論的な視点が、我々を待ち受けている。そこに立てば、ここでの生もいよいよもって意味あるものとなることだろう。（N）

286　まことに聖人(カノーニッシュ)とさるべき人の生は、一貫して象徴的でなければならない。このように前提すれば、いかなる死もそれぞれ贖罪としての死なのではあるまいか？　言うまでもなく、そこには程度の違いはある。とすれば、ここからはきわめて注目すべき推論が、いくつか引き出せはしないか？（N）

287　ある作家を理解した、と言えるのは、私にとって次の場合だけである。その作家の精神のままに、自分も行動できる場合。作家の個性を矮小化することなく、その著作を

翻訳することも、さまざまな変化を加えることもできる場合。　（N）

288　自分が夢をみていると夢みるとき、目覚めは近い。　（N）

289　本当に社交的な機知は、爆発的に燃焼したりはしない[131]。機知のなかには、天高くただに彩なす、色の魔術的な戯れのようなものもある。　（N）

290　機知豊か（ガイストフォル）なもの、そこではたえず精神（ガイスト）が姿を現すか、あるいはせめて折々に、形態を新たに変化させつつ繰り返し姿を見せている。例えば、ただ一回限りでもなければ始めだけでもない。それでは多くの哲学体系と変わりはしない。　（N）

291　どこにでもドイツ人は存在する。というのもドイツ的性格は、ローマ的性格、ギリシア的性格、あるいはイギリス的性格と同様、特殊な一国家に制限されないからだ。それらは普遍的な人間の性格であって、それぞれがたまさか特定の場所で目立つようになっただけである。ドイツ性とは真の意味での民衆性（ポプラリテート）であって[132]、だから一個の理想である。　（N）

292 死は、一つの克己である。自分を乗り越えることがすべてそうであるように、いっそう軽やかな、新たな実在をもたらしてくれるから。(N)

293 凡庸で低俗な仕事にこれほど苦労しなければならないのは、ひょっとすると本来の人間にとって、どうしようもない凡庸以上に凡庸ならざるもの、低俗ならざるものはないからでは?(N)

294 天才固有の鋭い洞察力。それは鋭い洞察力を、鋭い洞察力でもって働かせること。(N)

295 ベルリン科学アカデミーが出した形而上学についての名高い懸賞問題には、ありとあらゆる類の解答が寄せられた(133)。敵意ある解答、好意に満ちた解答、余計な解答、またもや余計な解答、さらに芝居じみた解答、かてて加えて、ソクラテスのような解答もあり、これはヒュルゼン(134)によるものだった。どうにも粗削りとはいえ、熱狂が少々。それに、いかにも普遍性を備えた見かけ。こうしたものが思惑通りの反響を呼ばないとは考えにくいし、だから逆説めいた意見にも耳傾ける聴衆が出来もしよう。だが根っからの独創性を解するセンスは、教養ある人々の間でさえも、希少である。だからヒュルゼンの作品がそもそもいかなるものか、ほとんどの人にわからないとしても不思議ではない。哲学においてこれまで稀でありつづけ、今なお稀であるような作品。ヒュルゼンの作品は、そうした一つなのだ。これ以上なく厳密な意味での作品、つまり芸術作品なのだ。その全体は一個の部分からなり、弁証法的論証（ディアレクティク）を操るその名人芸たるやフィヒテに次ぎ、しかもその成立の動機からして、機会論文とも言うべき一級の著作である。ヒュルゼンは自分の思想も表現も完全に掌握していて、だからその歩みは確実にして穏やかだ。このように落ち着き払った高度な思慮深さは、はるかな広がりをすみずみまで見わたすその眼差しと、澄み切ったその人間性とに現れている。そしてまさにこの思慮深さこそ、歴史好きの哲学者であればお好みの、古臭く流行遅れの言い回し（ディアレクト）でもって、「ソクラテス的」と名付けたくなる、そんな類のものなのだ。なるほど、つまらぬ術語かもしれぬ。だがあのように豊かな文献学的精神を備えた芸術家なのだから、きっとこれを受け入れてくれるに違いない。

296　本人はいたって牧歌的な精神の持ち主なのにもかかわらず、フォントネルは本能なるものをひどく毛嫌いする。彼にとって、生まれつき備わる才能などあり得ない。そんなものは、彼によれば、完全に本能だけで技術に勤しむビーバーの営みのようなものだ。いやはや、自分自身を見誤らないことは、何と難しいことか！　というのも、「窮屈さこそは、詩にとって、その本質と輝かしい功績のもととなる」[135]とフォントネルは言うわけだが、フランス詩の性格を、それもこんなわずかの言葉で、これ以上見事に表現するのはほとんど不可能に思えるからである。アカデミー会員にビーバーがいたとしても、ここまで完璧な無意識でもってどんぴしゃりと言い当てることは、おそらくできまい。

297　至るところが鋭く輪郭づけられていながら、その限界の内部は無限かつ無尽蔵であるとき。自らに対して完全に忠実、どこをとっても自己と等しくありながら、しかし自己を超え出ているとき。そのようなとき、作品は完成している。最高にして最後の仕上げは、イギリスの青年を教育するのと同じ、グランド・ツアー[136]である。人間界にある三つないしは四つの大陸、そのすべてを旅して周っている必要がある。だがそれは、自己の個性から角を取り除き、丸くするためではない。そうではなく、視野を広げ、精神にいっそうの自由と内的多面性を与え、かつはそれによって、いっそうの自立性と自足性を与えるためである。

298　カント主義者のなかの正統派は、自分たちの哲学の原理を、カントその人のなかに探し求めるが、無駄なことだ。原理なら、ビュルガーの詩のなかにある。こういうものだ。「皇帝の言葉に対しては、歪曲もこじつけも罷りならぬ」(137)。

299　天才的な無意識という点に関して、哲学者は詩人と十分に張り合うことができるように思われる。

300　理解力(フェアシュタント)と無理解(ウンフェアシュタント)とが触れ合うと、ある種の電気ショックが生じる。人はこれを論争と呼んでいる。

301　哲学者たちがスピノザを読んで褒め称えるのは、いまだにその帰結だけである。イギリス人がシェイクスピアに触れてはその真実性ばかり賛美するのと同じだ。

302　種々雑多に集められた思想は、哲学の下絵といってよかろう。絵画の専門家にとって下絵にどれほど重みがあるかは、周知のことである。哲学的なさまざまな世界を鉛筆で素描することのできない人、それぞれに相貌の異なる思想をわずかの筆さばきで特性描写することのできない人、こういう人にとって哲学が芸術となることは決してない。ということは、決して学問にもなりえない。というのも哲学が学問となるには、芸術の道を経るほかないからである。かたや詩人は、学問を経てはじめて芸術家となるのである。

303　どこまでも深く掘り下げ、どこまでも高く昇ってゆくこと。哲学者たちは、これが好きでたまらない。しかも、彼らの言を文字通りに信用するならば、それは驚嘆すべきスピードで達成されるのである。だが前進するとなると、こちらは反対にずいぶんと遅い。特に高さが問題となると、彼らは平然として自分に高値を付ける。まるで、絶対に競り落とすよう委託を受けた二人が、同じオークションに居合わせたかのようだ。だがあらゆる哲学は、それが哲学でさえあるなら、無限に高く、かつ無限に深いのかもしれない。それともプラトンは、現代の哲学者たちより低いところにいるのだろうか?

304　哲学もまた、創作（ポエジー）と実践（プラクシス）という、二つの力が争い合った結果である。この二つが完全に浸透しあって一つに溶け合うとき、哲学が生じる。哲学が再び分解すると、それは神話になるか、あるいは生のなかへと回帰する。ギリシア的な生の叡智は、創作行為（ディヒトゥング）と立法によって成り立っていたのだ。哲学がその高みを極めると、ふたたび文学（ポエジー）となるだろう、と予想する人もいる。それどころか、もともと何の変哲もない人々が生きることを止めるとき、そのとき初めて自己流の哲学に取り組みだすというのは、経験上よく知られている。——哲学という行為が辿るこのような化学的プロセスをよりよく叙述すること、できればこのプロセスの動力学的な諸法則を余すところなく明らかにすること、そして自己組織化と自己解体をやすみなく繰り返す哲学を、その生命のもととなるいくつかの力に分けて、そうして哲学の起源へと還元すること。これこそ、シェリング本来の使命だと思う。[138] それに引き換え、彼の論争、特に哲学についての、あくまで文字（リテラーリッシュ）にこだわる彼の批判は、誤った傾向であるように見える。しかも、普遍性へと広がってゆくべき彼の素質は、まだ十分には育っていない。だからその探し物を、自然学の哲学のなかに見出すことはできない[139]。

305　イロニーにまで至り、しかもまるで自己破壊するかのように見せかける。そのような意図は、やはりイロニーにまで至った本能とまったく同様、素朴である。素朴なものが、理論と実践の矛盾を弄（もてあそ）ぶならば、同じくグロテスクなものは、形式と素材を風変わりにも入れ替える、そんな遊びをしている。グロテスクなものは、偶然かつ奇妙に見えるのが好きなので、いわば、自分は無条件に勝手気ままなのだと言っては鼻にかける。ユーモアは存在と非存在の問題にかかずらっており、その本質は、反省(レフレクシオーン)[140]である。だからユーモアは悲歌と、そして超越論的なもの一切と同族関係にあり、だからまた尊大なのであり、機知による神秘主義をやたらと好むのである。素朴なものにとって独創性が不可欠であるように、ユーモアにとっては、まじめで清らかな美が不可欠である。哲学あるいは文学のラプソディ、軽やかに澄んで流れるその水面を漂うことが、ユーモアは大好きだ。だから重たげな塊や支離滅裂な欠けらがあったら、そんなものは避けて通る。

306　ゲラサの豚の物語[141]は、辣腕を振るった天才たちの時代を、象徴的に予言したのかもしれない。何といっても幸いなことに、彼らはいまや忘却の海に沈んでしまっているのだ。

307　私が根っからの猫嫌いを公言するとしても、ペーター・レーベレヒトの長靴を履いた牡猫[142]は例外である。この猫には鋭い爪があって、それで引っ掻かれた人は、誠にもっともなことに、この猫を呪いわめく。だがほかの連中からすれば、この猫が劇芸術のいわば屋根の上をうろつきまわっているのを見るのは、何とも面白かろう。

308　思想家には、まさに画家と同じく、光が必要である。明るく、ただし直射日光や眩しい照り返しでもなく、そして可能ならば、上から降り注ぐ光が。

309　肖像画は美的で自由で創造的な本来の芸術にあらずとして、その領域から排除する理論家たちは、いやはや、何を考えていたのだろう。それはまさしく、現実に存在する恋人をうたった詩などは詩にあらず、というのと同じだ。肖像画は歴史絵画の基盤であり、試金石なのである。（ＡＷＳ）

310　最近、思いがけない発見がなされた。ラオコオン群像では英雄の絶命する様が表現されている、それも、卒中の発作によって、というのである(143)。専門筋としては、もうこれ以上この方向で考察が進むのを認めるわけにはいかない。もっとも、ラオコオンは実際すでに絶命した後である、とでもいった説を唱える者でもでてくれば、話は別だ。しかもこんな説だって、専門家からすれば、まったくその通り、とならぬとも限らない。

折に触れてレッシングとヴィンケルマンが呼び出されては、いじめられる。ギリシア美術の根本法則は前者が主張した「美」ではなく(そもそも二人ともこう主張したのだし、それに加えてメングスもいたわけだが)、後者が主張した「静かな偉大と高貴な単純」でもない、そのいずれでもなく、「特性描写の真実味」だというのだ。特性を描写しようというのなら、下はカムチャツカの木彫り偶像に至るまで、おそらく人間の彫刻はすべて同じである。だが、ある事物に備わる精神を文字通り一息に捉えようとするとき、そこで問題となっているのはおのずからわかり切ったものではないし、どの事物にも共通のものでもない。そうではなく、その事物だけが持つ固有性の本来的な徴(しるし)である。特性なき美など、考えられない。美は、仮に倫理的な特性は持たずとも、しかしいかなる時代にも身体的な特性は備えているだろう。つまり特定の年齢や性に備わる美であるだろうし、あるいは例えばレスラーの肉体のように、身体が何か特定の習慣のなかで形づくられていることを明るみに出すことだって、あるだろう。古代芸術は神話の手引きのもとに作り出された姿かたちを備え持っているが、それをただきわめて高度かつ気品あふれるセンスでもって考案しただけでなく、それぞれの形態や表情に固有の特性を、それぞれに相応しいと思える程度の美しさと、うまく一体化させたのであり、しかもそうしながら、それぞれの特性を損ねたりはしなかった。このことは、蛮族の趣味には思いもよらぬような場面でも、古代芸術には可能であった。それは例えば、ギリシア彫刻におけるメドゥーサの首を見れば、ほとんど明らかである。喜劇的な表現や悲劇的な表現が、このようにおしなべて美ばかりが追求されることへの抗議であるとするならば、メングスやヴィンケルマンほどの識者がそれを見落としてしまうほど、この抗議は当然すぎるということなのだろうか。古代美術のサテュロスやバッカスの巫女たちが見せる露骨きわまる奔放ぶりを、フランドル派の同じ表現と比べてみればいい。もし前者になおもギリシア的なものを感じられないなら、その人自身がよほどギリシア的ではない、というほかない。もともと卑俗で猥雑な汚物のなかで生まれたのか、あるいは神が動物へと姿を変えるように、悪ふざけからこの汚い場所に降りてくるのかでは、まったく違うのである。さらに、おぞましい題材を選ぶにしても、すべて扱い方次第なのである。つまり扱い方一つでそこには穏やかな美の息吹きが広がることもあり、ギリシア美術と文学において、それは実際に広がっていたのだ。表現される題材に備わる本性と、表現そのものの法則とのあいだの、解決不可能としか見えぬ対立。まさにこのようにさまざまな要素が対立しあうとき、精神の内的調和はこれ以上なく神々しいものとなって現れる。それとも、ソフォクレスの悲劇作品のなかには、それがきわめて悲劇的であるという理由で、静かな偉大と高貴な単純が存在しない、とでも決めてかかるのだろうか？　ラオコオンの身体には、苦しみと緊張の支配する壮絶な状態が表現されている、とはヴィンケルマンがきわめてはっきりと認めたことである。ただしその顔には、苦しみに負けない英雄の魂があらわれている、というのが彼の主張である。[144] ところが今になって聞かされるところによれば、ラオコオンが叫ばないのはもはや叫ぶことができないからだ、という。それすなわち、卒中の発作のせいらしい。なるほど、ラオコオンは叫ぶことができない。さもなくば、自分の英雄的偉大さをかくも歪める記述に対して、こんなひどい誤解に対して、彼は抗議の声をあげることだろう。（ＡＷＳ）

311　イギリス人の銅版画の、まるで機械めいた小奇麗さを見るにつけて不安になるのだが、もし彼らの絵画趣味が大陸でこれ以上流行することになったら、ただでさえしっくりこない歴史画という呼称はやめて、かわりに芝居画と呼んではどうか、と言う連中が出てくるかもしれない。（ＡＷＳ）

312　イタリアから略奪された絵画がパリでひどい目にあっている、という非難に対して、それらの絵の修復担当者が、こう申し出た。[145] カラッチの絵を一枚、半分はクリーニングし、半分は元のままにして展示してみようか、と。なかなかの思いつきだ！　通りが急に騒がしくなると、半分だけひげ剃りを済ませた顔が窓から覗き出ることがあるけれども、そんな感じ。フランス人ならではの賑やかさ、辛抱のなさのせいで、絵画修復業も総じて、床屋の技術を大いに備えているのかもしれない。（AWS?）

313　物思いや空想にふける、繊細な女性たち。これこそアンゲリカ・カウフマン女史の(146)絵画の魅力だが、そうした女性らしさは、時として許されざるかたちで、画中人物たちのなかに忍び込んだ。例えば彼女の描く青年たちの眼を見ていると、まるで娘のような胸が欲しくてたまらなそうだし、それに、できたらそんな腰つきも、と言わんばかりだ。(147)おそらくギリシアの女流画家たちは、おのれの才能のこうした限界、というか暗礁を自覚していたのだろう。プリニウスはわずかの名をあげているが、それら女流画家のなかでもティマレーテ、イレーネ、そしてラーラについて、彼が言及するのはもっぱら女性の人物像ばかりである。(148)（AWS?）

314　最近はやたらと道徳の効用が叫ばれるが、となれば肖像画は家庭の幸福に直結するがゆえに有用だ、ということが証明されねばなるまい。女房のことはいささか見飽きた、という多くの御仁も、かつての細君の、今よりも清らかな表情を見れば、最初の頃のと

きめきを取り戻すかもしれない。（AWS）

315　ギリシア悲歌の起源はリュディアのダブルフルートにあると言われる。[149] だがそれに次いで、人間の本性のなかにも求められるのではなかろうか？

316　徹底性の追求と、ひとりの偉大な人間への信頼。こうしたことができるまでに経験主義者がおのれを高めることがあるにせよ、彼にとってフィヒテの知識学は依然、[150]『哲学雑誌』の第三分冊以上のものでは決してあるまい。つまり規約にすぎないわけだ。

317　余計なものがまるでないということと、すべてがわずかずつあるということが同じ意味だとしたら、ガルヴェ[151]はもっとも偉大なドイツの哲学者である。

318　ヘラクレイトスは言う、博識によって理性は学べない、と。いまこそ言わせてもらう必要があるように思われる、純粋理性だけではまだ何も学んだことにはならない、と。

319　せめて一つの面を備えていなければ、一面的であることも不可能だ。この場合、次のような人たちのことを言っているのではない。ただ一つのものに対してだけセンスを備えているのだが、その理由はそれが自分のすべてだからというのでなく、それが自分のたった一つのものだからであって、だからいつまでも同じ歌をうたい続けている(プラトンがその特性を描き出すところの、本物の吟遊詩人(ラプソーデン)にも似た[152])、そんな人たち。彼らの精神は、狭い限界のなかに閉じ込められているのではない。むしろ、すぐに活動をやめるのだ。そして彼らの精神が止むと、そこからたちどころに、何もない空間がはじまる。彼らの存在全体が、一つの点のようなものである。ただし点は点でも、それはどこか黄金に似ている。打ち延ばせば、信じられないほど薄い板になって、どこまでも広がってゆくからだ。

320　およそ考えうる限りの道徳原理をリスト化するのが流行りだが、いつ見てもそこに「馬鹿げたもの」が載っていないのはなぜだろう。この原理が一般に認められるのは実践においてだけだから、といったところか?

321　古代人の工芸品については、それがどんなにつまらないものであっても、その道に疎い限りは誰もとやかく言おうとはしないだろう。だが古代人の文学や哲学についてなら、判読や評釈の心得があったり、あるいはイタリアなんかにいたことがあったりする人であれば、誰でも口出ししてよいと思っている。とかくこれに関しては、本能に信を置きすぎるのだ。なにしろついでに言えば、どの人間も一人ひとりが詩人であり哲学者であって然るべき、というのはおそらく理性の要請かもしれないのだし、それに聞くところによれば、理性の要請は結果的に、信じる心を生じさせるのだから。このような種類の素朴さのことを、文献学的素朴と名付けてもいいだろう。

322　哲学で同じテーマが延々と繰り返されるとき、その原因として次の二つがある。一つには、作者が何かを発見したのだが、それが実のところ何なのか、作者自身にもまだわかっていない場合。このような意味で、カントの著作はいやになるほど音楽的である。もう一つは、かつて聞いたこともない何かを耳にしたのだが、それをきちんと聞きとれていない場合。このような意味で、カント主義者は文芸の世界におけるもっとも偉大な作曲家である。

323　預言者は故郷に容れられぬ、[153] という。これこそおそらく、賢明な著作家諸氏が、芸術と学問の領域になかなか祖国を持ちたがらない理由だろう。彼らはせっせと旅をして、旅行記を書き、あるいは旅行記を読みかつ翻訳する方が好きなのだ。そのうえ普遍的教養（ウニヴェルザリテート）の持ち主として褒めそやされるのである。

324　ヴォルテールは言った。どのジャンルも素晴らしい、ただ退屈なジャンルを除けば、と。[154] それにしても、退屈なジャンルとは一体何だろう。それは他のどのジャンルよりも巨大なのかもしれず、だからあまたの道がそこに通じているのかもしれない。仮に一つの作品があって、自分がどのジャンルに収まろうとしているのか、あるいは収まればいいのかわからずにいるとしたら、その進む道はおそらく限りなく短いものだろう。こうした道を、ヴォルテールは一度として歩んだことがない、とでも言うのだろうか。

325　シモニデスは、詩（ポエジー）は語る絵画、絵画は黙せる詩、と言った。[155] 同じようにこう言ってよかろう、歴史は生成する哲学、哲学は完成した歴史、と。それにしても、もはやアポロン崇拝はあり得ぬようだ。何しろ彼は黙することも語ることもせず、もっぱら仄めかすばかりだから。そこで詩神（ムーサ）が姿を現すと、人々は直ちに彼女を尋問し、調書を取ろうとする。レッシングでさえ、シモニデスによる素晴らしい言葉をどんなにひどく扱ったことか。かの才気あふれるギリシア人は、おそらく叙景詩（ディスクリプティブ・ポエトリー）など念頭に置く立場になかった。それに、詩（ポエジー）は精神的な音楽でもある、と敢えて指摘することなど、シモニデスには実に余計でしかなかった。何しろ彼にはまったく想像もつかなかったのだ、まさか詩（ポエジー）と音楽が別々の芸術であろうとは。

326　未来を捉えるセンスのない、平凡な人間たち。ひとたび進歩の熱狂に取り憑かれるや、さすが、彼らはまさに文字通りにやらかすのである。前のめりのまま、めくら滅法、どこへでも進んでいく。まるで精神が手足を持ったかのようだ。どこかで首の骨でも折れない限り、よくある結末は二つにひとつである。梃子（てこ）でも動かなくなるか、さもなくば、回れ右をするか。後者には、カエサル流に対処する必要がある。敵味方入り乱れる戦場で、兵が逃げ腰になると、カエサルはその喉元をひっつかみ、顔をぐいっと敵の方へと向きなおらせたものである。[156]

327　よく似たジャンルに属する達人同士が理解しあうことは、滅多にない。しかも、精神的な近さがかえって敵意の原因となることは、よくある。だから高潔にして教養ある人々が、一人残らず神のように立派に詩作し、思考し、あるいは生活しているのに、しかし神に近づく道はそれぞれ異なっていて、お互いの信仰を否認しあっている、そんなことも稀ではない。しかも彼らがそうして互いの宗教を認めようとしないのは、党派や制度にこだわるからではなく、宗教的な個性を解するセンスがないからなのだ。宗教は自然と同じく、まったくもって巨大なのである。だからどれほど立派な司祭でも、そのごく小さな部分しかわからない。司祭にも無限にたくさんの種類があるのだが、彼らは同じ司祭でありながら、おのずといくつかの主要項目に分類されるようである。ある者たちは、仲介者キリストを崇拝する才能、つまり奇蹟や幻視を体験する能力にもっとも長けている。世間一般で夢想家や詩人と呼ばれるのが、彼らである。また別の者は、それよりもおそらく父なる神のことをよく知っており、そして秘儀や予言の心得がある。これが哲学者なのだが、健康な人間が健康の話をしないのと同じで、こうした哲学者は宗教について多くを語らない。残りの者たちが信仰するのは聖霊、およびそれに関わるもの、つまり啓示や霊感などであって、ほかには何も信じない。芸術家とはこうした者である。さて、あらゆる種類の宗教を一つに統合したい、というのはきわめて自然な願望である。ほとんど不可避の、と言ってもよい。だがそれをいざ実行するとなると、あらゆる文学ジャンルを融合させるのとさして変わりはない。文字通り、本能のままに仲介者キリストと聖霊とを区別なく信仰してしまうなら、その人にはもう、宗教を孤立した術として営む習慣が身についてしまっている。これこそ、およそ立派な大人が営むであろう、最も困った職業の一つである。ということは、あの三つを全部信仰している者の場合、一体どうなることやら！

328　自己自身を定立する者のみが、他者を定立することができる。同様に、自己自身に無効宣告を下す者のみが、いかなる他者にも無効宣告を下す権利を持つ[157]。（FDS）

329　人々に、彼らには到底理解するセンスもないことを説こうとするのは幼稚である。むしろ彼らがそこにいないかのように振る舞って、彼らに何が見えるようになるか、やってみせればいい。これこそ、きわめて世界市民的できわめて道徳的なやり方である。つまりとても礼儀正しく、とても犬儒派的（ツューニッシュ）である。（FDS）

330　多くの人は、精神や心情や想像力（ファンタジー）を備えている。だがいずれもそれだけでは、はかない霞のようにしか現れ得ないだろうから、そこで自然が配慮を示し、それぞれをこの地上によくある物質と化合させたのである。こうやって物質に結合されたものを発見することこそ、最高度の好意がつねに果たすべき課題なのだが、それには知的な化学の訓練が大いに必要である。人間のうちに自然に備わる美しいもの、それをいずれも確実に炙りだすための試薬を見つけ出すことができたなら、その発見者は新しい世界を私たちに見せてくれたことになる。預言者が見る幻視のように、限りない平原一杯に散らばるおびただしい人骨が、瞬時にしてよみがえることであろう。(158)

（ＦＤＳ）

331　自分自身に対してまったく関心を寄せない人たちがいる。ある者は、そもそも自分どころか他人に対してさえ、関心を持てないからだ。またある者は、自分の一貫した進歩を確信しているからだし、しかもそうした彼らの自己形成能力には、もはやいかなる反省も関与する必要がないからだ。というのも彼らにとっての自由とは、至高のもの、もっとも美しいものとなって千変万化しながら、いわば自然そのものとなっているからである。だからこうした場合にも、もっとも卑しいものともっとも気高いものとが隣り合わせであらわれてくる。

（ＦＤＳ）

332　時代とともに歩み続ける人たちのなかには、難しい箇所に来ても立ち止まろうともしない、そんな連中がかなりいる。連載時評と同じである。

333　ライプニッツによれば、神が実在する理由は、何ものもその実在可能性を妨げないからである。[159] こうして考えてみると、ライプニッツの哲学こそ、まさに神に似ている。

（ＦＤＳ?）

334　まだその時にあらず、というのが連中の常套句である。機が熟していないから、せずに済ますべきなのだろうか?――まだ存在し得ないものは、せめて、つねに生まれつつあらねばならない。

（ＦＤＳ）

335　世界が動力学的に自己触発しつづけるものの総体だとしたら、[160] すでに出来上がってしまった人間は、たった一つの世界にさえ身を落ち着けることができなくなってしまうだろう。数多（あまた）ある世界のなかのどれか一つが、最善の世界に違いあるまい。それはひたすら探究されるべきものであって、見出されることはありえない。それにしても、そうした世界の存在を信じるというのは、友情や愛のうちなる掛け替えのなさを信じるのと同様、何かとても神聖なことではある。

（ＦＤＳ）

336　さまざまなポーズをとった自分のシルエットを器用に次々と切り抜いては披露してまわる、といった具合でサロンの皆を楽しませることができたり、わずかな合図でもすぐに反応して、いつでも城館の主人に成りすますことができたり、まるで田舎貴族が御自慢のイギリス式庭園の複雑怪奇な構造を案内でもするかのように、自分の部屋の前で立ち止まったどんな人にも、自身の内面を吐露する準備ができていたり。こういう人を、開けっ広げな人間という。社交の場でさえ、だらしない自分を隠そうとしない人たちや、とりあえず視界にうつるものなら何でも吟味し等級をつけたがる人たち、こうした人たちに当てはめれば、たしかに便利な言い方だ。さらに、開けっ広げという言葉が要求するところのものを過不足なく備えた人もいる。彼らはあくまでも園亭のような様式できている。つまりどの窓も出入り自由のドアであり、誰でもまずは無理にでも席を勧められるのだが、ただし条件がある。要するに、ここに入ったからといって、コソ泥が一晩のうちに持ち出せる以上のものがあるなどと、期待してはならない、という条件である。だから大して得るものはない。本来の人間は、こんなわずかの生活必需品よりもいささかなりと多くを所有していて、だから自分をそう易々とさらけ出すなど、もちろんしないだろう。なにしろ、その人がどんなに上手に、どんなに機転を働かせて自分のことを書いてみたとしても、それを手掛かりに当人のことをよく知ろうというのは、どうせ徒労に終わるのである。ある人の性格を知るための認識手段としては、直観以外にない。全体を見わたすための立脚点を、諸君は見つけねばならない。そうして現象を手掛かりに、確たる法則と確たる予感に従いつつ、その内的本質を構成できるようにしなくてはならない。目的がこのようにしっかりしたものであるからには、こうした目的のために、上述の如き本人自身の説明など、余計なのである。それに、そのような意味で開けっ広げであることを要求するなど、傲岸にして愚かである。一体だれが、まるで解剖学講義の被験者よろしく、みずからを解体などするものだろうか。個別的な部分というのは結び合っていればこそ美しくもあり、理解できもする。にもかかわらず、そうした関連のなかから一つひとつをはぎ取ってしまう、あるいは、どんな繊細なものもいわば言葉によって洗い流し、だらしなく延びた不様なものに変えてしまう。そんなこと、誰がしてよいものだろう。こんな扱いをしては、内面の生など消え失せてしまう。これほど痛ましい自殺行為はない。屋外に展示されているから誰もが鑑賞できはするが、しかしそのためのセンスと知識を備えた人しか、楽しむことも理解することもできない。そんな芸術作品のように、人間も振る舞えばよい。すっくと立ち、おのれの本性のままに行動すればよいのだ。誰がどのように見ているかなど、どうでもいい。このように心穏やかにのびのびしていてこそ、開けっ広げと称するに値する。というのも、無理強いされることなく誰もが好きに入れる場所、それが開かれた場所なのである。言うまでもないが、そこではたとえネジや釘で固定されていない物でも、丁寧に扱わなければならない。人間があくまでも内心で発揮するべきもてなしは、これで十分である。これ以上はどれも、親友同士の、それも場所柄を弁えた、心からのやり取りでしか見られない。こうした親密圏をまず見つけるためには、どこか気を遣いながら話をしてみたり、恥じらいながらも試しに心を開いてみたり、といった過程はもちろん必要である。そうやって試しているうちに、そこここで微かな振動が感じられるようになる。奥底に秘められた開けっ広げな心が、弾み始めるのだ。そうしておのれの所在を仄めかしながら、それはやがて愛や友情へと展開してゆくだろうことを、明らかにするのである。こうした率直に開かれた心はしかし、不変ではない。それはむしろ占い棒のように、友情の本能が大事な宝を掘り出せそうな場所はどこか、ひたすら調査するためのものだ。道徳美というのは幅の狭い一筋の道だが、愛すべき心の持ち主がこの道を外れるのは、ただ誤解がそうさせるからである。このように美しい友情の本能が、いろいろと試してみた挙句、失敗に終わるとなると、閉ざされた心が生まれる。それはみずからを偽装しようとするのではなく、奇妙なことに、ひたすら隠そうとするのである。そして、卓越したものを予感できる人は誰しも、なぜかこうした打ち解けない心を持ちたがるものだ。血気盛んな希望や、どんなわずかな刺激にも反応する過敏な神経。そうした熱にやられるうちに、まるでフリーメイソンのような素朴な真心でもって、こう考えるようになる。一級のものは決して多数には与えられない、と。以上のような人々は、好ましくも興味深い。なぜなら彼らは、なお最善のものと境を接しているからである。そんな彼らの振る舞いを、ただの無能ゆえの流儀と勘違いするのは、道理のわからぬ者だけだろう。自分には理解できない本は駄目な本だと決めつけるのと同じく、多くの人が心を閉ざすのはもっぱら、お前自身は何者なのだという問いを躱(かわ)さんがため。そして自分一人では本を読めないので、いちいち他人に読んで聞かせる人は少なくない。それと同じく、眼にしたものをいちいち他人に語らずには、じっくり見続けることができない、そんな人も少なくない。このように心を閉ざしている場合、それは臆病で幼稚なあまり、困り果てているからだ。またこうした連中が見かけだけ心を開いたとしても、その場合、相手がどこの誰かなど気にも留めず、まるで放電体よろしく、あたり構わず話題を撒き散らすばかりである。開けっ広げな心にも、またつまらぬものがあって、こちらはむしろ聞き手を当て込んだ類のものであるが、つまり狂信者のそれである。彼らは神の国に夢中になって、聴衆を前にみずからの思いの丈を説き、解釈し、言い換える。なぜなら彼らは、自分こそ模範的な心の持ち主と思い込んでいるのだ。こうした手合いのうち、完璧を極めたのはおそらくハインリヒ・シュティリング(161)かもしれない。だが今、彼の落ちぶれようはどうだろう。せめて自分の持ち物でさえあれば、それほど危うい目に遭わずとも、実際よりずっと気前の良いところを見せることだってできる。経験や知識をどれほど得られるかは時と場所次第なのだから、そうしたものを誰も独り占めしようとしてはならない。経験も知識も、それにふさわしいすべての人のために準備されていなくてはなるまい。もちろん、特段うらやましくもないのだが、意見も気持ちも原則もただ何となく持っているだけ、というやり方もある。そういう人が心を開いたところで意味はないとはいえ、当然その開けっ広げな心には、ずっと広大な活動の余地がある。反対に、こういうのを苦手とするのは、当人の独特なセンスや性格が常にでしゃばるような手合いである。なにしろこのような手合いであるから、他人が何をぶら下げていようとそんなものには目もくれぬとしても、大目に見てやる必要がある。そうしておけばいずれ、彼らもまた自分自身や他者をすっかり理解し、道理を弁えるようになるだろう。つまり人々にとってはとりわけ大事な事柄を、自分の個人的な見解と然るべく区別するだろうし、素材が何であれ、そこに形式を見出すようになるだろう。仮に自分にとっては馴染めない形式だろうと、ともかく人々が望む通りの凡庸な形式を、である。このようにして、さまざまな覚書や批評が、何らかの理念をほのめかすことも、またせっかくの感情をつまらぬものにすることもなく、互いに共有可能となるのである。そして心のなかの神聖な何かを、守ることもできる。しかもその際、誰一人として、ほんのわずかであれ与えられて然るべきものを、拒まれたりはしない。さて、ここまで来たとしたら、その人は相手相応に、誰にでも開けっ広げであることができるだろう。そして、誰もが彼をよく知っていると思い込むだろう。だが彼と等しい者、あるいは彼自身がそう認めた者だけが、本当の友人といえるだろう。（FDS）

337　感性と独特な性格の両者を兼ね備えていて、しかも、この二つの結びつきが申しぶんないことを、折に触れて見せつける。うぬぼれた人というのは、こういう人である。ただし、この二つを女性も備えているべきだと言う人は、女性の敵である。（FDS）

338　眼に見えるものを造形し、創造する人間の力。こればかりは、変化を免れない。だからそれには、移ろいゆく季節がある。変化とは、物質世界をあらわす語にすぎない。自我はなにものも失うことがない。だから自我のなかで滅びるものは、なにもない。不滅という特権の許された城のなか、自我は、おのれの思想や感情といった一族郎党すべてとともに住まう。失われるもの、それはもっぱら、時に応じて置き場の変わるものだけだ。自我のなかでは、一切が有機的に自己形成する。しかも一切がおのれの居場所を持っている。君が失うかもしれないものは、まだ決して君のものではなかったのだ。こ

れは、一つひとつの細かな思想にも当てはまる。（ＦＤＳ）

339　感性（ズィン）が自己自身を見つめるとき、それは精神（ガイスト）になる。精神は内的な社交性であり、魂は隠された愛嬌である。だが内的な美と完全性にとって本来の生命力というべきは、心情である。魂が無くともいくばくかの精神を持つことはあり得るし、わずかの心情しかないとしても、多くの魂を持つこともある。倫理的な偉大さを感じ取る本能、これを我々は心情と呼ぶが、この本能が話すことを覚えさえすれば、それは精神を備える。活動し愛しさえすれば、それはそのまま魂になっている。そして十分に成熟したとき、この本能には一切を解する感性が備わっている。精神は、さまざまな思考の奏でる音楽のようなもの。魂が存在するところ、そこでは感情もまた、輪郭と形態、すぐれた均斉と魅力的な色彩を備えている。心情は崇高な理性の詩（ポエジー）。それが哲学、さらに倫理的経験と一体となったとき、そこから名状しがたい芸術が生まれ出て、混沌としたつかの間の生をその手でとらえ、永遠の統一へと形づくる。

340　しばしば愛と呼ばれるものは、特種の磁気作用（マグネティスムス）にすぎない。それはうるさくも心くすぐる関係づけ（アラポール）(162)とともに始まり、混乱状態のままに打ち続き、忌まわしい見通しと疲労困憊をもって終わる。しかもその際、一方は冷静なまま、というのが通例である。

(FDS)

341 自分自身に対して、自分の外見に対する以上に高次の視点を見出した人は、わずかの瞬間にも、世間を遠ざけておくことができる。逆に、まだ自分自身を見出していない人々は、わずかの瞬間とはいえ、まるで魔法にかけられたかのように世間の真っ只中へと放り込まれる。そこで自分が見つかるかどうか、というわけだ。

(FDS)

342 美しき精神の持ち主がみずからに微笑みかけるなら、それは美しい。本性から偉大な人が穏やかにかつ真剣にみずからを観察する瞬間は、崇高な瞬間である。だが二人の友が、二人にとってもっとも神聖なものを、相手の魂のなかに、曇りなく、また欠けるところなく認め、二人のかけがえなさを共に言祝ぎつつ、相手が補ってくれることではじめて自分の限界を感じることができるなら、これこそ至高のことである。これこそ友情の知的直観である。

343 誰もが関心を寄せるほどの哲学的な異才であって、しかもすぐれた作家でもあるならば、きっとその人は、偉大な哲学者としての名声を期待できるだろう。後者の条件を欠く場合でも、この名声が得られることはしばしばなのだが。

344　哲学すること、それは神の全知を共同で探究することである。

345　望むらくは、ひとりの超越論的なリンネ(163)があらわれて、さまざまな自我を分類し、それらについての実に正確な記述を、場合によっては彩色銅版画付きで出版してくれんことを。そうすれば、哲学する自我と哲学の対象たる自我とが、かくも取り違えられることは無くなるだろうに。

346　哲学者たちの決死の跳躍（サルト・モルターレ）(164)が喝采を浴びているが、多くの場合、それはただの空騒ぎである。頭のなかで、彼らは恐ろしい助走をはじめる。そして何とか危険を切り抜けられるようにと、おのれの幸運を祈る。しかし少しでも目を凝らしてみればわかるのだが、彼らは依然として、元の場所に坐したままなのだ。まさに、木馬にまたがったドン・キホーテの空中旅行(165)。ヤコービもまた、たしかに片時も立ち止まってはいられない、といった風情ではあるが、それでもやはり、依然として同じ場所にとどまっているように思われる。つまり体系的哲学と絶対的哲学という二種類の哲学のあいだ、スピノザとライプニッツのあいだで[166]身動きできずにいる。そんな状態のまま、彼の繊細の精神は押しつぶされて、いささか傷を負ってしまった。[167]

347 誰かのことを哲学者と見なすのは、誰かのことを詭弁家(ソフィスト)と言い張るよりも、はるかに危なっかしい。他人を詭弁家呼ばわりするのが決して許されないとすれば、哲学者と思うなど、なおのこと許しがたい。

348 英雄的なまでに嘆かわしい、そんな類の悲歌があるが、それは次のように説明できるだろう。狂人に対する凡人の関係がいかに馬鹿げたものかを考えているうちに感じた、実に情けない気持ちをうたったもの。

349 我慢するべき相手は、破壊者以外にない。何も破壊しようとしない者は、我慢される必要すらない。一切を破壊しようとする者は、我慢されるべきではない。この二つのあいだにこそ、我慢という心持ちがまったくのびのびと活動できる空間はある。というのも、不寛容が許されぬとしたら、寛容など無意味であろうから。（ＦＤＳ）

350　詩（ポエジー）なくして、現実なし。どれほど感官（ズィン）があろうとも、想像力（ファンタジー）がなければ外界は存在しないように、五感すべてが揃っていても、心情がなければ精神世界は存在しない。感官しか持たぬ者には、いかなる人間も見えはしない。彼が見るのは人間的なものばかりである。心情の魔法の杖でだけ、一切が開かれる。心情が人間たちを定立し、その手で捉える。心情は、直視する。自分が数学的に作動しているのを意識しない眼のように。（FDS）

351　君はこれまで、友人に備わる広がりの一切を、その起伏のすみずみに至るまで、しかも当の友人に痛みを与えることなく、その手で触れることができたかね？　君たちが教養ある人間だというのなら、証拠にそれだけ教えてくれれば十分だ。（FDS）

352　自然史の記述者たちは、例えば次のように物語る。自然が持つさまざまな造形力は、長いこと空しい努力を重ねてきたのだが、それはつまり、当の造形力から生じるいかなる形態も、永続的な生を持ち得なかったからだ。しかし自然の造形力がもはや尽き果てた後も、なおさまざまな形態が産み出されてきたようだ。なるほど、それらは生命を有した。が、没落するほかなかった。というのもそれらには、生命を後世につないでゆく能力がなかったからである、と。自己自身を形成しようとする人間の能力は、いまだこうした段階にとどまっている。生きるものはわずかであって、しかもそのなかの大抵は、ただ束の間の生涯を終えるばかりである。それらがおのれの自我を見出すという僥倖(ぎょうこう)に恵まれたとしても、その自我をおのれ自身の手で産み出す能力はない。それらが通常置かれた状態は、死の状態である。ひとたび生きることがあるとしても、自分が何か別の世界に召されたものと思うばかりである。（FDS）

353　貴族たるおのが特権をすっかり司法に委ねておきながら、商売でいくばくかの財を成した後、再び件の特権を請求しようとする。そんな旧時代のフランス人の話があるが、(168) これこそ、慎み深さを示すに格好の寓話(アレゴリー)だ。こういうわかりやすい美徳で名声を得ようという人は、おのれの内面的な貴族性でもって、同様のことをしなくてはならない。すなわち、まずはうちなる貴族性を一般大衆の世論に委託しておいて、時には運に乗じて、時には念入りに、一級品だろうと並の品だろうと望まれるがまま、他人の功績や才能や着想を運ぶ輸送業に励んでから、かの貴族性を今いちど請求する権利を得ればいいのだ。（FDS）

354　寛容主義(リベラリテート)と厳格主義(リゴリスムス)を結びつけたがる人。そんな人の言う寛容主義とは、自己否定より少しはましなもの、厳格主義とは、一面性に毛の生えた程度のものに違いあるまい。それにしてもこの二つを結びつけるなど、許されようか？（ＦＤＳ）

355　なるほど、嘆かわしきは例のフランス人やイギリス人の実践哲学なるものだ。皆こう思っている、彼らは人間の何たるかをよく知っている、と。ところが彼らは、人間が何であるべきかについて、まったく思いを致すことがない。有機的な自然にはどれも法則がある。どれもが、それぞれ当為(ゾレン)に従っている。とすれば、この法則も当為もわかっていない人が、どうやって自然を知ることができるのだろう。そんな連中が自然誌を記述するにあたって、分類の根拠をどこから知るというのだろう。人間を測るとして、その尺度は何だというのだろう。だがこうした連中とまさしく五十歩百歩なのが、当為に始まり当為に終わる類の連中である。彼らにはまるでわからないのだ、道徳的人間というものは、自分自身の能力によって、自分自身を軸として、自由に活動する人間だということが。彼らはいわば、地球を動かすための支点を地球の外部に見出した。こんなものを探そうという気になるのは数学者くらいだが、果たして彼らは、地球そのものを見失ってしまった。人間が何であるべきかを語ろうというのなら、まず本人が人間でなくてはならない。そしてまた、自分がひとりの人間であることを自覚していなくてはならない。　（FDS）

356　世界を知るとは、いかなることか。それは、世界のなかで自分など大した存在ではない、と悟ること。世界では哲学者の夢が実現するなどあり得ない、と信じること。そして、世界は決して別様にはなりえない、せいぜいのところ、いささか薄っぺらになるだけだ、と希望を持つこと。　（FDS）

357　レッシングは、良き聖書なるものには仄めかし、暗示、下準備が必要だと言う。(169) さらに彼は、類語反復（トートロジー）もまた良しとする。それは洞察力を鍛えるからである。また寓意（アレゴリー）や実例も是としている。抽象的な観念に教訓的な装いを与えるからである。そして彼はこう確信している、神秘が啓示されるのは、それらが理性の真理へと展開されてゆくためである、と。さて、こうした理想に従って、哲学者たちが彼らにとっての聖書を選ぶとしたら、これ以上相応しい本があるだろうか？　つまり、『純粋理性批判』のことである。

358　モナドの本質と活動を叙述するにあたって、ライプニッツは注目すべき表現を用いている。「それは感覚にまで達しうる」(170)というのだ。このことは、ライプニッツ本人に適用してみたくなる。例えば誰かが自然学をもっと普遍的な学にして、それを一個の数学のように取り扱い、数学を一種の言葉当て(シャラード)ゲームのように扱うとしよう。そのうえ神学も付け加えなくては、と思うとしよう。なにしろ神学の秘密めいた感じは彼の外交的なセンスを誘い出すし、いかにも複雑怪奇な神学論争の類は、細かな外科手術を好む彼のセンスをそそるからなのだが、ともかくそうするうちに、彼にライプニッツほどの天分さえあれば、「それは哲学にまで達しうる」のである。とはいえそのような哲学は、いつまでたっても意味不明な、不完全な何ものかにとどまり続けるだろう。ちょうど、ライプニッツの考える原質料と同じ定めである。つまり、独創性の赴くまま、自分の内面にある形相を、外界の対象一つひとつに勝手に当てはめてゆくばかりなのだ。

359　友情は部分的な結婚であり、愛は全面的かつ全方位的な友情、つまり全包括的友情である。不可避の限界を自覚することは友情において絶対に必要であり、また、もっとも稀なことである。

360　黒魔術(171)とでも呼んでよい、そんな技術があるとすれば、それは次のようなものだろう。すなわち何の意味もない戯言を、流麗、明晰、活発なものに変え、それをともかく形あるものとしてしまう技術である。フランス人は、こうしたジャンルの傑作に事欠かない。すべて大いなる禍は、その根底深くを尋ねるならば、笑えぬ茶番、場違いな冗談なのである。馬鹿な振る舞いは、それがどんなに目立たなかろうと、途轍もない惨害の果てなき連鎖の芽をはらんでいるものだ。さればこそ、これら愚行の数々を相手取り、倦むことなく戦い続ける英雄たちに栄光あれ！　レッシングとフィヒテこそ、来るべき時代の救世主だ。

361　ライプニッツは実在を、子々孫々受け継ぐべき官位の如きものと見なす。彼にとって神は、実在を統べる封建君主であるばかりか、自由と調和と綜合能力とを、皇帝大権として独り占めしている。どこかで微睡(まどろ)んでいるモナドのために、神の枢密官房からひっそりと叙爵状を送りつけること。これはつまり、実りある夜這いである。(172)

（FDSとフリードリヒ・シュレーゲルの合作？）

362　当面の目的に、脇目もふらず万全なかたちで達するための手段を見出す、という能力。そして、当面の目的へと向かうその傍らで、自分がそれ以外にも抱いている別の目的を頓挫させたり、あるいは何らかの対象を将来にわたって自分の目標から取り除いたりするような、そんな余計なことが起こらぬよう、うまく手段を選び取る、という能力。この二つの能力は、いずれももっぱら「賢明」という言葉でもって言い表されるものではあるが、しかし互いにまったく異なった才能である。どうでもいい時にしかうまく振る舞えないような者、あるいはケチな内省を経て人を見る目を養ったはいいが、その目というのが大したものでもなければ褒められたものでもない、そんな者を評するに、賢明という語の無駄遣いをしてはなるまい。賢明と聞いてまず思い浮かぶのは、やはり何か立派なもの、重要なものなのであって、だから、さまざまな手段の並ぶ見本カードのなかから目的にもっとも適うものを選び取る能力など、何かこう、取るに足らないのである。なにしろその程度ならどんなにつまらぬ悟性でも事足りるし、それに、そんな能力を大したものと思い込むなど、ただの浮ついた幻惑と変わりはしない。せいぜいその程度のものにああも立派な語を大盤振る舞いに及ぶなど、実に無益もいいところだ。そもそも、当の言葉の通常の用い方からして、それを良しとはしないのである。自然や最高存在のことを賢明だとは、決して言わない。ところがその一方、自然や最高存在が企て、行うあらゆるもののなかにこの能力を認め、それを大いに言祝ぐ。だからこの語は、第二の位階の特性を言い表すにとどめおいた方がよかろう。一つの目的を志すと同時に、現にある、また考えられうるあらゆる目的にも目配りを欠かさないこと。一つひとつの行動がおのずとどんな作用をもたらし得るかを予測すること。これは実際のところ、それなりに大したものなのであって、こうした褒めるべき点を備えた人というのも、そうはいない。普通の言い方で現にそうしたものが賢明と考えられるのは、誰かのことを皆がある種の口ぶりとともに「賢い」と褒めそやす、そんなときに呼び覚まされる感じのせいでもある。それがどんな感じかと言うと、第一に、その褒められた人が我々に何か感銘を与えるということ。そして第二に、その人のどこかにあるはずの好意とイロニーを探し回るのだが、そのどちらも見当たらないので、イヤな奴だと思ってしまう、ということ。第一の場合と同様、第二の場合も一般的であると言ってよかろうし、それに賢明とはそうしたものだとわかりさえすれば、それはやはりきっと同様に、自然なものなのだ。というのもつまり、相手がだれであれ、我々はその人のことを、多少なりとも自分の思惑通りに利用できないものかと当てにするものだし、かつ同時に、こう願いもする。この人がおのれの心のままにおりなす造化の妙、惜しみなく表現される意図なき言葉、こうしたものによって、この人が我々の好意の対象となってくれたら、と。そして場合によっては、冗談や他愛もない嘲りのネタになってくれたら、と。それが普通の人間なら、当人の意志に反してだろうと何だろうと、この二つの当ても願いも実現すること請け合いだ。ところが並外れて賢い人というのは、なにせみずから行動するに際して、自分が敢えて意図するもの以外は何も漏れたりしないよう、計算ずくなのである。だから我々としてみれば、上記二つの当ても願いも、それが叶うのは彼の善意次第ということになる。したがって、故意に、そして気の向くままに他人の意図通りにしてやろうという好意が彼に無いならば、あるいは、賢い自分自身をわざと抜け出して、そんな賢さを敢えて捨てつつ、生まれながらの社交人として、誰からも利用されるがままになるという、そうした境地に達するためのイロニーが彼に無いならば、仲間内で彼が占めているこの席に、いやはや、もっと別の人が座っていてくれたらなあ、と願ってしまうのはいたって自然なことだ。　（FDS）

363　恋人を偶像視するのは、恋する男の性（さが）である。しかしそれとまったく別なのが、想像力（イマギナツィオーン）の膨らむまま、恋人に赤の他人のイメージをすり替えて、完璧この上なし、と賛嘆して見とれている、ということ。そんなイメージが完璧この上なく見えるのは、なぜか。それはもっぱら、我々の教養形成がなお不十分なせいで、無限に充溢する人間の本性を把握することも、矛盾しあうそれら本性を統べる調和を理解することも、できていないからである。ラウラは詩人がこしらえた産物だった。[173] ところが現実のラウラは、あそこまで偏った心酔者でなかったとしても、彼女をモデルにすれば、ある程度は聖女といえなくもない、そんなイメージをこしらえたほどの女性だったのかもしれない。

364　淑女に向けた、理性の教理問答集(カテキスムス)のための考案。――十戒。(一)彼のほかに恋人をもってはならない。が、友人であることができねばならない。ただしその際、恋愛ごっこや媚態、あるいは過度の崇拝は不可。(二)勝手に理想像をこしらえてはならない。それが天使であれ、何かの詩や小説に出てくる英雄(ヒーロー)であれ、あるいは自分が夢想ないし空想したものであれ、いずれにしても不可である。それより、ひとりの男性を、そのありのままを愛すべし。なぜなら汝の主たる自然とは、一個の苛烈な神なのであって、少女時代ののぼせ上がりを、女性の感情の第三代、第四代に至るまで、[174] 試練として与えつづけるからである。(三)神聖なる愛の宝物を、わずかでも悪用してはならない。というのも、愛の恩寵を冒瀆し、贈り物目当てに身を捧げるか、あるいはただただ平穏無事に母親になりたいがためにそうする女性は、本来持っていた優しい心を失うことになるだろうから。(四)自分の心の安息日を気にかけて、その日を祝うがよい。もし連中につかまったなら、何とか逃れるか、さもなくば、破滅するかである。(五)子供たちそれぞれの個性と気持ちを尊重しなさい。彼らはそれで万事うまく行くのだし、この地上で力強く生きていけるのだから。(六)故意に生かしておく、ということをしてはならない。[175] (七)いかにも破綻しそうな結婚を、してはならない。(八)自分の方で愛していないなら、愛してもらおうなどと思ってはならない。(九)男どものために偽りの証しを立ててはならない。連中の蛮行を、言葉と行いをもって取り繕うのは不可。(十)男どもの教養、芸術、知恵と名誉をこそ欲せよ。――信仰告白。(一)私は信じる、無限の人間性を。男性と女性の衣装を纏う以前、それは存在したのだから。(二)私は信じる、私が生きているのは服従のため、あるいは気晴らしのためではなく、存在し生成するためである、と。私は意志と教養の力を信じる。それあってこそ、私は無限なものに再び近づき、誤った教育の呪縛から身を振りほどき、性別の壁から自由になれるのだから。(三)私は信じる、霊感と美徳を。芸術の尊厳と学問の魅力を。男性たちとの友情、祖国への愛を。過去の偉大さと未来の高貴さを。

（FDS）

365　数学はいわば、感官を用いた論理学である。そのような数学と哲学の関係は、物質を用いる諸芸術、つまり音楽や彫刻と、文学（ポエジー）との関係に等しい。

366 悟性は機械的精神、機知は化学的精神、天才は有機的精神である。

367 製造工場に擬(なぞら)えて、それで作家をけなしたつもりになっている人は少なくない。けれども本当の作家は、工場主でもあるべきでは? 高度な意味で合目的かつ有用な形式へと、文字という素材を形づくってゆく。そのような営みに、作家は全生涯を捧げるべきではないのか? 下手な職人めいた作家はたくさんいるが、そんな手抜き連中にも、丹精込めた仕事ぶりの、ほんの片鱗でもあったらいいのに! もっとも、彼らの用いるどんなありふれた工具を見ても、そんな仕事ぶりがうかがえることはほとんどないのだが。

368 自分たちが用いる技術について哲学したがる、そんな医者がかつてはいたし、現にいたりする。商人だけは、そうした思い上がった真似はまずしない。彼らは昔のフランク族のように、古風でつつましい。(176)

369 代議士(デプティールテ)は、代表者(レプレゼンタント)とはどこかまったく違っている。自分自身といわば同一のものとして、政治的全体をおのれの人格のうちに具現してさえいれば、選挙でえらばれているか否かはともかく、それが代表者なのである。彼は、国家の眼に見える宇宙霊(ヴェルトゼーレ)のようなものだ。こうした理念が君主政の精神であることは、明らかに稀ではなかった。だがおそらく、スパルタにおけるほどそれが純粋かつ徹底的に実行されたことはない。スパルタの王たちは、祭司の筆頭であると同時に軍の最高指揮官であり、また公教育の長でもあった。本来考えられる行政とは、ほとんど関わりがなかった。なぜなら彼らは、まさに上記の意味での王にほかならなかったからだ。祭司、指揮官、教育者としての権力は、その本性上、明確な規定を持たず、普遍的なものであって、程度の差はあれ、ともかく合法的な専制政治なのである。こうした専制が穏健化され、正当と認められるのは、ひとえに、代表者(レプレゼンタツィオーン)として存在している、という精神あってこそである。

370　本質的なこと一切は官房で秘密裏に行われ、議会ではほんの形ばかりのことについて、派手な公開討論を行っても構わないとすれば、これこそ絶対君主制と言えるのではあるまいか?　とすれば絶対君主制が好んで採用する憲法は、馬鹿な連中には共和制にさえ見えるような、そんな類のものかもしれない。

371　自己自身に対しての義務と、他者に対しての義務。[177] この違いがはっきりわかる目印としては、例の間抜けが、悲劇と喜劇を分けるのはこれだ、と称したもの以外、そうそう見つかるまい。要するに、笑えるうえに最後には何か得るものがあるなら、それは君自身に対しての義務だと思えばいい。逆に、君の方が泣かんばかりなのに他人が得をするなら、それは当の隣人に対しての義務だと思え、というわけだ。さて、どうやって区別しようと畢竟(ひっきょう)、同じ結果になるということも、これがまったく道徳に反する区分だということも、明らかだ。こうした区分からは、あたかも見事に食い違っていがみ合う二つの気分が存在するかのような、そんな見解が生じてくる。この二つは念入りに互いに隔離しておくか、でなければ、細かな計算の技法を凝らして対照せねばならぬかの如くである。ここから、見せかけばかりの献身的な行為、寛容な振る舞いが生まれる。その他、道徳を害する一切のものが生まれてくる。そもそも、ありとあらゆる分類体系をひっくるめた道徳など、およそ道徳的ではない。（ＦＤＳ）

372　偉大な詩人の作品のなかに、別の芸術の精神が息づいていること。こうしたことは、稀ならずある。このことは画家の場合でも言えまいか。ミケランジェロはある意味で彫刻家のように、ラファエロは建築家のように、コレッジオは音楽家のように、描いてはいないだろうか。だからといって彼らがティツィアーノよりも画家として劣る、ということにはなるまい。なにしろティツィアーノは、ただ画家であるだけだったのだ。

373　古代人の場合、哲学は抑圧された教会（エクレシア・プレッサ）[178]であった。近代人の場合は芸術がそうである。だが、なおいかなる場合でも困ったことになっていたのは、道徳だ。有用性と合法性が邪魔をして、その存在をさえ、認めようとしないのだから。

374　ヴォルテールがどう書いているかはさておき、もっぱらその本が言っている内容、つまり、全宇宙を諷刺することこそが哲学であり、これこそ正しいことなのだ、という見解だけに目を向けるなら、次のように言える。フランスの哲学者たちが『カンディード[179]』を用いるに、そのやり方は女が女らしさを用いるのと同じ。すなわち、所かまわずそれを持ち出すのである。

375　よりによって活力（エネルギー）ほど、おのれの能力を見せたがらないものはない。どうしてもとあらば、活力はとかく消極的な受け身の姿を見せて、甘んじて誤解されたがる。そっと活動していれば、それで満足なのだ。殊更な伴奏も、身振り手振りも要らない。

達人（ヴィルトゥオーゾ）や独創的な人間であれば、一つの明確な目的を貫徹しようとする。例えば、一つの作品を造形しようとする。活力ある人間はしかし、つねに瞬間ばかり利用する。だからいつでも準備万端、限りなく柔軟である。途方もないほど多くの構想（プロジェクト）を持っているか、でなければ一つも持っていないか、である。というのも活力は、なるほど単に器用であるに収まらない、活動する力、それも明確に外部に向かって働く力ではあるけれども、しかしあくまで普遍的（ウニヴェルゼール）な力だからである。つまり、この力によって全的人間が自己を形成し、行動するのである。

376　消極的キリスト教徒は、宗教を大抵は医学的観点から見ており、積極的キリスト教徒は、商業的観点から見ている。

377　まったくの手前勝手から発行した手形を、ほかのどの契約よりも有効と認めて、そうしてほかの契約の権威を奪ってしまう。そんな権利が、国家にはあるのだろうか？

378　それまでずっと冷めた人に見え、またそう言われていた人が、何か特別なことがきっかけで、情熱を過激に爆発させて、皆をびっくりさせる、といったことは稀ではない。

第一印象は大したことないのに、その余韻が長く続いて内面深くに入り込み、それ自身の力によって穏やかに育ってゆく。本当に感情豊かな人間とは、そうしたものだ。いつも同じ反応をするのは、弱さの証しである。上述のような、感情の内的な高まり（クレシェンド）こそ、活力ある人間の特徴だ。（FDS）

379　イタリアとイギリスの詩人たちが描く悪魔（サタン）はより詩的かもしれないが、ドイツで描かれる悪魔のほうが、もっと悪魔的である。そうした意味では、悪魔はドイツ人の発明品と言ってよかろう。確かにドイツの詩人も哲学者も、悪魔が大好きだ。ということは、悪魔にも悪魔なりの取り柄があるに違いないし、それに無制限の勝手気ままさと下心、また道楽ともいうべき破壊と混乱と誘惑、こうしたものこそ悪魔の特徴だとするなら、これがどんな素晴らしい社交の場にも認められるということは、はっきり言って稀ではない。だが、これまでは寸法を測り損ねていたのではなかろうか？　巨大サイズの悪魔には、つねにどこか不格好でごついイメージがある。だからそんな彼にぴったりな役柄と言えば、せいぜいのところ、分別あるふりをする以外には何もできない、何もしたくない、といった戯画的人物レベルの非道ぶりを自負するばかりなのだ。なぜキリスト教の神話には小悪魔（サタニスク）が出てこないのだろう？　ある種、一見したところ無垢を愛でているように見える小型（アン・ミニアチュール）の悪を表すのに、これ以上ふさわしい言葉もイメージもないだろうに。それに、崇高さと繊細さをきわめた悪ふざけの奏でる、あのうっとりするほどグロテスクな音楽、巨大なものの表面で、その周囲をつねに漂っていたがる、あの色鮮やかな音楽についてもまた、小悪魔という言葉とイメージ以上にぴったりなものはないだろう。古代の愛の神（アモール）は、こうした小悪魔族の一種族にすぎない[180]。

380　朗読と朗唱は、同じではない。朗唱にはまさに最上級の表現が、朗読には節度ある表現が必要である。朗唱は遠くに向けられるべきであって、室内には不向きだ。然るべき変化を表現するには、朗唱は大音声にまで高まる必要があるが、これが繊細な耳に障るのである。そうなると、どんな効果も茫洋とかき消えてしまう。そこに大仰な身振りが加わったりすれば、激烈な情熱の露骨な表現がどれもそうであるように、不快なものとなる。洗練された感受性の持ち主が朗唱に我慢できるのは、いわばそこにヴェールを投げかけたような距離がある場合だけである。声のトーンは単に高まるのではなく、それとは違う手段によって効果を生むために、和らげられ、深々と抑制されていなければならず、アクセントの意味はもっぱら、目下読んでいるものをどう理解できるかが暗示されること、もっぱらここにのみあるべきなのであって、その際、すでに読まれたもの全体を隈なく表現しようとしてはならない。特に叙事詩や小説の場合は、決して朗読者がその読み物に心を奪われているように見えてはなるまい。むしろ、この作品の上にいる作者その人の穏やかな超越性をこそ、守り通すべきだろう。総じて言えば、朗読の訓練がぜひ必要ではなかろうか。そうすれば朗読はもっと普及するだろうし、それに朗読のいっそうの向上のためには、やはりその普及が不可欠なのである。ここドイツで文学は、少なくとも声に出されず黙したままである。実際、例えば『ヴィルヘルム・マイスター』を一度も声に出して読んだことがない、あるいはそうして読まれるのを聞いたことがない、そんな人は、この音楽的作品を、ただ譜面だけで研究してきたわけだ。

（AWS）

381　近代自然学の創設者の多くは、哲学者ではなく芸術家と見なされねばならない。

382　本能は、曖昧かつ比喩的に語る。これが誤解されると、誤った傾向が生じる。こうしたことは個人にとどまらず、時代や民族にも起こりうる。

383　ある種の機知が存在する。それは念入りかつ詳細にできており、また均斉がとれているため、建築術的機知と呼んでみたくなる。それが諷刺としてあらわれると、本来の意味での、まさに肉をも引き裂く嘲罵の表現となる。それはきっちりと体系的なものでなければならず、かといってまた、そうであってはならない。つまりどんなに完璧をきわめていても、しかし何かが足りないように見えなければならない。まるで、どこか引きちぎられてでもいるかのように。そもそも機知における偉大な様式(スタイル)は、こうしたバロック的要素によって生まれる、と言っていいだろう。バロック的なものは、短編小説(ノヴェレ)においてのみ、重要な役割を演じる。というのも、比類なく美しいこうした奇怪なるものによってのみ、物語は永遠に新しいものでありつづけることができるのだから。これをこそ、『避難民閑談集』[181]は目指しているように思う。が、その意図はほとんど理解されていない。なるほど、真の意味での短編小説とは何であるのか、これを解するセンスがもはやほぼ存在しないことなど、奇異とするにあたらない。とはいえ、このセンスをもう一度目覚めさせるのも悪くあるまい。就中(なかんずく)シェイクスピアの戯曲の形式に至っては、そうでもない限りいつまでも理解されないだろうから。

384　どの哲学者にも、その思考を誘発するポイントというのがある。そうした自明の前提が現実に彼を制限してしまうのは珍しくないし、彼自身がみずからそうしたポイントに身を合わせていたりもする。そういうわけで、ある体系を他から切り離してしまい、哲学を歴史的、全体的に研究することをしない人からすれば、その体系のなかに、いつまでも曖昧な箇所が残るのである。近代哲学で議論される多くの厄介なテーマは、古代文学に登場する伝説や神々と似ている。それらは、どの体系にも繰り返し登場する。ただ、その度に姿が変わっている。

385　立法権、行政権、あるいは司法権がその目的を達するために不可欠の行動や決定のなかには、しばしばなにか完全に恣意的なものが認められる。それはどうしても避けられぬものであるのだが、件の三権の概念からは導き出されえないものであって、ということは、この三権そのものには、件の恣意的なものに対する権限はなさそうである。こうした権限は、何らかの制定権といったようなものから、借用されているのではなかろうか？　とすればこの制定権には、単に禁止権のみならず、必然的に拒否権もまた備わっているに違いあるまい。国家における恣意的としか言いようのない決定はすべて、この制定権に基づいて生じているのではないだろうか。

386　凡人は、自分以外のすべての人間を人間と見なしはするが、しかしまるで物や事のように扱う。そして、自分以外のすべての人間が自分とは別の人間だということを、まったくわかっていない。

387 批判哲学については相変わらず、まるで天から降ってきたもののように考えられている。もしカントがいなかったとしても、批判哲学はドイツで成立したに違いなかろうし、その成り立ちもまた、さまざまであったろう。とは言っても、今の方がましなのだ。

388 高みに存在し、存在すべきであり、かつ存在しうるものは、超越論的である。高みを欲しながらも不可能なもの、あるいはそうすべきではないものは、超越的である。人類はおのれの目的を踏み越え、おのれの能力を飛び越えることができる、などと信じるのは冒瀆でありナンセンスであろう。あるいは、おのれが欲すること、それゆえにすべきこと、そのようなことを、哲学はしてはならない、などと信じるのは冒瀆でありナンセンスであろう。

389 まったく好き勝手に、あるいはまったくの偶然によって、形式と素材を結びつけること。そうした結合がどれもグロテスクだとするなら、文学(ポエジー)と同様、哲学にもまたグロテスク様式はある。ただ文学ほどにそのことを知らないだけだ。だから哲学は、みずからの秘められた歴史を解く鍵を、まだ見つけることができずにいる。哲学には、さまざまな道徳的不協和音を織り上げたような作品があって、そうした作品からは、秩序の解体がいかなるものかを学べそうなほどだ。あるいはまた、混沌が然るべく構成され、混乱のままに均斉のとれている、そんな作品もある。この種の哲学的な人工カオスの多くは相当の強度を備えており、ゴシック教会よりも長持ちするほどであった。それに比べて我々の時代の建築様式は、学問の領域においてもまた、もっと軽い。にもかかわらず、グロテスクであることに変わりない。文芸を見れば、そこにはシナ風の園亭だってある。例をあげればイギリスの批評だが、ここにあるのは他でもない、健全なる悟性による哲学を、文学（ポエジー）を解するセンスもないままに、文学（ポエジー）へと応用してみせただけのこと。もっとも、健全な悟性、つまり常識といったところで、それでさえ、自然の哲学と人工の哲学をごっちゃにしただけなのだが。ちなみに文学のセンスに関して言えば、ハリス、ホーム、ジョンソン（182）といった批評の第一人者たちのなかには、そうしたセンスを仄めかす徴さえ見当たらない。

390　羊を飼育する最良の方法、あるいは商品の売買。まるでそんな話でもするように人間や人生について論評する、正直で愛すべき人々がいる。彼らは道徳の経済家（エコノミスト）というわけだが、そもそも哲学なき道徳というのはどれも、そこが上流社会だろうと高尚な詩だろうと、つねにどこか偏狭で、倹約的（エコノーミッシュ）な色合いを帯びるものである。家を建てるのが好きな経済家（エコノミスト）もいれば、修繕のほうを好むのもいる。いつも何かを運んでいないと気が済まないのもいれば、うろうろするしかないのもいるし、何でも試しにやってみては、必ずどこかで立ち止まるのもいる。ほかにも、常に準備怠りなく、引き出しまで作ってしまうもの、あとは見物しておいて、真似するもの。文学や哲学において真似する連中は、そもそも、どれも出来損ないの経済家だ。どの人間にも、経済人（エコノーミッシュ）としての本能はある。正書法や韻律法にも学ぶ価値があるのと同じで、この本能だってきちんと教育されねばならない。ところが経済に取りつかれた者、いわば経済の汎神論者がいるのである。彼らからすれば、生活必需品以外はどうでもいい。それが役に立つなら、この上なく満足なのだ。彼らの赴くところ、何もかもつまらなくなる。何もかも、月並みな職人細工になってしまう。彼らの旋盤に載せれば、宗教、古代人、さらには文学でさえ、せいぜいリンネル用の梳（す）き櫛くらいの価値しかない。

391　読むということ、それは文献学的衝動（フィロローギッシャー・トリーブ）〔言葉への愛欲〕を満足させること、文字によって自分自身を刺激することである。文献学(フィロロギー)〔言葉への愛〕なき哲学(フィロゾフィー)〔知への愛〕や詩情(ポエジー)だけでは、おそらく読むことはできない。

392　多くの音楽作品は、詩を音楽の言語へと翻訳したものにすぎない。

393　古代人の作品を近代的(モデルネ)なものへと完璧に翻訳することができるためには、翻訳者は、いざとなればどんな近代的なものでも作り出せるほど、これを掌中に収めていなければなるまい。と同時に、古代のものを単に模倣するのみならず、いざとなれば再創造できるほど、これを理解していなくてはなるまい。

394　機知を単に社交の場に限定しようとするのは、大いなる誤りだ。もっともすぐれた着想には、容赦のない破壊力、限りのない内容、それでいて古典のようにしっかりした形式があって、それゆえにこそ、こうした着想は会話に不愉快な停滞をもたらすことがあるのだ。だが本来の意味での機知は、まるで掟のように、書かれたものとしてしか思い浮かべることができない。[183] カエサルが真珠や宝石を手に取って、その重さをじっくり秤り比べたのと同じように、機知の産物もその重量によって評価されねばならない。重さ次第で、その価値は極端に跳ね上がる。だから精神の高ぶるに任せてバロック的に表現されながらも、なお生き生きとした抑揚、瑞々しい色彩、さらにはある種の、まるで純粋なダイヤモンドとでも言いたくなるほどの、水晶のような透明度を備えた少なからぬ機知に至っては、もはや査定は不可能である。

395　真の散文では、すべてが下線強調されていなければならない。

396　戯画（カリカチュア）は、素朴なものとグロテスクなものとの消極的な化合物である。詩人はこれを、悲劇としても喜劇としても用いることができる。

397　自然と人間とは、かくも頻繁に、またかくも鋭く対立しあっている。だから哲学としては、同じことをするのを免れるわけにはいくまい。

398　神秘主義は、あらゆる哲学的狂乱のなかでももっとも凡庸で安上がりなものである。神秘主義には、絶対矛盾をひとつだけ、無担保で貸し付けてやるだけでいい。それさえあれば、神秘主義はどんな必需品も賄えるし、そのうえ大いに贅沢だってできる。

399　無条件の伝達・分有可能性（ミットタイルバールカイト）や伝達・分有（ミットタイルング）があると仮定し、またそれらを要請するとすれば、論争的総体性(184)はその必然的帰結である。論争的総体性は、敵対者をこてんぱんにすることもできるが、ただし、それが単に外部を向いているだけだとしたら、その限りにおいて、総体性の所有者の哲学を十分に正当化するには至らない。論争的総体性が内部にも向いているような場合にのみ、つまり哲学がおのれの精神そのものを批判し、おのれの文字を論争の砥石、論争のやすりで磨き上げるような場合にのみ、論争的総体性は、論理的正当性を得るに至るであろう。

400　真に懐疑主義の名に値する懐疑主義は、まだ存在しない。そのような懐疑主義があるとしたら、それは始めから終わりまで、無限に多くの矛盾を申し立て、要請しつづけるに違いあるまい。こうした首尾一貫性は完全なる自己破壊を招来するだろうが、これは何も特異なことではない。この点にかけては、この論理的な病もまた、ありとあらゆる似非哲学と同じなのである。数学に敬意を表し、健全な悟性に訴えかけること。これこそ、中途半端な似非懐疑主義の症状である。

401 自分を半分しか理解していない人を理解するためには、まず、その人を完全に、彼自身が理解している以上に理解しなくてはならない。だが次に、その人のことを半分だけ、つまり彼自身の自己理解とちょうど同じ分だけ、理解しなくてはならない。

402 古代詩人を翻訳するのはいかにして可能か、という問題について言えば、そもそも肝心なのは、忠実に、しかも正真正銘のドイツ語に訳されたものが、それでもなおギリシア風であるかどうか、という点ではなかろうか。これを推し量るには、判断する感性も精神もたっぷり備えた素人筋に、その訳がどんな印象を与えたかを見ればいい。

403 真の書評とは、批評の方程式の解答であり、文献学の実験ならびに文書調査の結果にしてその叙述である。

404 文学や哲学と同様、文献学にも天性のものが必要である。語のもっとも本源的な意味での文献学（フィロロギー）〔言葉への愛〕なくして、文法（グラマーティッシュ）〔文字〕への関心なくして、文献学者などあり得ない。文献学は論理（ロゴス）〔言葉〕による情動であって、哲学の片割れ、化学による認識への熱狂である。なにしろ、文法学（グラマーティク）〔文字学〕もまた、宇宙的な分離と結合の術のなかの、哲学的な部門にすぎないほどなのだ。持って生まれた文献学のセンスを専門的に養成することによって、批評が生じてくる。かかる批評の素材たるやしかし、決して完全には理解されないような、古典的にしてどこまでも永遠のものでしかありえない。さもなければ文献学者たち、すなわちそのほとんどに、いかにも似非学問的な曲芸の、きわめてありきたりで確実な表徴が認められるような文献学者たちは、他のどの素材に対しても、古代の作品と同じように、おのれの手腕を発揮することだろう。彼らはなにせ古代になど関心もないし、それを解するセンスもないのだ。そうは言ってもしかし、あのように素材を古典的なものだけに限定することに文句を言ったり苦情を述べたりするのは筋違いである。というのは、こうして限定した場合でも、芸術的な完成だけが学問へと至る道にちがいないのだし、形式的な単なる文献学も、実質的な古典古代研究へ、また人間そのものによる人間の歴史学へと近づくに相違ないのだから、なおさらである。それに、文献学への哲学のいわゆる応用よりはましである。それは諸学を結合するというより、諸学を寄せ集める、といった手合いのお決まりのやり方だ。どうしても文献学へと哲学を応用するというのなら、いや、むしろはるかに必要なのは哲学へと文献学を応用することなのだが、だとすればその方法はただ一つ、文献学者であると同時に哲学者であるという、それだけである。もっとも、そうでなくとも文献学の技法はおのれの権利を主張することができる。自分に本源的に備わる衝動を展開させること。もっぱらそれのみに専心するというのは素晴らしいことだし、賢明でもある。だから、およそ人間が生涯の仕事として選ぶことのできる、最善にして最高のものと言ってもいい。

405 小説や芝居のなかで、例えばただの俗物が高貴な人物に昇格したり、それどころかコッツェブーの作中にあるように、いつかの悪事が償われたりするような場合、その後始末に決まって行われる恥ずべき徳が慈善行為なのである。こういう瞬間の慈悲深い雰囲気を利用しない手はあるまい。献金袋の鈴を鳴らして劇場内に回してやればよいものを。（AWS）

406 無限の個体がどれも神だとするならば、理想と同じだけ多くの神々が存在することになる。さらに、本当の芸術家、本当の人間がおのれの理想に対してとる態度は、まさに宗教そのものである。こうした内面における礼拝が、生涯かけての目標であり営みであるような人。こうした人こそ司祭なのである。しかも、誰であれそうなることができるし、また、そうなるべきなのである。

407　礼儀正しい振る舞いのうち一番大事なのは、礼儀がなっていない、と皆がわかっている人についても、この人は礼儀正しい、とあっけらかんと言えること。一番難しいのは、誰が見ても行儀の良いその覆いの下に、生まれつきの卑しさが隠れているのを推測し、察知すること。（FDS）

408　愛くるしい卑しさと洗練された不作法のことを、社交界用語で優雅（デリカテッセ）と称する。

409　道徳に適っていると称するには、単に感じ方が美しいだけでなく、さらに、賢明でもなくてはならない。つまり、感情の全体との関連において目的に適っており、最高度の意味で礼儀に適っていなくてはならない。

410　平凡な日常性、経済的な営み（エコノミー）は、真の普遍性を生まれつき備えてはいないすべての人々にとって、どうしても必要な補完物である。生まれ持った才能もせっかくの教養も、こうした環境のなかで埋没してしまうことは、ままある。

411　キリスト教精神が学問において理想とするのは、神を、その無限に多様な変異(ヴァリアツィオーネン)ともども、特性描写することである。

412 みずからを到達不可能なものと見なす理想像は、だからこそまさに理想ではない。それは単に機械的な思考が生んだ、数学的な幻想(ファントム)にすぎない。無限なものに対する感性を備えていて、しかもそれで何がしたいのかわかっている人は、無限なもののなかに、永遠の分離と融合を続ける様々な力の所産を見ている。彼はおのれの理想を少なくとも化学のように考えており、だからそんな彼が決然とおのれの考えを述べるとき、その言はもっぱら矛盾にみちている。現代の哲学は、ここまでは到達しているかに見える。だが、哲学の哲学には至っていない。なにしろ化学的な理想主義者(イデアリスト)〔観念論者〕たちでさえ、哲学という営為の持つ数学的な、一面的な理想しか知らないことしばしばなのだから。そうした理想について彼らが掲げるテーゼは、まったく正しい。つまり哲学的だ。がしかし、対立命題(アンチテーゼ)がないのである。哲学の自然学とも言うべきものは、なおその時を得ていないようだ。ということは、完成した精神だけが、理想を有機体のように考えることができるのかもしれない。

413 哲学者たるものは、自分自身について語らねばならない。ほとんど抒情詩人のように。

414　もしも目には見えない教会というものがあるとすれば、道徳とは不可分でありつつも、しかし単に哲学的な道徳からはいっそう区別されるべき、かの大いなる逆説の教会こそが、それである。正気を失ったあまり、大真面目に高潔であろうとし、また高潔になろうとする人々。彼らはいつでも互いを理解しあい、すぐに打ち解け、時代を支配する背徳に抗うべく、ひそかな反対勢力をなしている。この背徳たるや、今ではすっかり道徳としてまかり通ってしまっているのだ。彼らの言葉にあらわれる、ある種、神がかった感じ（ミスティツィスムス）。そこにロマンティックな想像力（ファンタジー）が働いて、しかも文法学（グラマーティク）〔文字学〕のセンスが結びついていれば、そうした神がかりの表現も、なにかとても魅力的なもの、なにかとても優れたものになり得るのだし、そもそも彼らにとってみれば、自分たちの麗しい密儀の象徴として用いることだってできる。

415　文学や哲学のセンスを備えた人にとって、それらは一個の不可分の個体（インディヴィードゥウム）である。

416　哲学には、専門知識など全く必要ないか、あるいは、ありとあらゆる専門知識が必要かのどちらかである。要は、その用い方次第なのだ。

417　誰に対しても、哲学をするよう唆（そそのか）したり、説き伏せたりしようとしてはならない。

418　どれほどありふれた見解ではあれ、ともかくこう言って差し支えはないのだが、ある小説の名を高めようというのなら、そのなかに何かまったく新しい人物像（キャラクター）が、何らかの興味深い手法で描き出され、仕上がっていれば、それでいい。ウィリアム・ラヴル(185)にそれができていることは、明々白々だ。だから、例えば小説全体を背後で操る機械係のような存在がいたりするなど、お膳立てや骨組みのどこを取っても平凡、もしくはうまくいっていないし、小説中の異常事態も単に普通の出来事を裏返したに過ぎない、といったこともままあるのだが、こうした事実はあるにせよ、おそらくこの小説の傷とはならなかったろう。ところがその人物像というのが、不幸なことに韻文的（ポエーティッシュ）だったのだ。(186)ラヴルは、彼自身にほんのちょっと手を加えただけの変異体（ヴァリアツィオーン）にすぎないバルダーと同様、夢想家そのものである。この言葉のいかなる良い意味においても悪い意味においても、またいかなる美しい意味においても醜い意味においても、そうなのである。この書物全体が、散文と韻文（ポエジー）の闘いなのである。結局、散文は踏みにじられて、韻文は自分で自分の首をへし折ってしまう。本作にはほかにも、多くの処女作につきものの欠陥がある。つまり、本能と意図のあいだでふらついているのだ。それというのも、このどちらも十分に備えていないからである。結果、繰り返しばかりになる。そのせいで、崇高なまでの退屈を描いているはずが、ただの報告に変わってしまうことがあったりもする。これこそ、この小説のうちなる絶対的想像力（ファンタジー）が文学（ポエジー）の事情通にさえも見損なわれ、単なる感傷と見くびられるだろう理由である。もっとも、代金に見合うだけの感動を求める健全な読者には、この小説の感傷的な要素などちっとも気に入らず、むしろとても激越なものに思えてしまうわけではあるが。ティークが、ここまで深くかつ詳細に人物像を描いたというのは、これ以降、おそらくまだあるまい。とはいえシュテルンバルト[187]は、ラヴルの持つ深刻さと勢いを、修道僧[188]の抱く芸術への信仰と、さらには彼が昔のメルヒェンを素材に織り上げた詩情（ポエジー）あふれるアラベスクのなかで全体的に見てもっとも素晴らしいもの一切、すなわち軽やかさに満ち満ちた幻想、イロニーのセンス、そして就中、色彩の意図的な差異と統一などと調和させている。しかもここでは、一切が透明に澄みわたっている。そしてロマンティックな精神が、上機嫌で自分自身についての幻想（ファンタジーレン）にふけっているように見える。

419　世界はあまりにも真面目な様子である。だがこれぞ真面目、といった真面目は滅多にない。真面目は戯れの反対だ。真面目ははっきりとした目的を持つ。それも、考えうる限りでもっとも重大な目的である。真面目がふざけたり、うっかりしたりするなど、ありえない。その目的に完全に達するまで、真面目は倦むことなく追求しつづける。それには活力（エネルギー）が必要だ。つまり、限りなく広がり、かつ限りなく集中する精神力が必要なのだ。もし人間にとって絶対的な高さも広さも存在しないとすれば、道徳的な意味での偉大さ、という言葉など余計だ。真面目とは、行為における偉大さである。偉大なもの、それは熱狂と独創性を兼ね備えたものであり、神々しくかつ同時に完成されたものである。完成されたもの、それは自然的であると同時に人為的なものである。神々しいもの、それは愛のなかから溢れでて、混じり気なき永遠の存在にして生成となるものである。愛はいかなる文学（ポエジー）よりも、いかなる哲学よりも気高い。英雄の破壊的な力も、芸術家の造形的な活動も伴わない、穏やかな神々しさとも言うべきものが、存在する。神々しく、完成されていて、同時に偉大であるものは、完全である。

420　教養はあるけれども、道徳に問題無きにしも非ず、といった女性がいる。そんな彼女が堕落しているか純潔なのか、たぶんこれはきわめて明快に決定できる。彼女があくまでも一般の風潮に倣う人で、精神と性格に備わる活力や、そうした活力のあらわれ方や、そしてまさにこのあらわれ方あってこそ物をいうところのもの、これだけが彼女にとってのすべてであるなら、その女性は堕落している。だが彼女が偉大なものよりも何かもっと偉大なものを知っていて、自分が自然と活力を求めてしまうのをニヤニヤと眺めることができるなら、一言でいえば、熱狂の能力を備えているのなら、彼女は道徳的な意味において無垢である。このように考えると、女性にとって一切の美徳は宗教である、と言える。がしかし女性は神やキリストへの信仰をいわば男性以上に抱かねばならぬとか、そこらのご立派な自由思想などというものは女性ではなく男性のものなのだとか、おそらくそんな考えは、数えきれないほどよくある陳腐なものの一つにすぎないわけであるが、これこそルソー(189)が女性論などという随分な体系のなかに組み込んだものであって、そこでは戯言がじつに見事に整理され、展開されていて、ために、大方の喝采を博さずにはいなかったのである。

421　猫も杓子もフリードリヒ・リヒター(190)の小説をお好みだが、それはおそらく、いかにも波乱万丈の物語っぽく見えるからという、それだけのことだろう。そもそも彼の面白さというのは、そのあり方からして千差万別だし、そのよってきたる原因も、まったく正反対だったりする。教養ある経済家（エコノーム）が彼の小説を読んで気高い涙をこれでもかとばかりにさめざめ流し、あるいは厳格な芸術家が、われらが国民と時代の完璧な詩情の無さ（ウン・ポエジー）を知らしめるべく天に現れた不吉な徴とばかりに彼を憎むかと思えば、その一方、宇宙の如く包括的な性向を備えた人間であれば、まるで帝国軍隊よろしく掻き集められた彼のイメージ豊かな機知の数々が、グロテスクな磁器人形みたいに勢揃いするのを見て面白がることもあるし、あるいはまた、彼の小説の勝手気ままさを神のように崇めることだってあり得る。それにしても奇妙な現象である。芸術の基礎をしっかり修めたわけではないし、一つのうまい文句も正確に表現できるわけでもないし、物語の一つだってうまく語れるわけでもない、もっとも、何をもってうまい語りとされているかはともかくなのだが、そんな作家でありながら、例えばあの頑固でぶっきらぼうで太っちょで貫録たっぷりのライプゲーバーの手になる「アダム書簡」[191]のような、フモールにあふれた酒神讃歌（ディテュランボス）が一つでもある以上、この作家を偉大な詩人と呼ぶことを拒むとなると、やはり、不当の誹りは免れがたいわけである。彼の作品は過度に多くの造形性（ビルドゥング）を含んでいないにせよ、それでもやはり、造形的である。つまり全体が個々の部分であるかのようであり、また、個々の部分が全体であるかのようである。要するに、完成されているのである。『ジーベンケース』が優れているのは、作品の仕上がりも表現も、一番良く出来ているからである。だがもっとも優れた点は、この小説にはイギリス人がほとんど出てこない、という事実にある。なるほど、彼が描くところのイギリス人は、結局はドイツ人なのでもあって、単にその環境が妙に牧歌的だったり、名前がやたらと感傷的（センチメンタル）だったりするだけのことなのだが、そうは言っても彼らは、ルーヴェの描くポーランド人(192)とよく似ているのが常であって、だから、悪しき性癖というのはとかく彼の小説には事欠かないのだが、彼らイギリス人たちもまた、その一つだったりするのである。そこに含まれるものとしては他にも、女性たち、哲学、処女マリア、可愛らしさ、幻影として映しだされる理想、そして自己批評といったものがある。彼の描く女性たちは赤く泣きはらした目をしているが、つまりは女とは何かとか、なぜ夢中になって我を忘れてしまうのかとか、そんな具合に心理学的道徳的な内省を繰り広げるためのお手本、というか女体模型なのである。そもそも彼は、登場人物たちを描写するためにわざわざ彼らと対等の立場に降りてくるようなことを、まずしない。彼らのことを思い描き、時々は彼らについて的確なコメントを述べれば、それで十分なのだ。実際、消極的で滑稽な人物を扱う彼のやり方がそうで、これらの人間は、もともと滑稽なモノでしかない。積極的で滑稽な人物の方は、果たしてもっと自立しているかに見えるが、とはいえ彼らは互いにあまりに似通っていて、しかも、作者その人とも瓜二つであってみれば、いくら自立的に見えるからといって、これを彼ら自身の功績とすることは難しい。彼の小説の装飾は本質的にアラベスクでできているが、鉛のように重苦しい、ニュルンベルク様式のそれである。ここにおいて、彼の想像力（ファンタジー）と彼の精神の、貧困と紙一重の単調ぶりがもっとも際立っているのだが、同時にまた、ここにこそ彼の魅力的な不器用さの所以があるのであって、いかがわしいまでの趣味の悪さもまた然り。こうした悪趣味について非難すべきはただ一つ、どうやら彼自身がこれに気づいていないらしい、という点だ。彼のマドンナは教会に雇われた多感な下女にすぎないし、キリストに至っては、まるで啓蒙の洗礼を浴びた神学の修了試験候補生のようである。彼が文学によって描くレンブラント風の人物たち。彼らは道徳的であればあるほど、それだけいっそう凡庸でありふれた人物になってしまう。喜劇的であればあるほど、それだけ善きものへと近づいてゆく。酒神讃歌（ディテュランボス）風であればあるほど、また田舎じみた感じが増すほどに、それだけいっそう神に近づいてゆく。というのも田舎町を彼が風景にすると、それはとりわけ、神の住まう町のようになるからである。彼が滑稽な韻文（ポエジー）を書けば、それはますます彼の感傷的（センチメンタル）な散文から乖離してゆき、さながらエピソードとしてばら撒かれた歌にしか見えないこともしばしばである。でなければ、ただの付加物として本全体を破壊してしまうか、である。だが彼の本からは依然として、時々かなりの塊が溶けだして、普遍的なカオスへと流れてゆく。

422　ミラボーは革命において大きな役割を演じた。それは、彼自身の性格と精神が革命的だったからだ。ロベスピエールの場合は、彼が革命に無条件に服従し、完全に身を捧げ、革命を崇拝し、かつ自らを革命の神だと思ったからである。ボナパルトの場合は、彼が様々な革命を創り出し、形成し、そして自分自身を殲滅（せんめつ）することができるからである。

423　現代のフランスの国民性は、もとをただせばリシュリュー枢機卿[193]から始まっているとは言えまいか？　風変わりな、ほとんど悪趣味ともいえる彼の宇宙的多方面性（ウニヴェルザリテート）を見ていると、彼以後のフランスで生じたきわめて注目すべき現象の多くが想い起こされるのだ。

424　フランス革命は、国家の歴史における最大の、もっとも注目すべき現象、ほとんど世界規模の大地震、政治的世界における途轍もない大洪水と見なすことができる。でなければ、あらゆる革命の原型、革命のなかの革命と言ってもいい。が、これらはよくある見方である。他方、それはフランスの国民性の中心点であり頂点である、と見ることもできる。すなわちここには、かの国民性に備わる逆説（パラドクス）の一切が、ぎっしりと詰め込まれているのだ。あるいは、フランス革命を現代のもっとも恐るべきグロテスクと見なしてもいい。なぜなら現代を支配するもっとも深遠な謬見（びゅうけん）と圧倒的な予感とが混じり合って戦慄すべきカオスとなり、身の毛もよだつ人類の悲喜劇を織りなしているのだ、それも、これ以上なく奇怪に。こうした歴史的諸相を詳しく論じ尽くそうにも、今やばらばらとなった痕跡がわずかに見出されるばかりである。

425　実定法による決まり事や、慣例によって合法とされているもの。道徳心がまず動き始めるのは、こうしたものへの反抗としてである。そしてそれは、心情を際限なく苛立たせるものである。ここにさらに、自立心があって強靭な精神の持ち主に特有の無頓着、若気の至りとも言うべき癇癪（かんしゃく）や不手際が付け加わると、どうしたって羽目を外すことになってしまうのだが、そこから生ずる予測不可能な帰結のせいで、人生がすっかり台無しになることだってしばしばなのだ。かくして次のようなことが起こる。すなわち、真に道徳的な人間からすれば希少きわまる例外に属するような人々、つまりこれは自分と同じ種類の人間だ、自分の同胞だと思えるような人々のことを、俗衆はといえば、犯罪者、あるいは背徳の見本と見なしてしまうのだ。ここで、ミラボーやシャンフォールのことを思い浮かべずにはいられない。

426　現代においてフランス人がいくらか優勢なのは、当然である。彼らは化学的な国民なのだ。(194) 彼らにおいては化学のセンスがきわめて広範にわたって活発であり、道徳的な化学においてもまた、彼らは常に大規模な実験を続けている。現代はいわば、化学の時代である。革命は普遍的な運動だが、しかし有機的ではなく化学的な運動である。巨大貿易は巨大経済による化学(ケミー)なのだから、おそらく同じような錬金術(アルケミー)もあることだろう。小説にも批評にも機知にも社交にも最新の修辞学にも、はたまたこれまでの歴史学にも化学的性質が備わっていることは、おのずから明らかである。宇宙全体の特性描写とすべての人間の分類とが成し遂げられぬ限り、時代という巨人のせめてシルエットなりとも描くことすら不可能なばかりか、せいぜいのところ、時代のおおよその基調や、一つひとつの様式(マニール)についての覚書くらいで満足するしかない。というのも、宇宙と人間全体についての予備知識がなければ、この時代が本当に一個の不可分の個体(インディヴィードゥウム)なのか、あるいはひょっとすると他の諸時代の衝突点でしかないのか、どうやって決定できるのだろう。この時代は明らかにここで始まり、ここで終わるなどと、どうして決定できるのだろう。

少なくとも、次に続く時代の普遍的特性を予期することさえできぬまま、世界が今いるこの時代を正しく理解し、そこにふさわしい句読点を打つことなど、どうしてできようか。だがあの大いなる思想のアナロジーに従うならば、化学的な時代の次には、有機的な時代が続くことになるだろう。となれば次にめぐってくる時代における地球の住民は、まさか、私たちが自分で思っているほど、私たちのことを大したものとは思いはすまい。そして今ではひたすら瞠目(どうもく)するほかない多くのものも、人類が若かりし頃の有益なる訓練としか思うまい。

427　世に言うところの調査(ルシェルシュ)とは、歴史学の行う実験のことである。それが題材とするもの、そしてそこから出される結果が、事実である。事実たるべきものは、厳密な個体性を備えていなければならない。秘儀であると同時に、実験でなければならない。すなわち、造形する自然の実験でなければならない。霊感の導きがなければ、また哲学の、文学(ポエジー)の、あるいは道徳のセンスがなければ捉えられ得ないものはすべて、秘儀であり密儀である。

428　言語といえども、相手が道徳ともなれば分が悪い。道徳に関わる概念を名づけようとするときほど、言語が哀れで惨めなことはないのだ。例えばここに、三つの性格をあげてみよう。いずれも、目的と手段をそれぞれのやり方で結びつけて出来上がるものだ。まず、次のような人間がいる。彼らとしては手段のはずだったものが、そのうちにどれも目的へと成り変わってしまう、という手合いだ。彼らは自分の成功のために何らかの学問に身を捧げるが、そのうち、当の学問にすっかり魅せられるようになる。この学問を支持してくれる人をひとり探し当て、やがてその人のことを好きになりはじめる。彼と一緒にいたいがために、その仲間うちにも顔を出すようになるが、いつしかその中でも一番熱心なメンバーになっている。そしてこの仲間たちの意に沿うべく、物書きやら芸術やらに精を出し、あるいは服装にも凝ったりするわけだが、ふと気づいてみれば、好むと好まざるとに関わりなく、雑文を書き散らしたり、芸術のお勉強をしたり、お洒落に励んだりすること自体を、心から楽しんでいるのだ。これは実に歴然とした性格であるから、どこであれすぐに見分けがつく。だがこれにぴったりの名前を、言語は持っているのだろうか？　きわめて広範に及ぶ種々雑多な活動がこうやって次々と駆け抜けてゆくだけに、それを変わりやすいとか、あるいは多面的だとか、名づけることもできる。しかしこれは、こうした思想信条がまとう様々な現象形態のなかの、ごく一部しかとらえていない。しかも変わりやすさとか多面性とかは、他の多くの思想信条にも共通するものである。この種の人間は、現在の瞬間から特定の目的への到達まで、というあくまでも限られた時空間を、一種の無限サイズへと、つまりは無限に分割された時空間へと変えてしまう。こうやって有限のものを何か無限のものとして扱う能力を好ましいと思う人であれば、この種の性格のことも、やはり好ましい、と称するかもしれない。だがこれでは、単なる印象の記述である。もともと手段だった何かについての関心が、手段どころかもはや無媒介の関心へと、ただちに、またしばしば移り変わってしまう。こうした性格の本質を言い当てるための徴、これを言語は何一つ持っていないのだ。他にも、これとは正反対の道を辿る人々がいる。彼らは、当初は目的だったものを、何か他のもののための手段としか扱わないようになる。例えば、ある作家に入れ込んで熱心に読みふけったとしても、最後にはその作家を批評的に特性描写することになるし、あるいはある学問に長いこと打ち込んだとしても、やがてはその学問を哲学的に思考する地点にまで高まることになるし、さらには誰かとの恋愛に夢中になった場合でさえ、懇ろな関係を手段として扱いかねない。つまり、そうやって人間なるものの本性をあらためて観察してみよう、あるいは自分なりに実験しながら、愛ってやつについて哲学的に考察してみよう、というわけだ。こうした手合いをドイツ語で何と呼ぶか、誰か教えてくれないか！　この種の性格がどう見えるか、どんな印象を与えるか、といった議論ならまだ容易い。例えばこんな具合に。有限なものを投げ捨てるとは偉大なことだ、何と言っても無限なものへと立ち向かってゆくのだから、とか、余人であればそれ以上は進めない障壁をいとも容易く突き倒してしまうとは、とか、普通ならこれでおしまいと思い込んでしまうところに新たな道を拓いてしまうとは、とか、翼強くはためかせ情熱のままに突き進むとは、とか、巨大な芸術作品をまるで片手間にと言わんばかりに築き上げてしまうとは、云々。いずれも類を見ないことだ、とつまりは言うのである。いずれにせよ、この種の性格が消滅するのでない限り、当然、それは以上のように見えるわけである。それを絵画のように描こうというのなら、言語もまた、語彙に不足はない。三つ目にあげる性格は、前二者を統合したものだ。それはある目的を見据えながら、この体系に属する限りのあらゆるものを目的にしてしまう。そしてこうした有限のものを楽しみながらも、しかし向上を忘れたりはせず、巨人の如き歩みを進めるさなかにあって、いつでもあの当初の目的へと立ち返ってゆく。この種の性格には、自分自身の限界をすぐに認め、自分にできること以外は何も欲しない、という才能があるが、それを、自分の究極目的を力強く拡大するもう一つの才能と一緒くたにできる。すなわち、内向的な叡智と諦念を、きわめて柔軟性と拡張性に富み、どんなわずかな空隙をも見逃さずにそこから脱出する、そんな精神の有する活力と結びつけるのだ。そして瞬時にして、それまでよりもはるかに広大な圏域を充たすのである。かかる性格は、たまたま出くわした周知の障壁を乗り越えようなどという、無駄な試みは決してしない。だがそれでいて、さらなる拡大への憧れに身を焦がしてもいる。運命に逆らうなど、決してしない。だがおのれの存在をもっと広げてくれるよう、いついかなる時も運命に要求している。一個の人間がせめてなりうるもの、そうなりたいと望みうるものの一切を、いつも念頭に置いている。だがその時を得たりと思えぬうちは、決して何かを目指すことはしない。このような性格こそ完璧にして実践的な天才であろう、このような性格にあっては一切が意図であり一切が本能であろう、一切が意志であり一切が自然であろう、と言うことならできる。だがこの性格の本質を表現する言葉となると、どんなに探しても見つからない。

（FDS）

429　短篇小説（ノヴェレ）は、それが存在し、かつ生成するいかなる点においても新しく、人目を引くものでなければならない。とすればそれと同じく、詩的なメルヒェンや、とりわけロマンツェ[195]は、限りなく奇抜でなければなるまい。というのもロマンツェは、ただ想像力（ファンタジー）を引き付けるのみならず、さらに精神を魅了し、心情を刺激しようとするものだからである。そして奇抜なものの本質はまさしく、思考と夢想と行動との、恣意的にして風変わりな、ある種の結合と取り違えにこそあるように思える。霊感を吹き込まれた奇抜さ、とも言うべきものがある。それは最高度の教養や自由とも調和し、悲劇的な要素を単に強化するだけでなく、いっそう美しくし、いわば神のようにしてしまう。例えばゲーテの『コリントの花嫁』[196]がそうで、あれは文学（ポエジー）の歴史上、画期をなすものだった。本作中の感動的な要素、それは心を引き裂かんばかりでありながら、そこにはしかし、蠱惑（こわく）的な妖しさもある。いくつかの箇所はほとんど諷刺劇（バーレスク）と呼んでもいいくらいだが、しかしまさにこれらの箇所に、なにか戦慄すべきものが、破壊的なスケールであらわれているのである。

430　どうしても避けられない状況や環境があって、それを自由（リベラル）に扱いうる手段があるとすれば、思い切って好き勝手に振る舞うことによってこれを変える、そしてこれをあくまでも詩（ポエジー）の如きものと見なす、これしかない。だから教養ある人間はすべからく、詩人であることができなければならない。ここから次のことが推論される。人間は自然本性的に詩人であり、また自然詩（ナトゥア・ポエジー）というものが存在するのである。まったく同様に、これとは逆のことも推論可能である。

431　優美の女神（グラーツィエ）に生贄（いけにえ）を捧げよ。(197)これを哲学者に向かって言うとしたら、それはこう言うに等しい。イロニーをものにせよ、都会的洗練を身につけよ、と。

432　大部の少なからぬ著作、特に歴史ものを読んでいると、一つひとつの箇所はどれもとても魅力的で、よく書かれているのだが、全体的に見ると、何とも不快な単調さを感じるものである。これを避けるには、色調に音調、また文体にさえも変化があって、全体を大まかに構成する様々な部分ごとに、はっきりと異なっていなくてはなるまい。そうすれば作品はいっそうの多様性を帯びるばかりか、いっそう体系的にもなるだろう。わかり切ったことだが、こうした規則性のある変化は偶然のなせる技ではあり得ない。芸術家自身がおのれの意志を完全に自覚していなければ、自らの意志するところのものを成し遂げることはできない。かたや、これもわかり切ったことだが、韻文であれ散文であれ、それがまだ作品を完璧に構成するに至っていないのに、これを芸術と呼んでしまうのは、早計である。とすると天才など無用になりはすまいか、などと心配するには及ばない。なぜなら、創作されるべきものをきわめて具体的に認識し、はっきり見ているということと、それを完成させるということとのあいだには、依然として、無限の距離があるのだから。

433　詩的感情の本質は、おそらく以下の点にある。完全に自己自身の内面からおのれを刺激し、対象が何もないのに昂奮し、いかなる誘因もなしに幻想に耽る（ファンタジーレン）ことができる、ということ。道徳心から何かに苛立つことと、詩的感情が完全に欠如していることは、きわめて両立可能である。

434　いったい文学（ポエジー）は、あくまでも分類されているべきなのだろうか？　それとも、一にして不可分の文学（ポエジー）でありつづけるべきなのか？　あるいは、分離と結合のあいだの変転を繰り返し続けるべきなのか？　文学（ポエジー）の宇宙体系（システム）について、ほとんどの考え方はなお未熟で幼稚である。コペルニクス以前の天文学が考えたそれと変わらない。いま通例とされる文学（ポエジー）の分類体系はただの無意味な枠組みにすぎず、限られた地平でしか通用しない。いま書かれうるもの、あるいはいまは是とされるもの、それは宇宙の中心なる不動の地球だ。だが文学（ポエジー）の宇宙そのものの中では、不動のものなど何一つとして存在しない。一切が生成し、変化し、調和のうちに運動している。彗星でさえ、変更不能の運動法則を有している。これら天体の運行が算定され、その回帰があらかじめ確定されない限り、文学（ポエジー）の真の宇宙体系は未発見のままである。

435　異国人はすべて敵、という昔の国際法の原則を、どうも若干の文法学者が言語にも導入しようとしているようだ。だが、別に外国語に頼らずともやっていけるほどの作家なら、もしジャンルそのものの性格が普遍性の色調を要求したり望んだりする場合、自分にはいつだって外国語を用いる権利がある、くらいに思っていても構うまい。そして歴史的な精神を備えた作家なら、畏怖と敬愛の念をもって昔の言葉に関心を寄せつづけ、時にはすすんでそれを若返らせることだろう。なにしろ昔の言葉には、数多のいわゆる人間、というか文法学者などよりも、もっと経験も分別もあるどころか、いっそうの生命力と統一性が備わっていることが、よくあるのだ。

436　その内容は完全に度外視するにせよ、君主鑑(198)は、会話を記述する際の優れた文体がいかなるものかを伝える手本として、とても貴重である。哲学と社会生活とをうまいこと関連付けようとするのなら、作家はまずもって、単に慣習としての礼儀作法を自然な行儀良さにまで高めるにはどうするかを学ばなくてはならないが、いかんせん、ドイツ語の散文には、そのための手本がほとんどないのだ。別に作家を志すのでなくとも、何かを刷らせるきっかけさえ見つかれば誰だって物書きになれる、というのも道理ではなかろうか。

437　たいていは「ドーファン専用」(199)として、あるいは機会原因の体系に準じて、配列された分類された学問。そんな学問が、どうして科学的厳密性、科学的完全性などを自負できようか？　例えば数学のように。

438　都会的洗練とは、調和的な宇宙的包括性(ウニヴェルザリテート)をたたえた機知のことである。この調和的な宇宙的包括性こそ歴史哲学にとっての一にして全なるものであり、プラトンの言う最高度の音楽(200)なのである。古典教育(フマニオーラ)とは、こうした芸術と学問を鍛える体操教育(ギュムナスティク)である。

439　特性描写とは、批評の芸術作品である。化学的な哲学の検査報告(ヴィズム・リペルトゥム)である。評論とは、学芸や公衆の現状に照らしつつ、特性描写がみずから応用したり、応用されたりするもののこと。概説や文芸年鑑は、様々な特性描写をまとめたもの、あるいは並べたもの。比較は、批評による群像。概説と比較の二つを結びつけると、そこから古典作家(クラシカー)たちの選集が生まれてくる。これまで哲学あるいは文学が収まっていた天球に替わる、批評的宇宙体系が生まれてくる。

440　一切の私欲の無い純粋な教育はすべて、体育術的であるか、音楽的である。それは個々人の発達とあらゆる能力の調和とを目指す。ギリシアにおける教育の二分法(201)は、たんに古代の逆説の一つ、と言ってすまされるものではない。

441　自由な人(リベラール)とは、次のような者である。いかなる側面からも、いかなる方向へも、おのずから解放されていて、おのれの人間性のままに活動している者。すなわち、行動し存在し生成する一切のものを、みずからの尺度にしたがって崇拝し、ありとあらゆる生に共感し、しかも、偏狭な見解によってその生を憎んだり軽んじたりする誘惑に駆られることのない者。

442　哲学的法学者。こう自称する手合いには、次のような者もいる。そもそも自分たちの考える法なるものが極めて非合法なのに、それ以外にもまだ一個の自然法を唱えている。しかもその自然法たるや、もっと非合法であることも稀ではない(202)。

443　概念を演繹すること。それは当の概念が、本当にその学問の知的直観に出自を有しているかを試す家系証明である。というのも、どの学問にもそれぞれに血統があるのだから。

444　音楽家が、自分の作曲した作品にどんな思想が込められているか、語るとする。すると多くの人は、これを奇妙なこと、滑稽なことと思うものである。だから、音楽家の思想はその音楽の上空にではなく、むしろその音楽そのものの中にあるのだ、という認識がしばしば生じるのも、同じ事情からだろう。だが、ありとあらゆる芸術と学問の驚くべき親和性がわかる感性の持ち主であれば、少なくともいわゆる自然らしさ、つまり音楽はもっぱら感情の言語たるべし、といった月並みな観点からこの問題を考察したりはせず、むしろ、あらゆる純粋器楽には哲学そのものへと向かうある種の傾向が備わっている、と言ったとしても、これをあり得ぬこととは思うまい。純粋器楽それ自体がみずから一個のテクストを創り出さずにはいられないのでは？　とすれば、純粋器楽の主題は、一連の哲学的思考のなかで省察の主題がそうなるように、展開され、確証され、変奏され、対照されるのではないのか？

445　動力学（デュナーミク）とは活力（エネルギー）の幾何学である。天文学において、それは宇宙の有機的組織化（オルガニザツィオーン）へと応用される。その限りで、両者は歴史学的数学と名付けることができよう。代数学にもっとも必要なのは機知と熱狂、すなわち数学的な機知と熱狂である。

446 経験論を徹底するならば、最後は様々な誤解の清算のために寄付するか、あるいは真理を予約注文するかである。

447 偽物の宇宙的包括性（ウニヴェルザリテート）は、理論的か実践的かのいずれかである。理論的な方は、出来の悪い百科事典、単なる書類棚の如きものである。実践的な方は、その総体が混ぜものであることから生じる。

448 批評にも知的直観がある。それはギリシア文学のなかの限りなく精妙な分析を、ローマの諷刺詩とローマの散文との限りなく豊かな混合を、感触することである。

449 文学及び哲学の第一人者と比肩しうるような道徳的な作家を、我々はいまだに得ていない。そのような作家がいるとすれば、それはミュラー(203)の崇高にして古めかしい政治学を、フォルスターによる万有の巨大な経済学、ヤコービによる道徳の体育術ならびに音楽と結びつけ、しかもその表現においては、ミュラーの重々しく荘厳かつ熱狂的な文体を、フォルスターの瑞々しい色調、愛すべき繊細さ、そしてヤコービの、どこをとってもまるで遥か霊界から響く風琴の音のような、洗練された感じと繋ぎ合わせたものでなくてはなるまい。

450　詩（ポエジー）に対するルソーの論難は、何といってもプラトンの下手な真似事でしかない。プラトンが攻撃したのは、詩（ポエジー）ではなくむしろ詩人であった。彼は哲学を、きわめて大胆な酒神讃歌（ディテュランボス）、きわめて調和のとれた音楽と見なしていたのだ。芸術にとっての真の敵は、エピクロスである。なぜなら彼は想像力（ファンタジー）を根こそぎにし、ひたすら感官にすがろうとしたからである。これとはまったく別に、スピノザも詩（ポエジー）の敵に見えるかもしれない。なぜなら彼は、詩（ポエジー）がなくとも、哲学と道徳さえあれば、かなりのことが成し遂げられると証明しているからである。また、詩（ポエジー）だけを切り離したりはしないこと、これこそ彼の体系の精神にきわめて相応しいからである。

451　宇宙的包括性（ウニヴェルザリテート）とは、一切の形式と一切の素材との相互的飽和状態である。それが調和へと至るのは、もっぱら詩（ポエジー）と哲学の結合によってのみである。詩と哲学が切り離されている限り、その作品がどれほど普遍的でどれほど完全だろうと、そこには究極の綜合(ジンテーゼ)が欠けているように思われる。つまり調和という目標のすぐ手前で、未完成のままとどまり続けている。宇宙的包括性を備えた精神にとって、生とは、内的な革命の不断の連鎖である。この精神のうちには、一切の個体が、すなわち根源的にして永遠の個体たちが、生きている。かかる精神こそ真の多神論者であり、オリュンポスをまるごと、おのれのうちに抱いている。

イデーエン

1　単なる哲学の実践部門には収まらないような、道徳(モラル)。そんな道徳を求める声はますます高まりつつあり、またそのための手掛かりもいよいよはっきりしつつある。そのうえ宗教までも話題となっているではないか。いまこそイシスのヴェールをはぎ取って、密儀を明らかにする時だ。この女神を直視するのが耐えられぬなら、そんな者は逃げうせるなり、破滅するなりすればよい[1]。

2　見えざるもののうちにのみ、生きる人。目に見えるものなど、アレゴリーとしての真実味しかない、と思う人。聖職者とはそのような人である。

3　無限なものとの結びつきがあってこそ、実質的な内容が生まれるし、得るところもある。無限なものと何らつながりのないものなど、ただ空虚にして無用である。

4　宗教は、人間形成(ビルドゥング)の一切を活気づける宇宙霊[2]である。哲学、道徳、文学(ポエジー)に次ぐ第四の見えざる元素（エレメント）である。それは火にも似て、然るべく制御されていれば、いついかなる時も従順に善を行う。そして外部からの圧力や刺激によってのみ、恐るべき破壊を引き起こす。

5　感性（ズィン）が何かあるものを理解するには、まずそれを胚珠としておのれのうちに取り込み、育み、開花と結実に至るまで生長させなくてはならない。だから聖なる種子を精神（ガイスト）の土壌に撒くがよい[3]。気取りも、余計な飾りも要らない。

6　永遠の生命と、見えざる世界。それは神のうちにのみ、求められうる。神のなかにこそあらゆる精神（ガイスター）〔精霊〕が生きているのであり、神は個体性を備えた一個の深淵、限りなく満ちた唯一のものである。

7　宗教を、解き放て[4]。そうすれば新しい人間の時代が始まるだろう。

8　『宗教についての講話』の著者によれば[5]、悟性にわかるのはもっぱら宇宙についてのみ。想像力（ファンタジー）にこそ委ねよ。そうすれば、諸君は神を得る。その通り、想像力[6]こそ人間が神を感じるための器官なのだ。

9　真の聖職者が感じるものは、同情よりもつねにいくらか高次のものである(7)。

10　着想(イデーエン)とは、無限で、自立的で、つねに運動を孕んだ、神のような思想たちである(8)。

11　もっぱら宗教を経てのみ、論理学は哲学となるのであって、ゆえにこそ、哲学はただの学問を超えているのである。宗教がなければ、我々のもとにあるのは永遠に豊かな無限の詩(ポエジー)ではなく、ただの小説(ロマーン)、あるいは気晴らしばかりであろう。もっとも、今ではそれこそが芸術と呼ばれているのだが。

12　啓蒙など、存在するのだろうか？　啓蒙と称してよさそうなのは、次のような場合だけであろう。宇宙体系のなかに光があるように、人間精神のうちにも一個の原理があるのだが、かかる原理を、なるほど技術でもって産み出すのではないにせよ、しかし思いのまま、自由に活動させることができるような場合(9)。

13　自分だけの宗教を、つまり無限なものについての独創的な観点を備えた人。そのような人だけが、真に芸術家たり得る。[10]

14　宗教は人間形成（ビルドゥング）の一部門、人間存在の一分肢であるばかりでなく、その他あらゆるものの中心であり、どこであれ第一にして至高のものであり、端的に根源的なものである。[11]

15　神についての概念は、どれもくだらぬお喋りである。だが神性の理念（イデー）は、ありとあらゆる理念（イデーエン）のなかの理念（イデー）である。[12]

16　ただひたすらに聖職者であるような人は、見えざる世界にしか存在しない。そのような者が、どうすれば人の世に姿を現すことができるだろう？　地上にあって彼が欲するのは、有限なものを永遠のものへと形成すること、それだけであろう。かくして彼は、その仕事がどう呼ばれようとも、ひとりの芸術家たらざるを得ず、またそうあり続けるに違いない。[13]

17　あれこれの理念(イデーエン)が神々になるとすれば、調和の意識は、信心、恭順、希望となる。

18　道徳的な人間の精神。その元素(エレメント)であるかのように、宗教はその周囲をしっかりと包み、流れているに違いない。そして神的な思想と感情とからなるこの輝かしき混沌(カオス)を、我々は熱狂と呼んでいる。(14)

19　天賦の才を有すること。これは人間にとって自然な状態である。しかも自然の手を離れたばかりの時、人間はまた健康でもあったに違いない。そして愛は女性のもの、天才は男性のものであるのだから、となれば黄金時代とは次のようなものとしか考えられない。すなわち、愛と天才が遍(あまね)く存在していた時代。(15)

20　おのれの感性(ズィン)を磨くことが存在の目的であり、核心であるような人。その誰もが、芸術家である。(16)

21　人間であることを超越せずにいられない。これこそ、人間であることの特徴である。

22　なお少数の神秘主義者が存在するが、彼らは何をしているのだろう？——彼らは多かれ少なかれ、既存の宗教でできた粗削りな混沌(カオス)をなすばかりである。しかもただ個別的であり、小規模であり、脆弱な試みによってである。これを、大規模に、全方位から、総力をもって行うがいい。そしてありとあらゆる宗教をその墓場から目覚めさせ、不滅の宗教として復活させ、形成していこうではないか。芸術と学問の絶大なる威力によって(17)。

23　徳とは、生成して活力(エネルギー)となった理性のこと。

24　歴史が織りなす均斉(シンメトリー)と有機的構成(オルガニザツィオーン)は、我々に次のことを教えてくれる。かつて存在し生成した限りでの人間存在全体は、実際にはそれだけで一つの不可分の個体(インディヴィードゥウム)、一つの人格だったのであり、また、そのようなものになったのだ。人間存在というこの巨大な人格において、神は人間となったのだ。

25　文学(ポエジー)の生命と力の本質は、以下の点にある。文学(ポエジー)は自らの外へと出て、宗教からその一欠けらをもぎ取り、それを我が物としながら、自らのなかへ帰ってゆく。哲学に関してもまったく同様である。

26 機知は、想像力(ファンタジー)が稲妻となって姿を現したもの。だから機知は神々しいのだし、神秘主義もまた、機知に似るのである。

27 プラトンの哲学は、来るべき宗教のための序言にふさわしい。

28 人間とは、自己自身を振り返る自然の創造的な眼差しである。

29 神を創り出すか、あるいは神の姿を明かすとき、(18)人間は自由である。さらに、それによって不滅となる。

30 宗教は、ただただ計り知れぬほど奥深い。どこを掘っても無限に深くまで進んでゆくことができる。(19)

31 宗教は、人間精神のなかの求心的にしてかつ遠心的な力であり、しかも、この二つを結びつけるものである。

32　果たして世界の救済を学者たちに期待してよいものかどうか。私にはわからない。だが、今こそすべての芸術家が集い、友として永遠の盟約を結ぶときである。

33　ある書物が道徳的かどうか。それは題材の問題ではない。あるいは語り手と受け手がいかなる関係にあるかも、問題ではない。そうではなく、書き方そのものに宿る精神の問題なのである。こうした精神が人間存在の豊かな全体を呼吸しているなら、その書物は道徳的である。だが個別的な技能の産物でしかないなら、道徳的ではない。

34　宗教を有する者は、文学(ポエジー)を語るであろう。だが宗教を探し発見するための道具は、哲学である。

35　古代の将軍は、決戦を前に兵士たちに向かって演説したものだが、であれば道徳主義者(モラリスト)たちは、この時代と闘う人々のために一席ぶつべきではあるまいか。

36　完全無欠な人間なら、誰もが創造的精神（ゲーニウス）を備えている。真の徳とは、創造する力（ゲニアリテート）である。

37　教養形成（ビルドゥング）こそ最高善であり、ひとり有用なものである。

38　言語の世界においては、あるいは同じようなことだが芸術と教養形成（ビルドゥング）の世界においては、宗教は必然的に神話として、もしくは聖書として現象する。

39　カント主義者の言う義務と、純潔の戒律や召命の声や我々のうちなる神の声の違いは、干からびた植物と、自然の木に瑞々しく咲く花の違いに似ている。

40　神に対してある特定の関係をとることは、神秘主義者には耐えがたいに違いない。ある特定の見方をとること、その上それを概念化することも同様である。

41　革命、およびそれが最高の世俗的利害関心を詰め込むことによって諸精神に行使する専制。これらに精神の側から抗って、バランスを保つこと以上に時代が必要とすることはない。そうして釣り合いをとるための分銅を、我々はどこに見出せばいいのか？答えは難しくない。もちろん、我々の内部に、である。そしてそこに人間存在の中心をつかみとった者は、まさにその場所に、近代的形成の中心点と、これまで分断されまた対立してきた諸学と諸芸の調和とを、見出すことになるであろう。

42　哲学者たちの言うことを信じるなら、我々が宗教と呼んでいるものは、故意に通俗化されたか、でなければ本能的に無作為の哲学にすぎない。詩人たちはと言えば、宗教などは文学（ポエジー）の亜種だと思っているようだ。亜種であるだけに、文学固有の美しき戯れがわからぬまま、あまりに生真面目かつ一面的に振る舞ってしまうのだ。だが、哲学はすでに認めている。宗教とともにあってこそ、哲学は始まることも、自らを完成させることもできるのだ、と。そして文学はもっぱら無限なもののみを目指そうとし、世俗的な有用性や教養（クルトゥア）を軽侮する。これは宗教にとっての対立物なのである。となると、芸術家たちの永遠平和は、もはや遠い先のことではない。

43　地上のさまざまな被造物（ビルドゥング）のなかで人間が占める位置は、さまざまな人間のなかで芸術家が占める位置と同じ。

44　神を目にすることはないが、しかし至るところ、我々は神的なものを目にしている。まずは、そして最も本来的なことには、ひとりの意味に満ちた人間の中心に、そして生き生きとした人間の営み深くに。自然を、宇宙を、君は直接的に感じ、直接的に思考することができる。神は、そうはいかない。選ばれた人間だけが、神のように詩作し、思考し、宗教とともに生きることができる。自己自身に対して、自己の精神に対してさえも、直接の仲介者となることは誰もできない。なぜなら仲介者はあくまでも客観でなければならないからで、その中心は、見るものにとって外部に置かれているからである。仲介者を選び定めるといっても、その際、選び定められるのはもっぱら、自らをすでにそのようなものとして定めた人だけである。仲介者とは、次のようなものだ。おのれのうちに神的なものを知覚し、自己破壊的におのれを犠牲としながら、行いや言葉や業のうちに、すべての人々にこの神的なものを知らせ、伝達し、描き出す。こうした衝動が生じぬとすれば、それは知覚されたものが神的でなかったか、あるいはおのれのものでなかったかだ。仲介することと仲介されることが、人間にとってまったき高次の生である。そしてどの芸術家も、他のすべての者にとっての仲介者である。

45　自己の中心をおのれの内部に有する者、これこそが芸術家である。それがない者は、いずれかの指導者や仲介者をひとり、自分の外部に選ばなくてはならない。もちろん永遠にではなく、差し当たりである。というのも、生きた中心なくして人間は存在し得ないのであって、もし自分のなかにそれをまだ持っていないのならば、彼はそれをひとりの人間のなかに探すしかないのであり、ただ一人の人間のみが、そしてその中心のみが、彼自身の中心を刺激し目覚めさせることができるのだ。

46　文学（ポエジー）と哲学は、見方によってはそれぞれ別の領域であり、別の形式である。だがいずれも、宗教の構成要因なのである。だから、実際に両者を結びつけるべく試みてみさえすればいい。そこで諸君が得るのはほかでもない、宗教であることだろう[20]。

47　ただただ根源的にして至高のものは、いずれも神である。つまり最高度の勢位（ポテンツ）にある不可分の個体（インディヴィードゥウム）そのものである。ところで、自然と世界もまた、個体なのではなかろうか？

48　哲学が終わるところから、文学（ポエジー）が始まるに違いない。誰もが持ちうる立脚点、技術（クンスト）

や文化(ビルドゥング)と対立する限りにおいてのみ自然な思考、ただ生きているということ。こうしたものなど、まったく存在しないはずだ。つまり、文化(ビルドゥング)の限界の彼方なる自然のままの国など、考えられるはずがない。有機組織のなかの思考を司る部分はどれも、自分自身が全体との結びつきにおいて統一体をなしていることなしには、自身の限界を感じたりはしないらしい。だから、哲学に向かって、例えば、単に哲学ならざるものを対置すべきではない。そうではなく、文学(ポエジー)を対置するべきである。

49　芸術家たちの同盟(ブント)にひとつの特定の目的を与えるということ、これすなわち、永遠の結社のかわりに、惨めな機関を設けること。つまりは、聖なる会衆を国家へと貶めることである。

50　諸君はこの時代に、発酵しつつあるこの巨大な力に、この激震に、目を瞠っている。ところが新たに生まれるはずのものが何なのか、諸君にはわからない。どうか諸君、次の問題をよく理解して、答えてみてくれたまえ、自らの根拠を人間存在そのもののなかに持たないようなものが、およそ人間のあいだで生じうるのか、どうか。いかなる運動も中心から生じねばならないのではないか？　とすれば、中心はどこにあるのだろうか？——答えは明快だ。そして上記の現象もまた、宗教の大いなる再生、普遍的なメタモルフォーゼが近づきつつあることを、仄めかしている。宗教それ自体はたしかに永遠であり、それ自身と等しく、神と同様に不変である。[21] が、だからこそ宗教は常に新たな形態をとって、姿を変えながら、現象するのである。

51　感性（ズィン）も精神（ガイスト）も備えた人間もいれば、どちらも持たない人間もいる。それがなぜなのか、人間性の本質から理解できないうちは、人間とは何かを、知ることはできない。[22]

52　宗教の代表者（レプレゼンタント）としてふるまうこと、これは宗教を創設せんとする以上の冒瀆である。[23]

53　もっぱら補完し、結合し、促進すること。これほど人間的な活動はない。

54　芸術家は支配しようとしてはならないし、奉仕しようとしてもいけない。芸術家にできるのは、もっぱら形成（ビルデン）することであり、形成する以外には何もない。だから国家のために彼がなしうることと言えば、支配者と奉公人を形成すること、政治家や経済家を芸術家へと高めること、これだけである。

55　多面的であるためには、一個の全包括的な体系のみならず、体系の外部にある混沌（カオス）を解する感性もまた、必要である。人間であるためには、人間存在の彼岸を解する感性が必要なのと同じく。

56　ローマ人が全き国民（ナツィオーン）であった唯一の民族（ナツィオーン）であるとすれば、現代は最初の、真の時代である。

57　溢れんばかりの形成物（ビルドゥング）を、君は当代最高の文学（ポエジー）のなかに見出すだろう。だが人間性の深みを求めるなら、哲学者のもとに行くがよい。

58　国に雇われたいわゆる民衆教師(24)といえども、ふたたび聖職者になるべきであり、宗教的な心情を備えているべきである。もっとも、彼らがより高次の教養形成（ビルドゥング）へと連なることなしには、それは不可能である。

59　古代の神話とキリスト教ほど機知に富んだもの、グロテスクなものはない。なぜかといえば、両者がきわめて神秘的だからである。

60　不可分の個体（インディヴィドゥアリテート）であることこそまさに、人間のうちなる根源的にして永遠なものである。いかなる人格であるかは、それほど重要ではない。かかる個体性の形成と発展をこそ最高の天職としてこれに励むことは、神の如きエゴイズムと言えよう。

61　文字（ブーフシュターベ）の万能、なるものが言われるようになって久しい。ただ、何を言っているかわかっていない。いまこそ、その実現の時だ。今こそ精神が目覚め、失われた魔法の杖（ツァウバーシュターブ）[25]をふたたび手にする時だ。

62　哲学と文学（ポエジー）が備わっていてはじめて、それと同じだけ道徳も備わる。

63　キリスト教にとって中核的な直観は、罪である。[26]

64　芸術家あってこそ、人間存在全体が一個の不可分の個体（インディヴィードゥウム）となる。なぜなら芸術家は、太古の世界と来たるべき世界とを現在において結び付けてくれるからだ。彼らは、いと高き霊（ゼーレ）の器官なのである。外的な人間存在すべてのはらむ精気がここに集まり、やがてはそこで、内的な人間存在が活動を始める。

65　教養形成（ビルドゥング）を経てはじめて人間は、しかもそれが全き人間であるならば、すみずみまで人間的になり、かつまた人間性に充たされるのである。

66　元来のプロテスタントたちは心から聖書の言うとおりに生き、それを実行しようとした。そしてそれ以外の一切を破壊しようとした。

67　宗教と道徳は、互いに均斉（シンメトリー）をなしつつ対立している。ちょうど文学（ポエジー）と哲学のように。(27)

68　おのれの人生を人間的に育みさえすれば、諸君はそれで十分だ。だが芸術の高み、学問の深みには、神的ななにかがなければ決して達することはあるまい。

69　イロニーとは、永遠の敏捷さと無限に豊かな混沌（カオス）との、はっきりとした意識である。

70　音楽は道徳と、歴史学は宗教と親和性がある。というのも音楽の理念が律動（リズム）である一方、歴史学は原始的なものを目指すからである。

71　そこから一つの世界が発生しうるような混乱だけが、ほんとうの混沌（カオス）である。

72　調和に充たされた人間性、文化（ビルドゥング）の始点と終点。こうしたものを諸君は、諸君が美学（エステーティク）と呼ぶもののなかに探しているが、無駄なことだ。文化や人間性の元素（エレメント）たるものが何か、見極めるべく努めよ。そしてそれら元素を賛美するのだ。なかでも特に、火を。

73　優劣なき二元論など存在しない。となれば道徳もまた、宗教と対等なのではなく、その下位にある。

74　両極を結びつけよ。そうすれば諸君は、真の中心を得る。

75　文学(ポエジー)は特殊な有機体が咲かせるもっとも美しい花だから、そのようなものとして、きわめて局地的である。哲学は多様な惑星で展開しているが、しかしそれほど多様ではあるまい。

76　逆説性(パラドクシー)に対する感性のない道徳は、くだらない。

77　純潔の誉(ほまれ)、それは誠実さの神秘説である。

78　宗教的人間の思考はすべて語源学的である。ありとあらゆる概念を、根源的な直観へと、本来のものへと連れ戻す。

79　ただ一つの感性だけが存在する。そしてこの一者のなかに、あらゆる感性が含まれている。つまりもっとも精神的な感性が根源的な感性であり、それ以外はその派生物である。

80　時には、僕たちは一致している。なぜなら、感性を同じくするから。だが時にはそうではない。なぜなら僕か、でなければ君に、感性が足りないから。正しいのはどっちだろう、どうすれば僕らは一体となれるのだろう？　教養形成(ビルドゥング)によるしかない。なにしろそれは各々の特殊な感性を、普遍的で無限な感性へと広げてくれる。そしてこうした無限の感性への、言い換えれば宗教への信仰を通して、僕らは早くも一体となっている。それも、まだ一体化していないというのに。

81　無限なものとの人間の関係は、いずれも宗教である。このとき人間とはすなわち、自己の人間性が隅々まで充溢した人間のことである。数学者が無限大を算出するとしても、むろんそれは宗教ではない。無限なものがかの充溢のままに思考されるなら、それは神性のことである。

82　生きるとはもっぱら、自己自身の諸理念(イデーエン)に従って生きることにほかならない。原則など、ただの手段である。天職(ベルーフ)こそ、目的そのものである。

83　愛によってのみ、そして愛の意識によってのみ、人間は人間となる。

84　道徳的な生き様を追求するなどというのは、悪趣味のなかでも最たるものである。ただし、信心深さの鍛錬は除外しておこう。そもそも諸君は、霊とか精神に従って生きることなど、できるのだろうか？——宗教も、また道徳も同じこと。生活を規定する経済や政治に、これらが無媒介に流れ込んでくるべきではない。

85　文学(ポエジー)の核心、中心は神話のなかに、そして古代人の秘儀のなかに見出される。生の感情を、無限なものの理念で充たすがいい。そうすれば諸君は、古代人を理解することだろう。そして文学(ポエジー)をも。

86　自然を想い起こさせるもの、つまり生の無限な充溢の感情を衝き動かすものは、美しい。自然は有機的であり、最高の美はそれゆえに永遠に植物的である。そして同じことが、道徳と愛についても言える。

87　真の人間とは、人間性の中心点まで達した者である。

88　美しくも開けっ広げな心、というものが存在する。それはまるで花のように、ただ香らんがために開く。

89　道徳がもっぱら哲学にだけ帰属するなど、あり得ようか？　なにしろ大部分の文学（ポエジー）が処世術に、また人間知に関わっているというのに！　では道徳は、哲学にも文学にも依存せず、自立して存在しているのだろうか？　それとも宗教と同様、孤立して現れるなど、あるはずがないのだろうか？

90　君は哲学を破壊しようとした、さらには文学をも。そうして、宗教と道徳のために領土を得んとしたのだ。ところが君は、宗教と道徳を誤解していた。結局、君が破壊できたのは他でもない、君自身だった。

91　一切の生は、その最初の起源からして、自然的なものではない。そうではなく、神的なものであり、人間的なものである。というのも生とは、愛に由来するに違いないからである。ちょうど、精神なくしていかなる悟性もあり得ないように。(28)

92　人間のための、また芸術家のための宗教が、至るところで芽生えつつある。これに対して有力な抵抗がありうるとすれば、ただ一つ、本来の意味でのキリスト教徒だけだ。わずかとは言え、彼らはまだ存在するのである。だがそんな彼らとて、いざ曙光を迎えるとなれば、直ちに跪(ひざまず)いて祈りを捧げることだろう。

93　論争は、もっぱら悟性を研ぎ澄まし得るのみである。そして理性に反するものを駆逐する、とされている。論争はあくまでも哲学的なのだ。だからいかなる限界をも超えた宗教的な憤怒も憤激も、論争という姿をとってしまえば、その威厳を失う。個別的な対象や目的に向けて、限定されてしまうからだ。

94　革命のあいだに存在した少数の革命家たちは、これはこの時代のフランス人のみに可能なのだが、神秘主義者であった。彼らは自らの本質と行為を、宗教として構成していた。だが将来の歴史学において、次の事実こそ革命の果たした最高の使命、これ以上なき尊さと見なされることになろう。革命は、なお微睡んでいた宗教を、激しく揺さぶり起こしたのだ。

95　レッシングが予言した新しい永遠の福音は、聖書となって現れるだろう。しかし通常の意味での、個々の書物としてではない。我々が聖書と呼ぶものでさえ、いくつもの書物からなる一つの体系である。ちなみに、ここで勝手な言葉を使っているのではない！　それとも聖書という語以外に、つまり書物そのもの、絶対的書物という語以外に、無限の書物というこの理念を、並の理念から区別するための語があるのだろうか？　だが何といっても、一冊の書物が何らかの目的のための手段にすぎないのか、あるいは自立的な作品、不可分の個体、具現化された理念であるのかという違いは、永遠に本質的なだけでなく、実践的な違いなのである。後者の如き書物は、神的なものなくしてあり得ない。この点については、いかに秘教的な概念であろうと、顕教的な概念と同じなのである。しかも、いかなる理念も孤立してはいない。むしろ理念が理念であるのは、それがあらゆる理念とともにあってこそなのである。一つの例が、その意味を説明してくれよう。古代人による古典詩はすべてが関連しており、不可分であり、一つの有機的な全体を形成している。それらはきちんと観察すれば、ただ一篇の詩なのである。たった一つのものでありながら、その中で詩芸術そのものがすっかりと全容を現しているのである。それと同じように、完全な文学においては、一切の書物がただ一冊の書物であるべきなのだ。そのように永遠に生成する書物のなかで、人間の、そして文化（ビルドゥング）の福音が、啓示されることであろう。[30]

96　一切の哲学は観念論であり、文学(ポエジー)の実在論のほか、真の実在論は存在しない。ところで文学と哲学は両極端でしかない。だから、しかじかの連中はあくまでも観念論者、他の連中はどうみても実在論者だなどと言われるとしたら、それは実に真っ当な指摘なのである。言い方を変えると、こうなる。真に形成された人間はまだ存在しないし、まだいかなる宗教も存在しない、と。[31]

97　自然学者だというのに——かの思慮深きバーダーのことだが[32]——自然学の真っ只中から身を起こし、文学(ポエジー)を予感し、諸元素(エレメンテ)を有機体として崇め、そうして物質界の中心にある神的なものを指し示すとは、良い兆しだ！

98　無限に形成された有限なものを一つ思い浮かべてみたまえ。そのとき君が考えているものこそ、人間だ。

99　もし君が自然学の最内奥に迫ろうというのなら、そっと教えてもらうといい。文学(ポエジー)

の秘儀を。

100　地の中心がどこかを知れば、人間とは何かがわかるだろう。

101　政治や経済あるところ、いかなる道徳も存在しない。

102　我々のなかで、道徳の知的直観を有し、芸術と古代の姿をした完全な人間の原像を見極め、それを神がかりの如く預言した第一の人物が、かの聖ヴィンケルマンであった。

103　愛によって自然に親しむことのない人は、自然に親しむことなど決してあるまい。

104　根源的な愛がありのままに現象することは決してない。それは多彩な衣装と姿をとって現れる。信頼となって、謙遜となって、帰依となって。あるいは上機嫌となって、貞節や恥じらいとなって、感謝の気持ちとなって。だがもっとも多いのは、憧れとなって。また、密かな憂いとなって。(33)

105　さてはフィヒテが宗教を攻撃したとでも？――もし超感性的なものへの関心こそ宗教の本質だとするなら、フィヒテの全学説は、哲学という形式をまとった宗教だというのに。(34)

106　政治の世界に、信仰と愛を安売りしてはいけない。(35)だが学問と芸術の神々しい世界でなら、君の最内奥を永遠の形成（ビルドゥング）という聖なる火流の只中へと捧げるがよい。(36)

107　何からも邪魔されぬ調和に浸りつつ、ヒュルゼンのうちなる詩神は、文化（ビルドゥング）、人間性、そして愛についての美しくも崇高な思想をつくりだす。それは高度な意味での道徳である。宗教に充たされ、三段論法という人工の獣道を抜けて、広々とした叙事詩の大河に至らんとする、そんな道徳である。

108　哲学と文学（ポエジー）が分けられている限り、なし得ることはすっかりなされ、やり遂げられている。ということは、今こそ両者を一つにすべき時である。

109　想像力（ファンタジー）と機知が、君にとっての一にして全である！――愛らしい見かけの意味を解き、戯れを実行へと移すがいい、そうすれば君は中心を摑むことだろう。そして憧れだった芸術が、気高き光に包まれているのを再び見出すだろう。

110 宗教と道徳の区別は、万物を神のものと人間のものとに分類した古代の分け方に、すっかり根ざしている。この分け方がきちんと理解されていれば、ではあるが。

111 芸術と学問が君の目標であり、愛と教養形成（ビルドゥング）こそ君の人生である。自分ではそれと知らず、君は宗教への途上にある。このことに気付いてほしい、そうすれば君はきっと目標に達するだろう。

112 『宗教についての講話』の著者こそ、真のキリスト者である。我らの時代の内外に、キリスト教の栄光を称える言葉として、これほど偉大なものはない。

113 自己のことごとくを犠牲にしないとしたら、そんな芸術家は役立たずの下僕でしかない。

114　どんな芸術家であろうと、彼一人のみが、芸術家のなかの芸術家、中心的芸術家、ありとあらゆる芸術家を統べる長であるべきではない。そうではなく、すべての芸術家が等しくそのような存在であるべきなのだ。各々がその立場から、そうあるべきなのだ。いかなる芸術家も、もっぱらジャンルの代表者(レプレゼンタント)であるべきではない。そうではなく、自分自身とそのジャンルとを、全体へと結びつけるべきである。そうしてこの全体を規定すべきであり、このようなかたちで全体を支配すべきである。ローマ人にとっての元老院議員と同様、真の芸術家たちは、複数の王侯が構成する一個の民なのである。

115　君が偉業をなさんというのなら、若者と女性を燃え立たせ、教養形成(ビルデン)すればいい。ここにはなお、まずもって瑞々しい力と健康とがある。それに、数々の重大な革命は、このようにして成就してきたのだ。

116　男性の場合、外見が高貴であることと天才であることが比例関係にある。同様に女性の美しさは、愛の才能、そして心情と比例関係にある。

117　哲学は一個の楕円である。一方の中心、すなわち我々にとって今のところ身近な中心点は、理性の自己法則である。もう一方の中心は宇宙の理念であり、ここにおいて哲学は宗教と触れあっている。

118 無神論について論ずる盲目の輩ども(37)！ そもそも、有神論者など存在するのだろうか？ そもそもどこかの御仁が、神性の理念に通じた大家(マイスター)だとでも？

119 真の文献学者、万歳！ 彼らの行いはまさに神の如し。なにしろ彼らは、学問の領域のすみずみにまで、芸術的な感性を行きわたらせるのだから。学者たるもの、ただの職人であるべきではない。

120 ドイツの芸術と学問を支えた昔の英雄たち。彼らの精神は、我々の精神でもありつづけているに違いない、ただ、我らがドイツ人でありつづける限りは。ドイツの芸術家、それは何の特性も持たないか、でなければかのアルブレヒト・デューラー、ケプラー、ハンス・ザックス、ルター、ヤーコプ・ベーメの如き特性を備えているか、である。誠実にして邪心なく、徹底的にして正確、そして思慮深い、というのがその特性であって、そのうえ無邪気で不器用でもある。芸術と学問を、もっぱら芸術と学問のゆえに神の如く称えるというのは、ドイツ人にしか見られない民族的特徴である。

121　せめて今だけは、僕の言うことを聞いてくれ。それでわかって欲しい、なぜ諸君が互いに理解しあうことができないのかを。そうすれば、僕は目的を達したことになる。調和に対する感性(ズィン)が目覚めたなら、その時こそ、永遠に繰り返し語られるべきだった一つのことが、いっそう調和的に語られる時なのだ。

122　芸術家の集いが一個の家庭となるとき、それが人間存在にとっての根源的な集いである。

123　教養形成の個々の部分をどれも等し並みに磨き続け、そうしてまずまずの平均にいることを良しとする。そんな普遍的教養(ウニヴェルザリテート)は、間違った普遍的教養である。それに対し、真の普遍的教養を経るならば、例えば芸術は、それが個々それぞれにそうでありうる以上に、もっと芸術的になることだろう。文学はいっそう文学的に、批評はいっそう批評的に、歴史学はいっそう歴史学的に、といった具合になることだろう。宗教と道徳が一条の光となって、結合的な機知の蠢(うごめ)く混沌に触れ、これを受胎させるとき、この真の普遍的教養が生まれるだろう。その時おのずから、至高の文学と哲学が花開く。

124　このところ、至高のものは悪しき傾向となって現れるばかりだが、どうしてだろう?――なぜなら、同時代人を理解できないものが自己自身を理解するなど、決してあり得ないからである。だから諸君はまず信じねばなるまい、自分は一人ではないのだ、と。諸君は、どこにいようと無限に多くを予感せねばなるまいし、そのための感性を養いつづけねばなるまい。そうすればついには、根源的にして本質的なものが見つかるだろう。そのとき時代の精霊(ゲーニウス)が姿を現し、諸君にそっと仄めかしてくれよう、何が適切で、何がそうでないかを。

125　至高のものが己の奥深くにあるのを予感しながらも、それをどう解してよいのかわからない。そんな人は、『宗教についての講話』を読むといい。そうすれば自分が何を感じていたのか、明らかになるだろう。さらにそれは言葉となり、そして語りとなって生まれるだろう。

126　愛に生きる一人の女性、その周囲にのみ、一個の家族が形成されうる。[38]

127　詩人のつくる韻文(ポエジー)を、女性はさほど必要としない。なぜなら女性にもっとも固有の本質は、詩(ポエジー)なのだから。

128　秘儀はいずれも女性の如し。進んでヴェールに身を包むが、それでも人に見られ、言い当てられることを欲する。

129　宗教においてはいつも朝であり、曙光に満ちている。

130　世界と一体となっている人だけが、自己自身と一体であることができる。

131　生贄には隠された意味がある。すなわち、有限なものはそれが有限であるがゆえに破壊されねばならぬ、というのである。生贄がもっぱらそれゆえに行われることを示すためには、もっとも高貴で美しいものが捧げられなくてはならない。それはとりわけ人間、すなわちこの地上の精華である。人間の生贄は、きわめて自然な生贄なのである。とはいえ人間は、地上の精華以上のものである。つまり人間には理性がある。そして理性は自由なのであって、それ自体としてほかならぬ、無限にわたる永遠の自己規定なのである。だから人間が生贄にできるのはもっぱら自己自身のみであり、またそれを行う神殿は至るところにあるのだが、この神殿は卑しき民には見えないのである。あらゆる芸術家は、デキウス家の一族。(39)だから芸術家になるとはほかでもない、冥界の神々におのれを捧げることなのだ。破壊の熱狂の只中にあって、神的創造の意味がはじめて明かされる。死の只中にあってのみ、永遠の生の稲妻が煌(きら)めく。(40)

132　宗教を、道徳から完全に分けてみよ。すると諸君は、人間のうちなる悪の本当の活力(エネルギー)が得られるだろう。それはもともと人間精神の底にある、恐るべき、残酷な、怒りに燃えた、非人間的な原理である。このとき、不可分のものを分けたことに対し、最も怖ろしい罰が下される。

133　差し当たり僕が話す相手は、すでに東方(オリエント)を向いている人だけだ。

134　僕の中にも至高のものはある、と君は思っていて、だからこそ尋ねるんだ、なぜ僕がよりによって境界に立ったまま、黙り込んでいるのかと。――だって、まだ一日は始まったばかりだから。

135　ドイツ民族にとっての神は、ヘルマンやヴォータンなのではない。芸術と学問こそがそうなのだ。もう一度、ケプラー、デューラー、ルター、ベーメを想い起こして欲しい。それから、レッシング、ヴィンケルマン、ゲーテ、フィヒテを。美徳はもっぱら習俗にばかり適用されるのではない。それは芸術と学問にも通じるのであって、これらもまた、権利と義務を有しているのである。美徳に備わるこうした精神、こうした力こそまさしく、芸術と学問にあたるドイツ人の際立った特徴をなすのである。

136　僕が芸術家として自負するもの、自負する資格のあるものは何か？――まず、決意。それはすべて低俗なるものから僕を永久に分かち、離してくれるだろう。それから、作品。それはあらゆる意図を神のように踏み越えるし、当の作品の意図を知り尽くすことなど誰にもできまい。それから、完璧なものと向き合った時、それを賛美できるという能力。そして僕には、仲間たちにその本来の仕事ができるよう活気づけることができるうえ、そうやって彼らの作り出すもの一切が僕にとっては儲けものだという、自覚。

137 理論（テオリア）とは、哲学者の行う黙想である。すなわち神的なものの純粋直観であって、ひっそりとした孤独の中、じっくり、静かに、かつ晴れやかになされるものである。その理想像は、スピノザだ。詩人が宗教的な状態に身を置くとき、それはより情熱的で、より伝達的である。熱狂こそが始源であり、最後に残るのは神話である。その中間にあるのが生の特性を備えたもので、そこには両性の差異も含まれる。先述の通り、秘儀は女性的である。狂宴（オルギア）は、男性的な力強いどんちゃん騒ぎのままに、周囲のもの一切を征服し、あるいは孕ませようとする。

138 キリスト教は死を奉ずる宗教である。まさにそれゆえに、極端な実在論でもって論じることができよう。そして自然や生を崇めた古代の宗教と同様、独自の狂宴（オルギア）を備えもつことだろう。

139 歴史的自己認識以外に、自己認識は存在しない。自分の同時代人がいかなるものなのか、とりわけ同盟（ブント）のなかでも最高の仲間、ほんとうの巨匠（マイスター）、時代の精霊（ゲーニウス）がいかなるものなのか。これを知らずして、自己を知ることはできない。

140　同盟がなすべき最重要の案件の一つは、仲間のあいだに忍び込んだ不穏分子をことごとく遠ざけることである。これ以上へまをやらかしてはならない。

141　おお諸君――僕の念頭にあるのは諸君のなかでも最良の人々なのだが――諸君が考える天才についての概念の、なんと惨めなことか。諸君にとっての天才など、僕に言わせれば、誤った傾向に満ち満ちた、出来損ないのなかの出来損ない。ちょっとした才能と些かうるさい大言壮語があればそれを皆で褒めそやし、あまつさえ、天才には欠点がつきもの、いやそうでなくては、などと知ったかぶりをする始末。では、天才という理念もまた、やはり消え失せてしまったのだろうか？――思慮深い人間こそが、もっとも巧みに霊の言葉を聞くことができるのではないか？　霊的人間（デア・ガイストリッヒエ）〔聖職者〕のみが一個の精神（ガイスト）を、精霊（ゲーニウス）を備えている。そしていかなる精霊も宇宙的（ウニヴェルゼール）である。単に代表者（レプレゼンタント）でしかない人は、才能しか持たない。

142　中世の商人と同様、今や芸術家も集まって、ハンザ同盟を結成すべきだろう。そうすれば、ある程度は互いにかばい合うことができる。

143　芸術家たちの世界のほかに、上流社会は存在しない。彼らの営む生は、高尚なる生である。エチケットだけは、まだなっていない。誰もが自由闊達に話をし、自分以外の人々の値打ちをすっかり感じ取り、理解するようになれば、そこにあるのがエチケットということだろう。

144　思想家には根源的な感覚（ズィン）が断乎として必要だ、そしてそのうえ、詩人ともなれば、ある程度の熱狂は仕方ない、と諸君は言う。ところで、それがどういうことかわかっているのか？　諸君は気付かぬうちに聖なる土地に足を踏み入れてしまったのだ。というわけで、諸君は我々の仲間だ。

145　人間はすべて、どこか滑稽でグロテスクである。なぜなら、何といっても彼らは人間なのであるから。ところで芸術家は、おそらくこうした点においても二重に人間である。今もそうだし、過去もそうだった。だからこれからもそうだろう。

146　うわべのしきたりからしてすでに、芸術家の暮らし方と一般人のそれとはまったく違う。芸術家はバラモン、つまり高位のカーストなのである。ただし、この身分に列せられるのは出自によるのではない。あくまでも自由な、自己聖別によるものである。

147　自由な人間であれば、あくまでも自分で創設するもの。自由でない人間なら、あてにしてばかりでいるもの。これこそ、それぞれにとっての宗教である。これぞ我が神、あれこそ我が神、いやただの偶像にすぎない、といった表現やこれと似たような表現には、深い意味がある。

148　芸術という魔法の書物の封を解き、そこに秘められた聖なる霊（ガイスト）を解き放つのは誰か？――それと似た霊（ガイスト）だけである。

149　文学（ポエジー）なくしては、宗教はいかがわしく、まがいものめいた、悪性のものとなる。哲学なくしては、猥雑の限りを尽くして自堕落となり、肉欲をほしいままにしたあげく、自分で自分を去勢することになる。

150　宇宙を解明することも、理解することも、不可能である。もっぱら直観し、啓示するのみである。まずは、経験論のいう体系を宇宙と呼ぶことを止めよ。そして諸君がもしもまだスピノザを理解していないなら、差し当たり『宗教についての講話』を読んで、宇宙の真に宗教的な理念（イデー）がいかなるものか、学ぶとよい。

151　突如として宗教は、ありとあらゆる感情となって、姿を現すことがある。そのとき、荒れ狂う怒りは甘美きわまる痛みと、あるいは心蝕む憎しみは曇りなき慎みゆえの無邪気な微笑みと、ほとんど紙一重である。[41]

152　人間の何たるかを隈なくその目に収めたいのなら、一個の家族を探すとよい。その家族の中では、人々は有機的に一つとなる。だからこそ、この家族はそのまま文学（ポエジー）なのである。

153　自立していること。これこそすべて原初のあり方であり、だから独創的なあり方である。そして独創的であることは、すべて道徳的である。だからそれは、まったき人間の独創性なのである。かかる独創性なくして、理性の活力（エネルギー）は存在しない。心の美しさも存在しない。

154　真先に至高のものについて語りだすとは、どこまでも大胆、まったくの軽率。がしかし、話は早い。

155　僕はいくつかの着想（イデーエン）を喋ってみた。それらは、どれも中心を指し示している。僕は自分なりの見方で、自分の立場から、曙光に挨拶をおくってみた。道のわかっている人ならば、同じことをすればいい。それぞれの見方で、それぞれの立場から。

156　ノヴァーリスへ

君は境界上を漂っているんじゃない、そうじゃなく、君の精神のなかで、文学（ポエジー）と哲学とが親密に飽和しあっていたんだ。把握不可能な真理がこうしてさまざまな姿をとって現れたとき、僕のすぐそばにいたのは君の精神だった。君が考えたことを、僕も考える。僕が考えたことを、君も考えるだろう。あるいは、もうとっくに考えたのかもしれない。なるほど誤解はいくつもある。でもそれは、最高の相互理解を確認するためだけのもの。永遠なる東方（オリエント）についての教えはどれも、あらゆる芸術家のためにある。でも僕としては、他のいかなる芸術家でもなく、君の名をあげたい。(42)

訳注

リュツェーウム断章集

(1)『運命論者ジャックとその主人』は、フランスの啓蒙思想家ドニ・ディドロが試みたメタ小説的、アンチ小説的小説(一七八〇、独訳は一七九二)。主人公ジャックは自分の恋愛話をしようとするのだが、そのたびに作者の語りが介入するため、肝心の話をつづけることができない。

(2)ドイツ語「ポエジー」がその語源とするギリシア語「ポイエーシス」には本来、「詩芸」のほかに「制作」「創造」の意味もある。シュレーゲルの用いる「ポエジー」の語には、しばしばこうした語源的な意味が含まれることがある。

(3)ドイツ語圏内では、すでに一八世紀前半から『ゲッティンゲン学術新聞』のように権威ある批評誌が存在していたが、一七七〇年代以降の読書人口の急速な増大とともに、いわば大衆の読書指南の役割を担うものとして、数多くの批評誌が創刊されるにいたった。それらのなかでも、『ドイツ・メルクール』(一七七三)、『ベルリン月報』(一七八三)、『一般文芸新聞』(一七八五)は特に名高い。

(4)当時のゲーテに見られる韻律の不十分さは、例えば、ホメロスの六歩格に通暁していた詩人にして翻訳家、ヨハン・ハインリヒ・フォスによっても指摘されている。

（5）一七九七年の著書『ギリシア人とローマ人』所収の論文「ギリシア文学研究論」を指す。すでに一七九五年に完成していた本稿においてシュレーゲルは、古代文学の研究がいかにして近代文学の発展に寄与しうるかを、また近代文学における「客観的な美」の回復はいかにして可能かを問い、「美的革命」の必要性を説いた。

（6）伝統的な修辞学において、イロニーは「事柄をその反対物を通して表現する技法」とされ、弁論術では「偽装」「反語」として用いられてきた。しかしドイツ語圏でこの語は一般に定着せず、例えば、アーデルング編纂の『高地ドイツ語辞典』（一七七四―八六）にも「イロニー」の項目は存在しない。一方で、知識人のあいだでの使用例は限定的ながら認められ、例えばゲーテの『ヴィルヘルム・マイスターの演劇的使命』（一七八五）にも一箇所だけ登場している（第五巻第一三章）。そうしたなか、イロニーを哲学と文学の核心的原理として見直し、修辞的伝統を超えた思想的概念として取り上げたのはフリードリヒ・シュレーゲルが最初である。その背景には、徹底的な古典文献学研究を通じてのギリシア喜劇の深い理解と、熱狂的なプラトン読解を通じて得たソクラテスのイロニーへの共感があった。ソクラテスのイロニーは、自ら「無知の知」に徹することで却って対話相手自身の無知を自覚させ、真理への道筋を開く対話技法（真理の産婆術）である。シュレーゲルは、そうした古代の本来のイロニーを近代の思考のうちに甦らせようとしたのだが、本断章集はその試みの嚆矢として読むこともできる。そうした関連からすれば、特に本断章集42番ならびに108番は重要であろう。

(7) ドイツの諺に「板をぶち抜くなら、もっとも薄いところを」とある。この諺については、レッシングもまた、『ハンブルク演劇論』四六節において、シュレーゲルと同じように言い換えている。シュレーゲルはのちに、論文「レッシングについて」の完結篇(一八〇一年発表)に自身の断章集を「鉄やすり」と題して再編集のうえ組み入れたが、本断章はそこにも採用されている。この断章はまさにレッシングへのオマージュと考えてよい。

(8) ヨハン・ヤーコプ・ボードマー(一六九八—一七八三)はスイスに活躍した啓蒙主義期の批評家、文芸史家。

(9)「定言命法」はカント道徳哲学の重要概念。それは端的な道徳的命令であって、行為の実質や結果に一切依存しない、自律的な意志の原理としての義務に従うことを要請する。それに対し、何らかの目的の実現に向けた行為を命ずるのが、「仮言命法」である。

(10) キリスト教の代表的な祈禱文。「天にまします我らの父よ、願わくは御名を崇めさせ給え、御国を来たらせ給え。御心の天になる如く、地にもなさせ給え」と始まる。

(11)『創世記』第一章のパロディ。天地創造で一日の仕事を終えるたび、神はそれをよきものとして見る。

(12) シラーの論考『優美と気品』(一七九三)における「優美」概念を踏まえたもの。シラーによれば「優美」とは、自然的感性と道徳的理性が調和した「美しい魂」の表現である。しかしシュレーゲルの言う優美は、道徳的・理性的な重荷を振り捨てる。

(13) レッシングの断片「ドクトル・ファウスト」(一七五九)、さらにゲーテの『ファウスト断片』

（一七九〇）のことであろう。

(14) シラーは『素朴文学と情感文学について』（一七九五）において、古代詩人と近代詩人の典型的特質をそれぞれ「素朴的 naiv」「情感的 sentimentalisch」として特徴づけた。ただし、シュレーゲルは敢えてシラーの術語に従わず、「感傷的 sentimental」という語を用いる。

(15) クリスティアン・トマジウス（一六五五—一七二八）はハレ大学を拠点にドイツ啓蒙主義を牽引した法学者、哲学者。

(16) カントは『自然科学の形而上学的基礎づけ』（一七八六）において、化学は「その根拠や原理がもっぱら経験的」にすぎないことから、本来の意味での「科学」ではなく「体系的技術」であるとした。その一方で、一八世紀は近代的化学が飛躍的に進化した時代でもあった。シュレーゲルもまた、フリードリヒ・フォン・ハルデンベルク（ノヴァーリス）の手ほどきのもと化学への関心を深めていたが、その関心は化学そのものというよりも、化学的知見と哲学的思考とのアナロジー的関係の発見へと向かっている。そうした関心は、本書に収録した断章の多くにその形跡をとどめているが、ここでは彼の遺稿断章から、いくつかを引用することにする。「哲学は一種の超越論的化学である」(PL II, 716, KA XVIII, S. 89)——「いかなる思考も化学的なプロセスである」(PL III, 406, ebd., 157)——「批評の最難問は、要素への化学的分解である」(PL II, 714, ebd., 89)——「分離、補強、接合は実験の三大操作であると思われる。文学は対象を補強し、哲学は分離し、倫理学は接合させる」(PL III, 301, ebd., 148)。

(17) 一七六七年から一九〇九年までライプツィヒにあった高級ホテル。

(18)「美学(Ästhetik)」の語は、一八世紀半ばにアレクサンダー・ゴットリープ・バウムガルテンがそれまで下位の認識能力として哲学研究の埒外に置かれた感性(aistesis)を哲学体系のうちに取り込むべく創設した「感性論(Aesthetica)」に発する。この用語はカントの『純粋理性批判』(一七八一)における「超越論的感性論(transzendentale Ästhetik)」まで受け継がれるが、『判断力批判』(一七九〇)になると、その形容詞形(ästhetisch)は主として「美的」という意味で用いられており、これ以降、例えばシラーの「美的教育」の理念に見られるように、芸術と美をめぐる議論に限定されるようになった。そうしたなか、シュレーゲル自身が構想していたÄsthetikは、美の学や感性の学に限定されない「衝動の発生学(ゲネシス)」(PL IV, 862, KA XIII, S. 266)であった。こうした構想の実現に向けて、彼は一七九五年から翌年にかけて「詩芸術における美について」と題する草稿を書きつづけたが、未完に終わっている(KA XVI, S. 5-31)。

(19) フランスの作家、ジャン゠バチスト・ルーヴェによるリベルタン小説。一七八七年に『騎士フォーブラの一年間の生活』、翌年に続編『騎士フォーブラの六週間の生活』、さらに一七九〇年に完結編『騎士フォーブラの恋愛の結末』が発表され、作者の死の直後(一七九八年)、これら三部作は『騎士フォーブラの恋愛』として、まとまった形で再版された。シュレーゲルはこの小説に強い関心を持ち、ドロテーア・ファイトとともに翻訳を試みたばかりか(未完)、彼の唯一の小説作品『ルツィンデ』でも随所にその影響が垣間見える。

(20) テオドール・ゴットリープ・フォン・ヒッペル(一七四一—九六)は作家、官僚。ケーニヒスベルク市長も務めた。当時ベストセラーとなった小説『結婚について』(一七七四)などを通じて、啓蒙主義哲学の通俗化に重要な役割を果たした。またヒッペルは、カントの最も親しい友人の一人であった。

(21) ここで唐突に登場する「唯一至福説」には、伏線がある。本断章集の掲載された『芸術のリュツェーウム』第一巻第二分冊には、同じくシュレーゲルによる論文「レッシングについて」もあって、そこには、「〔自分は〕宗教といわずとも文学において唯一至福説を信ずる者だと思い込んでいる人々が快適にやすらっているところ、このような〔レッシングへの評価とレッシング本人の間の〕矛盾の存在が邪魔立てすることは滅多にないだろうが〔…〕」という一節がある(KA II, S. 102)。本断章は、この論文が主題とする「批評」の理念を踏まえたものである。

(22) 『神聖喜劇(*Divina commedia*)』というタイトルにある「コメディア」は、ギリシア語の「喜劇」に由来する。ちなみにこのタイトルはダンテ自身ではなく、一六世紀に本作を編集したロドヴィーコ・ドルチェによるもの。

(23) 古代の茶番劇「ミームス(複数形でミーメン)」の語は、ギリシア語で「物真似」を意味する「ミメイスタイ」に由来。

(24) オウィディウスの『変身物語』も伝える悲劇的な物語によれば、恋人ティスベが獅子に食い殺されたと思い違いをしたピュラミスは、絶望のあまり自殺する。この古代の悲恋物語はシェイクスピアの『ロミオとジュリエット』の原型であるとともに、彼の『真夏の夜の夢』においてもまた、職人たちの上演する滑稽な劇中劇として再現されている。

(25) ここで言う「ロマン的芸術」は、近代文学未完のプロジェクトとしてのいわゆる「ロマンティックなポエジー(romantische Poesie)」(『アテネーウム断章集』116番)ではなく、騎士物語や恋愛ロマンスなど、形式的にも内容的にも古典的ではない文芸ジャンルを指す。

(26)「ギニー金貨」は、一六六三年から一八一六年までイギリスで流通した金貨。

(27) フランスのモラリスト、ニコラス・シャンフォール(一七四一―九四)の『箴言と省察』は作者の没後一七九六年に刊行され、その年の一〇月には、A・W・シュレーゲルによる書評(『一般文芸新聞』)が出ている。アンシャン・レジーム期、そして革命の混乱期を冷徹な眼差しで観察し、辛辣にして端的な筆致で時代と人々を評した箴言の数々はFr・シュレーゲルにも大いに感銘を与え、この『リュツェーウム断章集』を書く要因の一つとなった。

(28) ただし、シャンフォールの箴言はこう続く――「しばしば詩は、精神を多分に有している人間から、それを奪ってしまう。これこそ、詩の才能のなさをもっともよく示すものである」(フランツ・シャルクによるドイツ語訳に基づく。出典は、Friedrich Strack, Martina Eichheldinger (Hrsg.): *Fragmente der Frühromantik.* Berlin 2011, Bd. 2, S. 26)。

(29)「警句を吐ける状態(en état d'epigramme)」は、シャンフォールの以下の箴言から取られたもの。「この上なく優れた人物は、もはや幻想など持たない。彼に機知があれば、彼のいる社交の場はきわめて快適である。彼が衒学的になることは決してない、なぜなら彼は何事にもそれほど真剣ではないからだ。彼は寛大である、なぜなら彼は、自分がかつて幻想に悩まされていたように、他人が今なお幻想に充たされていることを知っているからである。彼の無頓着さこそ、社交における彼の安定感の源である。彼は自らに会話での繰り返しを禁じ、悪口を禁じ、奸計を禁じる。もし誰かが彼に対してそうしたことを敢えて仕向けるなら、彼は軽蔑とともにそれを無視する。彼は誰よりも快活であり、隣人に対してはつねに警句を吐ける状態にある。彼の進む道は真直ぐで、だから彼は他人が躓きよろめくのを見て笑う。まるで、明るい場所から真暗な部屋のなかを覗いて、その中を手探りでうろつき回っている連中のおかしな動きを見ているのと似ている。彼の笑いは、ふだん人間や物事を測るのに用いられる誤った尺度を、粉々にしてしまう」(シャルクによるドイツ語訳から訳出した。出典は前注に同じ)。

(30) レッシングは『ラオコオン』(一七六六)において、絵画を視覚メディアによる空間芸術として、文学を音声メディア(言語)による時間芸術としてそれぞれ特徴づけ、両者の境界を明らかにした。

(31) カール・レオンハルト・ラインホルト(一七五七―一八二三)はカントの批判哲学を推し進め、超越論的哲学の体系化のためには、第一の、それ以上何にも還元されえない根元命題が見出されなければならない、と主張した。ラインホルトのいわゆる「根元哲学」がシュレーゲルに与えた影響は明らかで、例えば一七九三年一〇月一六日付のA・W・シュレーゲル宛の書簡(これも一つの「哲学的楽譜」と見なしてよい)において、カントの『判断力批判』を乗り越える新たな美学の構想を熱狂的に書き綴りながら、その試みの本質を、「魂の根元衝動への問い」のもとに総括しようとしている。

(32) プラトン『饗宴』においてソクラテスが語るディオティーマのエロス論によれば、神と人の中間にある神霊としてのエロスは、富の神格たるポロスを父として、貧しさの人格たるペニアを母として生まれた。常に欠乏のなかにありながら、常に豊かなもの、善きものを目指すエロスの特性は、こうした出自に由来する。

(33)「精神」と「文字」の対比は、『コリントの信徒への手紙二』第三章第六節、「神は私たちに、新しい契約に仕える資格、文字（グランマ）ではなく霊（プネウマ）〔精神〕に仕える資格を与えてくださいました。文字は殺しますが、霊〔精神〕が生かします」（日本聖書協会訳）にその起源を持つが、中世以降の聖書解釈学において重要な役割を担った。一八世紀末には哲学的な関心を大いに呼び、例えばカントは『判断力批判』第四九節の天才論において、「単なる文字」としての言語に「精神」を結びつける能力として「構想力」をとりあげている。さらにフィヒテは論考「哲学における精神と文字について」を書き（一七九五年執筆、一七九八年に発表）、この対概念において「精神」の含む意味内容を追究した。そうした時代の諸言説を背景に、シュレーゲルとノヴァーリスの「共同哲学」において、「精神と文字」はもっとも重要なトピックの一つとなった。ちなみに、本断章集と共に『芸術のリュツェーウム』誌を飾った論文「レッシングについて」でも「精神と文字」は重要なテーマの一つであるが、そこでは、レッシングの特徴として「文字への侮蔑」が挙げられている。

(34)「障害」「非自我」はフィヒテ『知識学』のパロディ。フィヒテの言う「障害」とは、自我がその能動性のままに拡大する際に必然的に生じるもの。自我は自己の外部からくる一種の抵抗を「障害」としておのれの内面に知覚することによって（自己限定）、自己の内部に「非自我」を定立（自己に対して反定立）する。

(35)プルタルコス『対比列伝』が伝えるカエサルの有名な台詞のパロディ。ヒスパニアの総督として赴任する途上のある寒村で、カエサルは部下たちにこう述べた――「ローマで二番でいるよりも、こういう田舎で一番でいるほうがよい」。

(36) トルクァート・タッソ『解放されたエルサレム』(一五八一)第一歌からの引用。伝統的な大天使の序列では、ガブリエルはミカエルに次ぐ第二位に置かれている。

(37) この断章も後に「鉄やすり」と題した断章集に採録されるが、その際、以下の一節が付け足された。「カントにとって、法学は内面の領域に落ち込んでしまった。今ではこれを道徳と称する」。

(38) 論文「レッシングについて」でシュレーゲルが主張するところによれば、『賢者ナータン』は戯曲というジャンルを超え、「レッシングという個性をもっとも奥底まで、もっとも完全に、それでいて完璧な通俗性をもって描き出」した作品であり、「『賢者ナータン』を真に理解する者が、レッシングを理解する」と言い得るほどである(KA II. S. 118)。

(39) 「自然懐疑主義者 Naturskeptiker」は、シュレーゲルの造語。ここでは自然を懐疑的に見る哲学者ではなく、生まれながらの懐疑主義者のことを指す。

(40) ここで言う「自然哲学 Naturphilosophie」は、いわゆるドイツ観念論の一大部門としての、シェリング的な自然哲学のことを意味しない。そうではなく、精神そのものがすでに天然にして自然の「知への愛＝哲学(フィロソフィア)」である、という意味において、それを自然哲学と称しているのである。

(41) 「手法(マニール)」は、「ギリシア文学研究論」(『リュツェーウム断章集』7番を参照)において、シュレーゲルが近代文学の特性として重視する概念である。例えばシェイクスピアの表現は、「決して客観的ではなく、どこまでも手法的である」。さらに、こう続く——「少なくとも特徴的な芸術と手法は親密な伴侶であり、必然的な相関物である。私の言う手法とは、芸術において、精神が個体としてとる方向であり、感覚が個体として感じる気分なのであって、そうした方向や気分が、本来理想的であるべき表現となってあらわれるのである」(KA I, S. 251f.)。

(42) 先行の断章85番と同じく、ヘルダー『人間性促進のための書簡』を揶揄したもの。同書第九巻(第一一一書簡の注)において、ヘルダーは次のように述べている。「著述家は読者に向けて書く。読者が堕落すれば、著述家は読者の堕落した趣味のために書き、出版社はそのような趣味のために出版する。ドイツの悪質な多くの著述家はおしなべて彼らの公衆のために書くのであり、またその公衆のことを実によく知っているのである。出版社もまた然り。だから読者を教養形成することが、批評家の第一の仕事でなければならない。そうすれば著述家もおのずと、しぶしぶそれに従うだろう」(Johann Gottfried Herder: *Werke*. Hrsg. v. M. Bollacher u.a., Frankfurt a. M. 1991, Bd. 7, S. 614)。

(43)『リュツェーウム断章集』7番での同じフレーズを受けている。

(44) イギリスの詩人アレクサンダー・ポープのエッセイ『ペリ・ベイソス、あるいは詩芸術における下降の技法』(一七二七)からの引用。同書においてポープは偽ロンギノスの『ペリ・フプソウス(崇高について)』を真似つつ、同時代の詩人たちへの痛烈な諷刺を展開した。

(45) フランス・ヘムステルホイス(一七二一—九〇)はオランダの哲学者。プラトンの研究から出発し、その強い影響下、『シモン』や『アレクシス』など、美や愛をめぐる優れた対話篇を著した。

(46) アウグスト・ルートヴィヒ・ヒュルゼン(一七六五―一八〇九)は、初期ロマン派の哲学者。ハレ大学で文献学を学んだのち、哲学の研究に没頭、イェーナでフィヒテの薫陶を受ける。一七九六年に懸賞論文「ライプニッツとヴォルフ以来の形而上学の進歩について」を発表。これがFr・シュレーゲルの目にとまり、『アテネーウム』誌執筆陣に迎えられることになる。

(47) ジロンド派と関係の深かったシャンフォールは、ロベスピエールの独裁下で密告により投獄され、一度は釈放されたものの、再逮捕を恐れてピストル自殺を図り、その傷が原因で死亡した。

(48) 「共同哲学」や「共同文学」という理想は、Fr・シュレーゲルを中心とした初期ロマン派のメンバーのあいだで重要な役割を演じていた。

(49) ヨハン・ハインリヒ・フォスは詩人であり、またホメロスの翻訳者として著名であった。彼は牧歌的抒情詩集『ルイーゼ』(一七九五)においてホメロスの六歩格(ヘクサメータ)を模倣、近代の市民生活を古代風の言語様式のなかに落とし込んだわけだが、本断章はこれを一種の滑稽な模倣として皮肉っている。ところが、『芸術のリュツェーウム』誌の主筆ライヒャルトにとって、フォスは尊敬すべき友人であった。結果的にこの断章が引き金となってシュレーゲルはライヒャルトと決裂、同誌から去ることとなった。

(50) サッフォーは、紀元前六〇〇年前後に活躍した女性詩人。ローマ時代から近代に至るまで、抒情詩人の模範とされた。

(51) プリュネは、紀元前四世紀ギリシアの高級娼婦。美貌の誉れ高く、彫刻家プラクシテレスがアフロディテ像の制作に際して、彼女をモデルにしたとされる。なおシュレーゲルは、ヴィンケルマンが伝える次の逸話を念頭に置いたものと思われる――「プリュネはエレシウスの祭のおりに全ギリシア人の眼前で沐浴をし、水の中から歩み出すその姿を芸術家たちは海の泡から現われ出るウェヌス（ウェヌス・アナデュオメネ）の原像とした」(ヴィンケルマン『ギリシア芸術模倣論』田邊玲子訳、岩波文庫、三〇頁)。

(52) 犬儒学派のクラテスはアテネの広場の柱廊に住み、そこで妻ヒッパルキアと白昼堂々交接をしたとされている。

(53) 本断章集が出た翌一七九八年、シュレーゲルは『ヴィルヘルム・マイスターの修業時代』の批評「ゲーテのマイスターについて」を、『アテネーウム』第一巻第二分冊に発表することになる。

(54) イギリスを代表する文豪として全英国民から支持されていたサミュエル・ジョンソンはまた、『イギリス詩人伝』の著者でもあった。

(55) ゲーテの『ヴィルヘルム・マイスターの修業時代』第一巻第三章で、ヴィルヘルムは恋人マリアーネのもとを訪れ、その下女バーバラ婆さんに夜食を頼み、三人でシャンパンを傾けながら愉快な談話のひと時を過ごすも、その後すぐに二人の恋愛関係は破綻する。だが小説終盤、第七巻第八章で再びバーバラがヴィルヘルムの前に現れ、マリアーネの辿った悲劇的な末路を物語ることになるのだが、そこでバーバラはかつての情景をヴィルヘルムに悔恨とともに想起させるべく、三つのグラスをテーブルに並べてみせる。そのうち一脚はもちろん、死んだマリアーネのためのもの。

(56) ラテン語 naris は「鼻」を意味するほか、鋭い嗅覚や勘を指す際にも用いられる。あるいはシュレーゲルの念頭には、naris と narro(物語る、告知する)との親近性も浮かんでいたかもしれない。ちなみに、一七九七年二月末の書簡(フリードリヒ・フォン・ハルデンベルク宛)にはこうある。「いまぼくは全般的な機知論の基礎付けで忙しいのだが、これから、鼻について何かを書く予定だ」。

アテネーウム断章集

(1) カントは『負量の概念を世界知に導入する試み』(一七六三)において、負の量を単に欠如や否定ではなく、正の量の実在的対立として捉えなおそうとした。

(2) 『ヘルマンとドロテーア』は、ゲーテが一七九七年に発表した牧歌的叙事詩。その年、同作に寄せた書評において、A・W・シュレーゲルはこれを絶賛している。

(3) 『イーリアス』第四歌。アガメムノンがギリシア軍の劣勢を非難したとき、テーバイ攻めの将ステネロスは、こう述べて反論する。

(4) カント『道徳形而上学』(一七九七)には、「感謝は義務である〔…〕すなわち道徳法則による無媒介の強制である」とある。

(5) ザロモン・ゲスナー(一七三〇—八八)はチューリヒで活動した詩人、風景画家。スイスの自然風景を歌い上げた『牧歌』(一七五六)によって一世を風靡した。

(6) 犬をこうした労働力として用いる風習は、一九世紀までのイギリスの家庭で見られた。回転車のなかで犬を歩かせ、その動力を焼き串に伝えることで、肉を満遍なく焼くことができた。

(7) シャルル・ピノー・デュクロ(一七〇四―七二)は、フランスの作家、モラリスト。

(8) 『十二夜』第二幕第五場。オリヴィアの侍女マライアが書いた偽手紙を、愛するオリヴィアのものと信じたマルヴォーリオは、手紙の指示通り、十字に結んだ靴下止めに黄色い靴下の装いで現れるが、そのまま地下室に閉じ込められてしまう。

(9) 原文では、「前者」が「後退的」で「後者」が「前進的」とも読めるが、遺稿断章の一つに「構想のための感覚が断片のための感覚と異なるのは、もっぱらその前進的な方向によってのみである」(PL II, 750, KA XVIII, S. 92)とあることから、本断章でもそのように解した。

(10) 「もし神が事物を産出することが形而上学的必然性によって強いられているとしたら、神は可能的なもののすべてを産出するか、もしくは何も産出しないかのどちらかになるということは私も認める。〔…〕しかし可能なもののすべてが宇宙の同一の経過の中で互いに共存できるとは限らないのだから、まさにこのために、可能なもののすべてが産出され得るわけではないことになる」(ライプニッツ『弁神論』第二〇一節、佐々木能章訳、『ライプニッツ著作集』第六巻、三〇七頁以下、工作舎、一九九〇年)。

(11) シュレーゲルの言う「アレクサンドリア様式」は、ポリスの衰退後、政治文化の中心がアレクサンドリアに移って以降の文芸様式のこと(一般にヘレニズム)。シュレーゲルは最初期の論文「ギリシア文学の諸流派について」(一七九四)において、アレクサンドリア様式の特徴を「ぎこちなさと過剰な学識」と説明している。

(12) 身分違いの結婚のこと。

(13) ここまではFr・シュレーゲル、これ以降はシュライアマハーによる。

(14) 『コリントの信徒への手紙一』第七章第二九節以降。この無常の世にあっては、所有する者はそれを所有しないかのように振る舞うべき、と説かれている。

(15) 『リュツェーウム断章集』59番を参照。SはFr・シュレーゲルのこと。

(16) シラーが『素朴文学と情感文学について』(一七九五)において、ホメロスを「素朴詩人」の典型と名指したことを踏まえている。

(17) シェイクスピア『十二夜』第二幕第五場でのマルヴォーリオの独白。

(18) ディオニュシオス一世は、シチリア島のシラクサを支配したギリシアの僭主。残虐で猜疑心の強い性格で知られるが、文芸に秀で、悲劇を書いてもいる。

(19) アウグスト・フォン・コッツェブー(一七六一―一八一九)は、ドイツの劇作家、批評家。シュレーゲル兄弟をはじめ、ロマン派に対して辛辣な批評を浴びせていた。

(20) ラトーミエンはシチリアにあった石切り場で、古代には罪人の強制労働に用いられていた。ディオドロスの『歴史叢書』に以下の話が伝えられている。シチリアの詩人フィロクセノスは、僭主ディオニュシオスの詩を酷評した廉でラトーミエンに送られるが、友人の嘆願により一旦許され、再びその詩を批評するよう求められる。そのときにフィロクセノスが放った一言が、「我を再びラトーミエンへと送りたまえ!」であった。

(21)「原告がいないところには裁判官はいない(さわらぬ神に祟りなし)」という諺のもじり。

(22)「知的直観」の概念はクザーヌスが用いたvisio intellectualis(知性によるビジョン)という表現に端を発する。それは「神の知識」を記述するための、すなわち超感性的なものを直接的に捉えるための能力である。カントは『純粋理性批判』においてこれを人間の認識能力の彼岸に置き、人間悟性にとっては不可能であるとした。ところがフィヒテは、その『倫理学体系』(一七九八)において、「知的直観」を再び哲学の中枢(「哲学にとって唯一確実な立脚点」)に据える。それは能動的な自我が抱く絶対的にして無媒介の自意識なのである。同様に、シェリングやノヴァーリスもまた、それぞれに「知的直観」の概念の重要性を説いている。

(23)「定言命法」については『リュツェーウム断章集』の訳注(9)を参照。また、通常は「理論」と訳されるTheorieは、ここではそのギリシア語源theoriaに遡り、「観照」ないし「直観」と解されるべきだろう。例えばプラトンは「洞窟の比喩」(『国家』第七巻)のなかで、叡智界における善のイデアの認識のことを「神的なものの観照(theia theoria)」と呼んでいる。

(24)哲学用語では「悟性」と訳されるドイツ語Verstandは、動詞verstehen(理解する)から派生したもの。ここでは、「無‐理解(Nicht-verstehen)」とVerstandをかけている。

(25)カントの道徳論のパロディ。『道徳の形而上学原論』(一七八五)でカントは、理性的存在者の体系的結合としての「目的の国」においては全ての構成員が「価格」か「尊厳」を有するとし、「価格」が等価物との交換可能な「価値」であるのに対し、「尊厳」はあらゆる交換可能性を絶した「絶対的価値」である、と説明している。

(26) シャンフォールの『箴言と省察』に、次の断章がある。「Mが言うには、世間には三種類の友人というものがある。諸君のことを愛してくれる友人。諸君のことなんて構いもしない友人。そして、諸君のことを憎んでいる友人」。

(27) 紀元前四五〇年頃に成立した、古代ローマ最初の成文法。十二枚の板に記されたことから、この名がある。

(28) ホラティウスが『詩論』で述べた「物事の中間から(イン・メディアス・レス)」の技法——叙事詩は出来事の中途から語り始められねばならない——を、シュレーゲルはしばしば哲学にも当てはめる。

(29) 「精神」と「文字」の対概念については、『リュツェーウム断章集』69番の訳注(33)を参照。

(30) レッシング『賢者ナータン』(一七七九)第三幕第一場からの引用。

(31) アイスキュロスの悲劇『縛められたプロメテウス』は、ゼウスへの反逆者プロメテウスが大地震を思わせる天変地異とともに没落する情景で終わる。シュレーゲルが神への反逆者プロメテウスのイメージを新進気鋭の哲学者シェリングに重ね合わせた直接の契機はおそらく、『独断主義と批判主義に関する哲学的書簡』(一七九六)第一書簡でシェリングが記した次の一節にあるだろう。「友よ、私にはわかります。あなたの考えでは、絶対的な威力に抗して闘争を挑み、闘争しつつ没落していくほうが、あらゆる危険から身を守るために、あらかじめ道徳的な神なるものなどによって予防策を講じておくよりも、偉大なことでありましょう」(古川周賢訳、新装版『シェリング著作集』1a、二〇二〇年、文屋秋栄、一三八頁以降)。

(32) 『陽気な気難し屋』は、ヴェネツィア生まれの劇作家カルロ・ゴルドーニ(一七〇七—九三)による喜劇。

(33) フィヒテは『学者の使命』(一七九四)において、カントを援用しつつ、「理性的存在者が自己自身と完全に一致していること」こそ最高善であるとしている。

(34) ピンダロス(前五一八頃―前四三八頃)は古代ギリシアの抒情詩人。オリンピアなどの祭典競技の勝利者を称える祝祭歌(祝勝歌)によって、ギリシア全土にその名をとどろかせた。

(35) 『ヨハネの黙示録』第三章第一五節以降を踏まえた表現。「わたしはあなたの行いを知っている。あなたは冷たくもなく熱くもない。むしろ、冷たいか熱いか、どちらかであってほしい。熱くも冷たくもなく、なまぬるいので、わたしはあなたを口から吐き出そうとしている」(日本聖書協会訳)。

(36) ゴットフリート・アウグスト・ビュルガー(一七四七―九四)は、疾風怒濤期のドイツ文学を代表する詩人。かつて学生時代のA・W・シュレーゲルが師事していた一人だが、のちに決別した。

(37) 『美学叢書』はベルリン啓蒙主義の巨魁フリードリヒ・ニコライ(一七三三―一八一一)が発行していた有力雑誌。ニコライとロマン派サークルは、完全な敵対関係にあった。

(38) ジャン・パウルは、フリードリヒ・リヒター(一七六三―一八二五)の筆名。一八世紀末から一九世紀前半のドイツ文学を牽引した小説家。一八世紀イギリス文学からの強い影響下、ユーモアと機知に富んだ長編小説を数多く発表した。

(39) ペーター・レーベレヒトは、ルートヴィヒ・ティーク(一七七三―一八五三)が一七九七年に彼のメルヒェン集を出版した時に用いた筆名。

(40) 一八世紀を代表する詩人フリードリヒ・ゴットリープ・クロプシュトック(一七二四―一八〇三)は、一七九四年に『文法についての対話』を著し、ドイツ語による韻律の可能性を論じた。もともとこの主題に深い関心を抱いていたA・W・シュレーゲルは同書に対する反駁として、『アテネーウム』第一巻第一分冊に「諸言語――クロプシュトックの文法についての対話についての対話」を発表した。

(41) 原文はイタリア語。タッソ『解放されたエルサレム』第二歌からの引用。

(42) カール・フィリップ・モーリッツ(一七五七―九三)には韻律論や文法論に関するいくつかの著作があるが、そのいずれも、ライプニッツのモナド論や経験心理学の影響を色濃く残した難解で独特なものであった。

(43) 南インドの母権的カーストとして知られるナーヤルについて、一七九三年、雑誌『新ドイツ・メルクール』に「ナーヤルにおける贈与と相続の体系の有する利点について」という匿名論文が出ており、おそらくシュレーゲルの目にも触れたはずである。

(44) 『リュツェーウム断章集』10番への当てこすりとも読める。

(45) キマイラは、頭部が獅子、胴体が山羊、尾が蛇の姿をした怪物(ほかに、獅子と山羊と蛇の三つの頭部をもつ怪物、とする伝説もある)。近世以降、空想の産物や根拠なき空論の代名詞として用いられる。

(46) ヘムステルホイスについては、『リュツェーウム断章集』の訳注(45)を参照。

(47) フリードリヒ・ハインリヒ・ヤコービ(一七四三―一八一九)の小説『ヴォルデマール』(一七七九)、その第二版(一七九六)について弟フリードリヒが書いた批評では、「ヴォルデマールの精神をできる限り理解しようとする者は、ヤコービの全著作を、そしてそれら著作にうかがえる、作者の精神ならではの個体的特性、個体的歴史を研究しなければならない」(KA II, S. 69)と言われている。この断章でA・W・シュレーゲルがヤコービの作品の断片性を指摘するとき、それはおそらく弟のヤコービ評を踏まえたものと言えるだろう。

(48) ローマ文芸の黄金時代は紀元前八〇年頃から初代皇帝アウグストゥスの死(紀元後一四年)までで、その特徴は、ギリシア文芸という模範の独自の様式化にある、とされ、例えばウェルギリウス、ホラティウス、キケロなどがこの時代に数え入れられる。続く銀の時代は紀元後一二〇年頃までで、セネカ、タキトゥスなどがここに入る。シュレーゲルは後年の講義『ヨーロッパ文芸の歴史』(一八〇三―〇四)でも、銀の時代にラテン語の都会的洗練と緻密化が進んだことにより、ローマ文芸の中心が散文的なものへと移行した、と述べている(KA XI, S. 133ff.)。

(49) 古代ローマの歴史家サルスティウス(前八六―前三五)は『カティリーナの陰謀』において、カトーとカエサルの二人を、同様にきわめて有能でありながらまったく性質の異なる人物として描写した。これ以降、古き良きローマの価値観を体現するカトーと、新時代の代表者たるカエサル、という特徴づけが一般化するようになる。ちなみに、シュレーゲル自身にも「カエサルとアレクサンダー――世界史的比較」(一七九六)という論考がある。

(50) 『ユリウス・アグリコラの生涯』において、タキトゥス(五八―一二〇)は妻の父であった政治家アグリコラの、属州ブリタンニア総督時代を描いた。

(51) アッティカの守護神であった女神アテナは、同時に手仕事を司る神として、織物や刺繡の技術をアテネの女たちに教えたとされる。

(52) 北アフリカの古代都市カルタゴは、海上貿易によって得た巨大な経済力を背景に周辺諸都市の盟主の地位にありつづけ、紀元前六世紀にはギリシア諸都市と、さらに前三世紀以降はローマと、地中海の覇権を争った。

(53) アルキロコスは紀元前七世紀頃の詩人。短長格詩（ヤンブス）の完成者と言われる。

(54) エウリピデスは、ソフォクレス、アイスキュロスとともに三大悲劇詩人に数えられるが、シュレーゲルの見方では、彼はギリシア悲劇凋落の象徴である。というのもそこに一貫してあるのはもっぱら、ソフィスト的虚飾に覆われたレトリックの美しさでしかないからである。

(55) マルティアリス（四〇―一〇三）がエピグラム詩人であるのに対し、カトゥルス（前八四―後五四）は悲歌（エレギア）で名高い抒情詩人である。つまりシュレーゲルは本断章集157番と同様、ここでも異なるジャンルに属する二人の詩人を敢えて結びつけている。

(56) アウソニウス（三一〇―三九三）は帝政ローマ時代末期の詩人。『モセッラ』（モーゼル川）は、ビンゲンからトリーアに至るライン流域を旅した際に詩人が実見した風景を六歩格（ヘクサメーター）でうたった作品。

(57) クセノフォン（前四三〇頃―前三五五頃）はアテネ生まれの軍人、著述家。ソクラテスの弟子。当時の軍隊の行動を記録した『アナバシス』で名高い。また、『ソクラテスの思い出』によって師の言行を後世に残した。

(58) シュレーゲルは『ギリシア文学の諸流派について』(一七九四)において、イオニア、ドーリア、アッティカ、アレクサンドリアを四大主要流派として挙げている。なかでもドーリアの特徴は、シュレーゲルによれば、「偉大さ、単純さ、やすらかさ」であり、その精華が、調和的な抒情詩である。他方、アッティカ的教養の頂点はドラマ芸術のうちに認められる、とされる。

(59) プラトン哲学についてのこうした見解は、後年の講義『哲学の展開』(一八〇四―〇五)中の哲学史(第一講義)において一応の体系化を見ることとなる。シュレーゲルによれば、プラトンはそれまでの哲学の二大潮流、すなわち生成へと向かうヘラクレイトスと、存在を指向するパルメニデスとの統合を試みることによって独自の「中間哲学」を形成したのだが、その際、彼はピュタゴラス派の秘儀に至るまで、従来のありとあらゆる知と技巧を自らの思考に採り入れたのだった(KA XII, S. 207ff.)。

(60) スエトニウス(七〇―一二二)はローマの伝記作家。代表作『皇帝列伝』において、ユリウス・カエサル、そしてアウグストゥスからドミティアヌスに至る一一名の皇帝の人生を、豊富な逸話とともに叙述した。

(61) 『弁論家について』第一巻第一五章においてキケロは、哲学を「自然研究」「論証術研究」「倫理研究」に三分し、そのうち弁論家の学ぶべきは倫理であるとした。

(62) 経験や知覚に基づかず、あくまでも論理的推論を用いる証明のこと。

(63) アリストテレスとは異なり、ピュタゴラス派の想定する宇宙の中心には、地球ではなく火が置かれる。

(64) フリードリヒ・ヴィルヘルム・ヘルシェル(一七三八—一八二二)はもともと音楽家だったが、やがて数学と光学研究に目覚め、大型反射望遠鏡を考案。天文学者として多大な功績を残した。

(65) ヘムステルホイスはドイツ人ではなくオランダ人である。また、ヨハネス・フォン・ミュラー(一七五二—一八〇九)はスイス生まれの歴史家、政治家。その主著『スイス連邦史』(全五巻、一七八六—一八〇八)はシラーの戯曲『ヴィルヘルム・テル』に影響を与えたことで知られるが、シュレーゲル兄弟を中心とする『アテネーウム』陣営での評価は低い。例えば同誌第二巻末尾の匿名書評欄において、ミュラーは「新世代における歴史記述の第一人者、いやむしろ、ブルータスが最後のローマ人であったと同様、旧世代における歴史記述の最後の生き残り」と揶揄されている。ちなみに、同記事の書き手はカロリーネ・シュレーゲルと推定される。

(66) 「天から楽天使がたくさんぶら下がって、何ともめでたい限り」は、原文では der Himmel hängt voll Geigen で、直訳すると「天がバイオリンを一杯にぶら下げている」となるが、この表現はもともと、キリスト生誕の際に天が奏楽の天使たちに充たされたという伝承(『ルカによる福音書』第二章第一三節以降)に由来しており、通常はおめでたい気分や雰囲気を言い表すため、このように訳した。ちなみに、A・W・シュレーゲルはこの表現をシェイクスピア『十二夜』の翻訳でも用いている。第二幕第三場、オリヴィアの邸宅で仲間とどんちゃん騒ぎをするトービーの台詞 But shall we make the welkin dance indeed?(「どうだい、天上のダンスと決め込もうじゃないか?」)を、シュレーゲルは Aber sollen wir den Himmel voll Geigen hängen?(「天をバイオリンで一杯にしようじゃないか?」つまりは「大いに愉快にやろう」)と訳すことで、原文の醸し出す話者の支離滅裂ぶりを再現している。

(67) ディドロは一七五九年から八一年まで、ルーヴルで二年毎に開催された絵画展(サロン)のために、おびただしい絵画評を書いた。

(68) ゲオルク・ヨーゼフ・フォーグラー(一七四九―一八一四)、通称「修道長(アプト)」フォーグラーは、作曲家、音楽理論家。教育者としても高名で、マンハイムやダルムシュタットの音楽院創設に尽力した。

(69) アントン・ラファエル・メングス(一七二八―七九)はドイツ古典主義を代表する画家だが、『絵画における美と趣味について』(一七六二)のような理論的著作も書いている。

(70) イタリア絵画の古典的理想美とは逆に、オランダ絵画では一般市民や農民の日常、風俗が好んで題材とされる。

(71) 各地域の気候や風土と、人間や芸術との関連は、一八世紀の人間学や芸術学にとって主要関心事の一つだった。イタリアやギリシアの穏やかな気候が快活な気質を産み出す一方、オランダやドイツなど北方の風土は、鬱々とした内向的な気質を産みやすい、と一般に考えられていた。ちなみに、ウェストファーレン出身の画家ルーベンス(一五七七―一六四〇)はイタリア滞在を通じて独自のバロック様式を完成させた。

(72) ウィリアム・ホガース(一六九七―一七六四)はロンドンで活躍した画家。都市に暮らす人々の風俗をグロテスクなタッチで描く一方、理論書『美の解析』(一七四九)によって、美の客観的な提示可能性を模索した。

(73) オランダ出身の画家ピーター・ファン・ラール(一五八二?―一六四二)はローマ滞在中、その身体的特徴から「バンボッキオ(小人)」と綽名されていた。彼の描く題材がもっぱら都市下層民の風俗であったことから、後にこの種の小品を指して特に「バンボッチアーテ」と称するようになった。

(74) オリュンポスのゼウス神殿には、紀元前五世紀の彫刻家フェイディアスによる巨大なゼウス像があった。この坐像は古代七不思議の一つに数えられる。

(75) ゼウス像がもし立ち上がったなら神殿の屋根が突き崩されてしまう、という見解は、ローマの碩学ストラボン(前六四―後二四?)の『地誌』を出自とするが、ヴィンケルマンも『絵画と彫刻におけるギリシア芸術模倣論への公開状』においてこれを引用している。

(76) キムメリオス人は、黒海北岸にいたとされる伝説上の民族。古代ギリシアにとっては、世界の果てに住む野蛮民族であった。

(77) アリストテレスは『詩学』第六章において、悲劇の定義および要素として「高貴な行為のミメーシス」、「感情の浄化」をあげている。

(78) かまどの火の守護女神ウェスタに仕える巫女のこと。ローマ人にとってかまどの火を守ることとは絶対であった。ウェスタを祭る神殿では巫女たちがその火を守ったが、彼女らは処女でなければならなかった。

(79) ヤン・ステーン(一六二六―七九)はオランダ風俗画家の代表格。居酒屋の情景を好んで画題とした。

(80) サルヴァトール・ローザ(一六一五—七三)は後期バロックを代表するイタリア画家。荒々しい崇高な風景画で知られた。

(81) 宝石に神々や人物、動植物など、さまざまな形象を浮き彫りにする技法、またその作品。最古の例は中東地域にみられるが、アルカイック期のギリシアでも盛んに制作され、のちイタリアに伝わり、「カメオ」として独自の発展を遂げる。

(82) ルキウス・ムミウスは紀元前二世紀頃のローマの将軍。コリントを破壊し、おびただしい美術工芸品を奪った。なおこの断章に先立つ一七九七年、イタリア遠征を指揮したナポレオン・ボナパルトもまた多くの美術品をイタリア各地からルーヴル宮殿へと持ち去った。

(83) ローマの詩人プロペルティウス(前四八—前一五頃)は、リュシッポス、フェイディアスなど、古代ギリシアの高名な彫刻家八名の特徴をそれぞれ一行で歌い上げた。

(84) ルドヴィーコ・アリオスト(一四七四—一五三三)は、イタリア・ルネサンスの詩人。代表作『狂えるオルランド』(一五一六)には、レリーフや建造物のような造形芸術についての、詳細の限りを尽くした記述が随所に含まれている。

(85) コンドルセ(一七四三—九四)は、アンシャン・レジーム期から社会改革を唱えた哲学者。大革命勃発後は親ジロンド派の立場で活躍したが、ジャコバン派の台頭後失脚、捕えられ獄中に没した。主著『人間精神の歴史的展望の素描』は、ジャコバン派による逮捕の危険が迫る中、一気に書き上げられた。

(86) シュレーゲルは「小説についての書簡」(一八〇〇)において、ルソーの『告白』を近代のアラベスク的原理を体現する小説として評価している。
(87) イタリアの彫刻家チェリーニ(一五〇〇―七一)が自身の波乱万丈の生涯を記した『自叙伝』のこと。本書はゲーテによってドイツ語訳された(一八〇三年)。
(88) 「自己欺瞞者(Autopseusten)」は「自伝作家(Autobiograph)」にかけたシュレーゲルの造語。ギリシア語の「自己(autos)」と「嘘つき(pseustes)」を組み合わせたもの。
(89) ヒュペルボレオス人は、ギリシアの遥か北方の不思議の国に住むとされた、伝説の民。アポロンはこの地を愛し、冬になると訪れたといわれる。なお、劇作家コッツェブーはこの断章をネタとして『ヒュペルボレオスのロバあるいは今日の教養』(一七九九)という諷刺劇を書き、反『アテネーウム』の急先鋒に立った。
(90) 『十二夜』(第四幕第二場)で道化がマルヴォーリオに対して吐く台詞。
(91) 『神話論あるいは古代人の神話的文学』(一七九一)、『アントゥーサあるいはローマの遺跡』(一七九一)はいずれもカール・フィリップ・モーリッツの著作。
(92) 神々の大母神とも呼ばれるキュベレへの信仰は、紀元前五世紀に小アジアから地中海沿岸一帯に広まったが、当初は秘儀的な要素が強く、去勢された祭司(ガッルスと称した)だけが礼拝を許されていた。
(93) 作品は「周囲の世界から完全に切り離され」、「それ自体のうちで完結して」いるべき、とする芸術の自律性の理念を、シュレーゲル兄弟はカール・フィリップ・モーリッツから受け継いでいる。ライプニッツ＝ヴォルフ派の影響下で形成されたモーリッツの美学思想において、芸術作品は一個のモナド――宇宙を映し出す鏡――として表象されており、そのようなものとしてのモナドに窓があってはならないのと同様、「それ自体のうちなる完結」こそが芸術の根本的な規定となる。こうした思考は、シュレーゲルによる断片のイメージと大いに重なり合っている。その際、彼らの言う「それ自体のうちなる完結」の概念が指向しているのは、作品の有機的な自己形成力、あるいは自己組織化の原理であって、究極的には、制作と受容、さらには批評を通じて展開する形成の無限のプロセスを含んだものである。

(94) ルジェ・ド・リール(一七六〇―一八三六)はフランスの軍人、音楽家。一七九二年、一晩で書き上げた『ライン軍のための軍歌』が好評を博し、のちに『ラ・マルセイエーズ』と題され、フランス国歌となった。

(95) 『士師記』第一五章第九―一九節。

(96) 本断章の準備稿と思われる覚書は、こうである。「当代最大の三傾向は、知識学、ヴィルヘルム・マイスター、そしてフランス革命である。ただこの三つは単なる傾向であって、根本的な実現を欠いている」(PL II, 662, KA XVIII, S. 85)。

(97) トゥキディデス(前四六〇頃―前四〇〇頃)は、アテネの歴史家。ギリシア世界全体を巻き込んだペロポネソス戦争に将として参加したが途中で失脚、その後、大戦の歴史的事実を大著『戦史』として叙述した。

(98) 掉尾文(Periode)は、修辞学における複合文の一種。文全体で内容的な統一を保ちながら、個々の構成部分は互いに緊張関係におかれ、全体の掉尾になってはじめてこの緊張が解決される。本断章は掉尾文を定義しながら、その形式を実践しているのである。

(99) イギリスの歴史家エドワード・ギボン(一七三七―九四)は、『ローマ帝国衰亡史』で名高い。だがシュレーゲルの評価は厳しく、ギボン没後に出版された自伝『回顧録』(一七九六)についても、「小説についての書簡」で酷評している。

(100) フランシス・ベーコンはスコラ的思弁に囚われた従来の科学を批判し、より実証的な「実験哲学」としての自然科学を提唱した。ライプニッツは結合術による普遍的記号学の完成者である。

(101) 本断章の準備稿と思われる断章に、「キリスト教とはもっぱら技あるいは事実であって、もともと学問なのではない」(PL II, 755, KA XVIII, S. 92)とある。「事実(Faktum)」のラテン語源factum は、動詞 facio(つくる/実行する)の完了分詞に由来し、「行動/実行/事実」を意味する。

(102) ファウスト・レヒトはかつてドイツの貴族階級に認められた特権。法の介入なしに、武力行使によって要求を通すことができた。

(103) ミュラーについては本断章集171番の訳注(65)を参照。

(104) この独特の三位一体説については、次の覚書も参照されたい。「いかなる理想も三からなる。いかなる個体も三部分で構成されている。三角形の学説は単に数学の話ではない。いかなる理想が存在する。すなわち、三からなる一なるものたちが」(FPL V, 391, KA XVI, S. 117)。

神々が、つまり理想が存在する。すなわち、三からなる一なるものたちが」(FPL V, 391, KA XVI, S. 117)。

(105) スピノザ(一六三二―七七)がその存命中から無神論者の汚名を着せられていたことはよく知られるが、ここでは、彼の哲学をめぐって一七八〇年代以降ドイツ知識人の間で闘わされたスピノザ論争を踏まえている。その発端は、フリードリヒ・ハインリヒ・ヤコービ(本断章集142番の訳注(47)を参照)がモーゼス・メンデルスゾーンとの往復書簡を『スピノザの学説に関する書簡』(一七八五)として公開したことにある。これ以降、「神即自然」の立場をとるスピノザの汎神論は一個の人格神(ないし仲介者)を認めないがゆえに無神論と同定され、スピノザ哲学＝無神論という定式が一般化するが、それとは逆に、ヘルダーやゲーテのように、すすんで汎神論的世界観に立脚しつつスピノザ主義を信奉する者も少なくなかった。本断章でシュレーゲルが示す立場は後者に近い。なお、「仲介者」はのちのイデーエン断章集の重要な概念となる。

(106) サミュエル・リチャードソンの小説『チャールズ・グランディソン卿の物語』(一七五四)の主人公。完璧な英国紳士の象徴とされる。

(107) ここまでは、シラーが『素朴文学と情感文学について』で展開した情感詩人の特徴、「限界としての実在、そして無限なるものとしての観念という二つの相争う表象と感情」を踏まえている。シラーはさらに、そうした実在と観念の比例関係に応じて、情感文学を「諷刺詩」「悲歌」「牧歌」に三分している。本断章の準備稿では、露骨にシラーの名前が挙げられている。「超越論的文学は観念と実在の絶対的相違をもって始まる。シラーはここにいる。つまり超越論的文学の創始者なわけだが、ただ中途半端な超越論的文学であるから、同一性をもって終わらざるを得ない」(FPL V, 1050, KA XVI, S. 172)。

(108) アレクサンドリア様式については本断章集32番の訳注(11)を参照。

(109) 一七九八年二月一七日付の書簡においてフリードリヒがこの断章に言及しているが、そこからは、兄弟のあいだで第一にヴィーラント、次いでマティソンが念頭にあっただろうことが窺える。ヴィーラントについては本断章集の訳注(119)を参照。フリードリヒ・フォン・マティソン(一七六一―一八三一)は一七九〇年代に詩人として広く知られ、特にシラーによって高く評価されていた。

(110) カルロ・ゴッツィ(一七二〇―一八〇六)は、ヴェネツィアの劇作家。代表作に『三つのオレンジへの恋』『トゥーランドット』『蛇女』。魔術的幻想に満ちたその文学世界は、特にロマン派によって評価された。

(111) フィヒテの知識学における中心命題。フィヒテは、AはAである、という同一律の命題を、Aが定立されているならばAは定立されている、という反復命題から導き出し、さらにAの内実を「自我」としたうえで、自我は自我であるという自我の絶対的同一性を基礎づけた。

(112) 詩人追放説で名高いプラトンの『国家』の特に第三巻において展開される物語論を指す。

(113) ドイツ語 korrekt は、ラテン語の動詞 corrigo に遡る。その意味は「正す／改良する／修正する」等。いわば範に照らして眼前の対象を修正してゆく営みのこと。

(114) フォスの『ルイーゼ』については、『リュツェーウム断章集』113番とその訳注(49)を参照。本作は一七九〇年代後半にしばしば『ヘルマンとドロテーア』と比較され、多くの批評家が前者に軍配を上げていた。そうした風潮に対して、Fr・シュレーゲルは兄に宛てて次のように書いている。「こんな比較のどこが興味深いのか、僕にはさっぱりわからない。何といってもそれは、精神と文字くらいの絶対的対立物の比較に違いなかろうから」(一七九七年八月二六日付)。

(115) 「事実」の意味については、本断章集221番の訳注(101)を参照。

(116) 「ランクス・サトゥーラ」は、古代ローマの宴席につきものの、果物(satura)を盛った大皿(lanx)のこと。時代が下ると、内容多彩な詞華集にもその名が付されるようになった。

(117) 「認識を促す酵母」は、レッシングが『ハンブルク演劇論』(一七六七―六九)で用いた表現。レッシングによれば、同書の意図は「演劇の理論体系」を構築することではなく、「認識を促す酵母」を撒布することにあった(G・E・レッシング『ハンブルク演劇論』南大路振一訳、鳥影社、二〇〇三年、四五四頁)。なお、南大路氏によれば、この表現はレッシング独自のものではなく、古代ローマの文人ガイウス・ユリウス・ソリヌスに同様のものが見られるという(前掲書訳注五八一頁)。いずれにせよ、この表現はFr・シュレーゲルの「断片(断章)」プロジェクトを理解するうえで重要である。ちなみに、本断章を通じてこの語を知った哲学者フランツ・フォン・バーダーは、後年、これをそっくり自身の断章集のタイトルとした(一八二〇年)。

(118) 一七九八年一月二二日付けのシュライアマハー宛書簡で、A・W・シュレーゲルは、アテネーウム断章集のタイトルは「批判的断章集」となるだろうと述べてから、「もしフリードリヒが〈欄外注〉の方がよい、つまり時代の欄外に付された注としたい、とでも言い出さなければ」と付け足している。

(119) クリストフ・マルティン・ヴィーラント(一七三三―一八一三)は、レッシングやクロプシュトックとともに一八世紀後半のドイツ文学を牽引した小説家。その著作活動は一七五〇年代に始まり、ロココ的美学、敬虔主義、啓蒙主義など、時代のあらゆる思潮を反映させた多彩な作品を発表し続けた。なかでも、最初のドイツ教養小説と言われる長編『アガトンの物語』(一七六六—六七)は、一八世紀ドイツ文学が示した頂点の一つである。また、シェイクスピア戯曲作品の散文訳をはじめとして、翻訳でも多くの業績を残している。

(120) ヴィーラントは一七九四年に開始した自作全集の緒言で、自身の作家人生を実際にこのように表現している。

(121) ゲーテが一七七五年に書いた歌芝居。ライヒャルトやシューベルトが曲を付けている。引用の台詞は第一場のもので、盗賊の首領クルガンティーノが美しき令嬢ルツィンデの誘拐計画を仲間に打ち明けたところ、仲間が「気でも触れたのか?」と言うのに対して、クルガンティーノが答える台詞。

(122) ノヴァーリスは、覚書『アテネーウム断章集への批判』のなかで、この断章に対して「誤り」とコメントを付けている。

(123) Wは、この断章を書いたA・W・シュレーゲルのこと。断章と卵の比喩はフリードリヒ・シュレーゲルの気に入り、彼は本断章を兄による最高傑作と賞賛している(一七九八年三月六日付書簡)。そしてもちろん、「若手の哲学者」とはフリードリヒのことである。

(124) スピノザはアムステルダムのユダヤ・コミュニティを追放され、ハーグに亡命したのち、光学レンズの研磨で生計を立てた。ライプニッツは『弁神論』(三七六節)において、一度だけスピノザを訪問した、と告白しているが、その訪問に先立って、スピノザと光学について書簡を交わした、とも述べている。

(125) 本断章集285番でノヴァーリスも言及する「超越論的な視点」は、Fr・シュレーゲルの覚書にも見られる。「超越論的視点に立てば、偶然も必然もきっと同じであるはずだ」(PL II, 80, KA XVIII, S. 25)。なお、この覚書は一七九七年に、当時ノヴァーリスもいたヴァイセンフェルスで書かれており、この概念もまた、二人の共同哲学のなかから醸成され、『アテネーウム』同人のあいだで共有されていっただろうことが窺える。

(126) シュライアマハーがA・W・シュレーゲルに宛てた書簡(一七九八年一月一五日付)によれば、最後の一文は、この断章が「小さな対話という形態をとる」ことを企図したFr・シュレーゲルによって追加された。

(127) 一七九八年の覚書の一つに「反省についての反省が、哲学の哲学としての批判哲学の精神である」(PL IV, 1541, KA XVIII, S. 320)とあるように、「哲学の哲学」はフィヒテ的観念論を指す(アテネーウム断章281番を参照)。これをスピノザの汎神論といかに統合するかという問いを、シュレーゲルはのちに『超越論的哲学』講義において展開することとなる。

(128) 『法学を学習し教授する新方法』(一六六七)のこと。

(129) ピエール・ベールが『歴史批評辞典』(一六九七)でライプニッツの予定調和説に批判を加えたのに対し、それを不当と見たライプニッツは自ら『弁神論』(一七一〇)をもって応酬した。

(130) 一七九四年の『全知識学の基礎』の後、フィヒテは自らの知識学を平易に説明するため、一七九七年に『知識学の新たな叙述の試み』を発表した。

(131)「爆発的燃焼(Knall)」は化学用語。Fr・シュレーゲルが『リュツェーウム断章集』90番で「機知」を「束縛された精神の爆発(Explosion)」と形容したことへの応答と思われる。

(132)形容詞「ドイツの(deutsch)」の語源は中高ドイツ語のthiutiskだが、この語はローマを中心とするラテン文化圏に対する「われわれ民衆の」といった意味を持つ。

(133)ベルリン王立科学アカデミーは、一七九一年を期して「ライプニッツおよびヴォルフ以来ドイツにおいて形而上学がなした進歩はいかなるものか」と題する懸賞課題を公募し、多数の論文がこれに寄せられた。ちなみに、カントも応募論文を執筆したが未完に終わっている。

(134)ヒュルゼンについては、『リュツェーウム断章集』108番とその訳注(46)を参照。

(135)フランスの著述家ベルナール・フォントネル(一六五七—一七五七)の『詩学についての省察』(一七四二)からの引用。

(136)イギリスの貴族社会では、子息の教育の仕上げとして、古典教養の本場イタリアに旅行させる習慣が一六世紀からあった。一七世紀末以降、貴族階級のみならず富裕層にもグランド・ツアーの風習は広まり、教養の完成としての「旅行」という観念が定着した。

(137)ビュルガーのバラード『ヴァインスベルクの女たち』(一七七八)からの引用。皇帝コンラート三世が佞臣たちに発する台詞。

(138)本断章集105番で示唆された『独断主義と批判主義に関する哲学的書簡』のことと思われる。訳注(31)も参照。

(139) シェリングは一七九七年の『自然哲学に関する考案』をもって、シュレーゲルの言う「自然学の哲学」の探究を始める。事実、シェリングはそこで当時のヨーロッパにおける新たな学問すなわち化学の知見を積極的に取り込みながら、「化学は自らに対し自らの客体を産み出す」とまで言ってのける。だがシュレーゲルから見れば、それではまだ「哲学という行為が辿る〔…〕化学的プロセス」を叙述しうるに至っていない。

(140)『ハムレット』の名高い反省的独白(第三幕第一場)のA・W・シュレーゲルによるドイツ語訳は、「存在(ザイン)か非存在(ニヒトザイン)か」であり、Fr・シュレーゲルはそれを踏まえている。「ユーモア」について本断章と関連する覚書に以下のものがある。「ユーモアには恣意の見かけがある。だがこの見かけも法則に基づいていなければならない」(FPL V, 138, KA XVI, S. 96)――「ユーモアは絶対的恣意の見かけから発し、それゆえ主観性へと傾く」(FPL V, 537, KA XVI, S. 129)。

(141)『ルカによる福音書』第八章にある逸話。ゲラサ(『マタイ』では「ガダラ」とも)の人々に取り憑いた悪霊をイエスが追い出し、代わりに豚のなかに入ることを許すと、豚の群れは崖を駆け下り、湖に溺死した。

(142)『長靴を履いた牡猫』は、ルートヴィヒ・ティークがペーター・レーベレヒト名義で出版した『民話集(フォルクスメルヒエン)』(一七九七)のなかの諷刺劇。

(143) この説は、美術考古学者アーロイス・ヒルト(一七五九―一八三九)が、一七九七年にシラー主宰の雑誌『ホーレン』に寄せた論稿「ラオコオン」において唱えたもの。ここでヒルトは、ギリシア美術の精髄はヴィンケルマンの言う理想美ではなく、対象の客観的な「特性描写」にこそある、と主張した。この論文は大きな反響を呼び、ゲーテが彼のラオコオン論を執筆するきっかけとなった。

(144) ヴィンケルマン「絵画と彫刻におけるギリシア芸術模倣論」(田邊玲子訳『ギリシア芸術模倣論』岩波文庫、四六頁以降)参照。ヴィンケルマンがラオコオン像の抑制された表現をギリシア人の精神性に求めたのに対し、レッシングはそれを彫刻芸術固有の性質に帰した(斎藤栄治訳『ラオコオン』岩波文庫、三九頁以降を参照)。これによっていわゆる「ラオコオン論争」が生じることとなる。

(145) カラッチは、一六世紀後半のボローニャで活躍した画家一族の名前。ミケランジェロやラファエロの画風を折衷的に取り入れ、イタリアにおけるバロック様式を確立した。

(146) アンゲリカ・カウフマン(一七四一—一八〇七)はスイス生まれの女性画家。イギリスやイタリアで活躍し、レイノルズやゲーテとも交流があった。

(147) 当時、女性の画家が男性のモデルを用いることは道義的に許されなかったため、カウフマンは男性を描く際にも女性モデルに頼るしかなかった。

(148) プリニウス『博物誌』三五巻XL章を参照。

(149) ホラティウス『詩論』(二〇二—一九)によれば、ギリシア最初期の悲劇上演において、コロスの伴奏はもっぱらフルートのみで十分とされた。

(150) 『哲学雑誌』(正しくは、『ドイツ学識者協会の哲学雑誌』)は、フリードリヒ・イマヌエル・ニートハンマーが一七九五年に創刊した雑誌。一七九七年からフィヒテも共同編集者として参加し、自らの「知識学」の普及に努めた。執筆陣には上記二人のほか、ザロモン・マイモンやシェリングも名を連ねており、シュレーゲルも哲学的断章を寄稿する予定だったが、実現していない。本誌は一八〇〇年までに全一〇巻が刊行され、各巻は四つの分冊からなるが、この断章で言う「第三分冊」が何を指すかは不明。

(151) クリスティアン・ガルヴェ(一七四二―九八)は啓蒙主義における通俗哲学を代表する人物。

(152) プラトンの対話篇『イオン』に登場する吟遊詩人イオンは、ホメロスの朗唱に一生を捧げている。

(153) 『ルカによる福音書』第四章で、故郷ナザレに戻ったイエスが述べる言葉。

(154) ヴォルテールの喜劇『放蕩息子の帰還』(一七三六)の序文にある言葉。

(155) プルタルコスが『アテナイ人の名声について』のなかで古代叙情詩人シモニデスのものとして引用するこの格言は、ホラティウス『詩論』における有名な言葉「詩は絵の如く」となり、ルネサンス以降、詩と絵画をめぐる論争の際にたえず引き合いに出された。この断章で登場するレッシングは、詩を時間芸術、絵画を空間芸術と特徴づけ、両者をメディア的観点から区別することによって、この論争の整理を試みた。いわゆる「ラオコオン論争」の一端であるが、これについては本断章集310番の訳注(144)を参照。

(156) ローマの伝記作家スエトニウス(本断章集の訳注(60)を参照)の『皇帝列伝』一巻六二節にある逸話。

(157) 『知識学』における命題、「自我は自己自身を端的に定立する、その限りにおいて自我の活動性は自己回帰的である」を意識した、フィヒテへの当てこすり。一七九六年に、フィヒテは『哲学雑誌』誌上、カント主義の哲学者カール・クリスティアン・シュミットに対し、自分の知識学とシュミットの体系のどちらが無効かをめぐって論争を仕掛けた。哲学体系の無効宣告については、本断章集103番を参照。

(158)『エゼキエル』三七章。

(159) ライプニッツが『弁神論』(四四節)で論じる十分な理由の原理を踏まえている。ライプニッツによれば、あるものの実在には必ず十分な(反駁不可能な)理由があるのだから、神の実在もまた、同様の理由の原理によって証明されることになる。

(160) ライプニッツが『動力学提要』(一六九五)で説明する活力の概念を踏まえている。

(161) ヨハン・ハインリヒ・シュティリング(一七四〇—一八一七)は、敬虔主義特有の倫理的気分に満ちた『自伝』で知られる。

(162)「関係づけ(en rapport Setzen)」は、一八世紀末のヨーロッパで流行したメスメリズムの用語。メスメリズムとは、ウィーン大学で医学を修めたアントン・メスメルが動物磁気説に基づいて実践した催眠治療術のこと。

(163) カール・フォン・リンネ(一七〇七—七八)は、スウェーデンの博物学者。近代的な動植物の分類体系を基礎づけた。

(164)「決死の跳躍」は、ヤコービ(本断章集の訳注(105)を参照)が説いた哲学的態度。スピノザ主義は思弁を追求するあまりに無神論に陥ってしまう、と見たヤコービは、そこから脱するには思考ではなく跳躍をもってするほかない、と主張した。F・H・ヤコービ『スピノザの学説に関する書簡』田中光訳、知泉書館、二〇一八年、七五頁以下を参照。

(165) セルバンテス『ドン・キホーテ』後篇第四一章のエピソード。公爵夫妻の願いにより、ドン・キホーテ主従は目隠しをしたまま天空を駆ける魔法の木馬に跨るが、実はそれはただの木馬にすぎず、空中旅行は二人の思い込みにすぎなかった。

(166) ヤコービは、レッシングとの対話においてスピノザとライプニッツの類似点を説明するよう求められ、『スピノザの学説に関する書簡』第二版（一七八九）にそれを主題とした付論を掲載した。そこには、ライプニッツのモナドロジーを好意的に評価しつつも、一方でその予定調和説には個体の隷属状態を感知せざるを得ず、その限りでスピノザの決定論との類似性を認めざるを得ない、というヤコービの立場が見てとれる。前掲訳書（注164）の二七七頁以下を参照。

(167) 「繊細の精神」は、パスカルの『パンセ』冒頭の断章で「幾何学の精神」と対置されるもの。「幾何学の精神」が論証的思考に導かれる一方、「繊細の精神」は直観的だが、証明能力が欠けている。シュレーゲルがここでヤコービを「繊細の精神」の持ち主としたことは一種の揶揄かと思われるが、そもそもパスカルの思考に親しんでいたヤコービは、「幾何学の精神」の限界の先に現出すべき「繊細の精神」に大きな希望を抱いていた。前掲訳書（注164）の訳者による解説（三八五頁以下）を参照。

(168) アンシャン・レジーム期のフランスでは、貴族が小売業を営むことは禁じられていた。しかしブルターニュ地方では例外的に、一旦貴族の身分を返上し、小売業などで一儲けしてから、再び旧身分を請求する、といったことが慣例的に認められていた。

(169) レッシングは『人類の教育』第四三節から第四七節にかけて、魂の不死(復活)の学説を信仰へと導く聖書の手法として、「下準備(Vorübung)」「仄めかし(Anspielung)」「暗示(Fingerzeig)」の三つを挙げている。「下準備」の例として考えられるのは、「子らへの父の虐待を第三第四の世代まで罰しようという神の脅し」であり、「これによって父たちは、自分は後々の子孫たちとともに生きているのだと思い、また自分が罪なき子たちにもたらした禍を予め感じることに」慣らされる。「仄めかし」は、「もっぱら好奇心を刺激し、問いを誘発するようなもの」で、例えば「死ぬ」の代わりに用いられる、父たちのもとに集められる」といった表現が挙げられる。「暗示」は、「まだ姿を見せぬ真理がそこから生じてくるような、何らかの萌芽を含むもの」とされる。レッシングによれば、例えば復活をめぐる問答の際(『ルカによる福音書』第二〇章等)、イエスは「アブラハム、イサク、ヤコブの神」の名を挙げることによって魂の不死を暗示している。

(170) 『理性に基づく自然と恩寵の原理』(一七一八)の第四節から引用。

(171) 「黒魔術(die schwarze Kunst)」の語は、「印刷術」の比喩としても用いられる。

(172) 至高の完全存在としての神は万物の系列の外部にありながら、しかし同時に、すべての事物は直接的に神に現前している、というライプニッツの予定調和説を諷刺的に言い換えたもの。

(173) イタリアの詩人フランチェスコ・ペトラルカ(一三〇四—七四)にとって、二三歳の時に出会った人妻ラウラと彼女への愛は、終生、詩的霊感の源泉でありつづけた。

(174) モーセの十戒のパロディ。ヤハウェは偶像崇拝の罰を、三、四世代後の子孫にまで下す、とする(『出エジプト記』第二〇章)。

(175) 同じく、十戒の一つ「殺すなかれ」のパロディ。

(176) 「昔のフランク族のよう(altfränkisch)」とは、古臭いこと、旧弊であることを意味する。

(177) カントの『道徳形而上学』第二部「徳論」(一七九七)における義務概念の分類を踏まえている。

(178) カトリック教会の用語。教会が世俗法に従わざるを得ない領域を指す。

(179) ヴォルテールの小説『カンディード あるいはオプティミズム』(一七五九)は、主人公カンディードを襲う数多の厄災やその師パングロスとの哲学的問答を通して、ライプニッツの最善宇宙説に対して痛烈な批判を加えた。

(180) 本断章の準備稿と思しき覚書に、以下のものがある。「悪魔の営みは、誘惑すること、内面を破壊すること、罪を広めること。悪魔の意図は、もっぱら本能による。悪魔性はドイツ人の発明品であり、まずドイツにおいて完成された、グロテスクな美学の概念である」(PL II, 1052, KA XVIII, S. 116)。

(181) 『ドイツ避難民閑談集』は、一七九五年に雑誌『ホーレン』に連載された、ゲーテの小説。フランス革命軍の侵攻を逃れたドイツ人たちが無聊の慰めにそれぞれ物語を語りあうという、『デカメロン』をモデルとした枠物語の形式をとる。

(182) ジェイムズ・ハリス(一七〇九—八〇)はイングランドの哲学者。ケイムズ卿ヘンリー・ホーム(一六九六—一七八二)は、スコットランドの哲学者。ジョンソンについては、『リュツェーウム断章集』122番の訳注(54)を参照。

(183) スエトニウス(本断章集の訳注(60)を参照)の『皇帝列伝』にある逸話。カエサルのブリタニア侵攻は、スエトニウスによれば、真珠を求めてのものだった。真珠の重さを比べるために、カエサルは手で秤ったという。

(184)「論争的総体性(polemische Totalität)」は、一七九六年頃からシュレーゲルの念頭にあった一種の哲学的プログラム。その年にイェーナで書かれた覚書に、以下のものがある。「さまざまに異なる見解、哲学においてそれは対立意見である。だから論争的総体性は、体系の方法と吟味にとって、必然的条件である」(PL, Beilage II, 7, KA XVIII, S. 517)。

(185) ウィリアム・ラヴルは、ルートヴィヒ・ティークの処女作『ウィリアム・ラヴル』(一七九五—九六)の主人公。匿名で出版されたこの小説は、一八世紀の秘密結社小説、悪漢小説や感傷主義小説などの形式を巧みに取り込みつつ、イギリスの地方貴族の息子がグランド・ツアーを通して世間と自己を見つめ、最終的に没落してゆくありさまを、彼自身と彼を取りまく人物たちの交わすおびただしい書簡によって物語っている。

(186) バルダーは、『ウィリアム・ラヴル』に登場するドイツ人。主人公ラヴルと同じく厭世的な性格の持ち主で、終盤、主人公の没落を予告するかのように狂気に陥る。

(187) シュテルンバルトは、ティークの小説『フランツ・シュテルンバルトの遍歴』(一七九八)の主人公。一六世紀、デューラーのもとで学んだ若き画家シュテルンバルトがヨーロッパ各地を遍歴する芸術家小説。

(188) 修道僧は、ヴァッケンローダーとティークの合作『芸術を愛する一修道僧の心情吐露』（一七九六）の語り手。複数の絵画論によって構成される本作は、ラファエロやデューラーへの宗教的法悦に満ちた讃歌とも言うべきもので、ドイツ・ロマン派における「芸術信仰」の礎となった。

(189) ルソーの『エミール』第五篇前半は、エミールの将来の伴侶ソフィーのための女性教育論をメインとするが、そこから浮かび上がるルソーの男性優位説に対して、シュレーゲルはしばしば異議申し立てをしている。

(190) フリードリヒ・リヒターは、「ジャン・パウル」の本名。本断章集の訳注(38)を参照。

(191) ライプゲーバーは、ジャン・パウルの小説『花の絵、果実の絵、茨の絵、あるいは帝国市場町クーシュナッペルの貧民弁護士F・S・ジーベンケースの結婚生活と死と婚礼』（一七九六）の登場人物。主人公ジーベンケースの親友であり、またその外見が瓜二つであることから、ジーベンケースにとってのアルター・エゴの役割を演ずる。彼は自分をアダムに見立て、自らの精液からあらゆる善人、あらゆる悪人が生まれうる、という奇想天外な言説を吐く。

(192) ジャン・バチスト＝ルーヴェは『騎士フォーブラの恋愛』の作者（『リュツェーウム断章集』41番参照）。『騎士フォーブラ』には、謎めいた策謀家としてポーランドの亡命貴族が登場する。

(193) 枢機卿リシュリュー公爵（一五八五―一六四二）は、ルイ一三世の宰相として、絶対王政の確立につとめた。反対勢力やユグノー教徒の弾圧に辣腕をふるった一方、アカデミー・フランセーズの創設など、芸術文化振興にも力を注いだ。

(194) 一八世紀後半のフランスにおける化学研究は、ラヴォアジエの燃焼理論(フロギストン説を決定的に否定し、燃焼は酸素との結合、つまり酸化の一種であることを解明した)、ジョゼフ・プルーストによる定比例の法則(化合物中の元素量の比例は一定であるとした)、ギトン・ド・モルボーによる化合物命名法の確立などによって、革新的な進歩を遂げた。

(195) ロマンツェとは本来、一四世紀頃にスペインで生まれた短い物語詩を指す。一八世紀のドイツでは、文芸のジャンル規定の試みが種々なされた一方で、ロマンツェを民謡調の、韻文による短い冒険物語とする見方が定着したため、同様の韻文であったバラードと区別することが困難となった。本断章でも、両者の区別はなされていない。

(196) 『コリントの花嫁』は、ゲーテが一七九七年に書いたバラード。キリスト教化が進みつつあったローマ時代のコリントを舞台とする。キリスト教に改宗した母親の一存で婚約を解消され、修道女にされたある娘が、没後に幽鬼となってあらわれ、かつての婚約者と一夜の契りを交わす。古くから伝わる怪奇譚に、ゲーテは反キリスト教的な要素を多分に含ませつつ、本作のことを自ら「ヴァンパイア風」と称している。

(197) ディオゲネス・ラエルティオスの『哲学者列伝』(第四巻第二章)によれば、プラトンが弟子クセノクラテスに向かって述べた言葉。

(198) 君主鑑は、君主やその子息に対して正しい統治の原則を説いた書物。中世から初期近世にかけて、ヨーロッパ各地で出版された。本断章では、ヴィーラント(本断章集の訳注(119)を参照)が一七七二年に発表した啓蒙主義的政治小説『黄金の鑑』を暗に示している。ヴィーラントは同作がきっかけとなってワイマール宮廷に教育係として招聘された。

(199)「ドーファン」は、フランスの王位継承者(皇太子)の称号。その教育用に古典的作品の選集を編む際、不適切と思しき箇所は手当たり次第に削除された。

(200)プラトン『国家』第一〇巻にある、天球の音楽のこと。天球を構成する八つの層には一人ずつセイレーンがおり、層の回転とともにめぐり運ばれながら、それぞれが異なった声で歌う。その八つの歌声が、一つの調和的音階を構成する、とされる。

(201)プラトンが『国家』や『法律』で展開する教育論。体育と音楽の習得により、人間の活動の根幹をなす二つの契機、すなわち律動(リュトモス)と調和(ハルモニア)を培うことができる、とする。

(202)フランス革命後の政治的混乱が続く中、批判哲学の主要関心の一つに、実定法ではなく自然法を人間の理性に基礎づけることは可能か、という問いがあった。こうした問いが前提となる以上、特にカントの流れをくむ法哲学では自然法は道徳哲学の一部と見なされたが、この問題に強い関心を抱いていたフィヒテは『自然法の基礎』において、法概念と道徳概念の分離を試みた。このような一連の自然法をめぐる議論を注視していたシュレーゲルは、一八〇〇年の『超越論的哲学』講義において、自然法は理性法であり、人間の権利の平等性を無条件の前提とするものである以上、その前提そのものがアプリオリに規定されるのであるから、そもそも自然法は学問ではあり得ない、と一蹴している。

(203)ゲオルク・フォルスター(一七五四—九四)は『世界周航期』(一七七七)で知られる博物学者、

作家。一七九三年のマインツ共和国に参加したが、敗れてパリに客死。ジャコバン派のシンパとしてドイツ知識人から激しく非難されたが、シュレーゲルは一七九七年、『芸術のリュツェーウム』に論文「ゲオルク・フォルスター」を発表、「人間性のすべてを包括すべき社会作家」たるフォルスターは「教理問答集が定める掟の向こう側にも価値を認め」、「どんなに羽目を外しながらも、真に偉大なものをあくまでも偉大と見なす」人物であった、と擁護した。

イデーエン

以下の訳注では、ノヴァーリスが『イデーエン』中のいくつかの断章に対して書き添えたコメントを合わせて訳出している。出典は、ノヴァーリス批判校訂版全集(Novalis: *Schriften*. 3. Band, hrsg. v. Richard Samuel, Darmstadt 1968, S. 488–493)による。

(1) プルタルコスが伝えるところによれば(『エジプト神イシスとオシリスの伝説について』)、エジプトの古代都市サイスの神殿にまつられたイシス像には、「我が纏うヴェールを、死すべき人間は掲げることができない」との銘が刻まれていたという。この伝説は、フランス革命前期、フリーメイソン思想を介してのオリエントへの関心の高まりとともにドイツ知識人に広く知られることとなり、カントも『判断力批判』(一七九〇)において、彼の「崇高」概念を説明するために「イシスのヴェール」に言及している(第四九節)。さらにシラーも、バラード『サイスのヴェールに覆われた像』を発表(一七九五)、そこでは崇高なる自然の不可触の神秘と人間の限界が主題化された。ところがノヴァーリスは未完の小説『サイスの弟子たち』(一七九八)において、本来の銘文を次のように読み替えた――「もし、かの碑銘にある通り、死すべきものにはあのヴェールを掲げることができないというのなら、私たちが不死となるよう努めねばならない。あのヴェールを掲げる意志を持たぬ者など、真のサイスの弟子ではない」。Fr・シュレーゲルの本断章集は、ノヴァーリスのこの革命的ともいえる読み替えに呼応することから始まる。

(2) 宇宙全体を一個の霊的存在と見なす「宇宙霊(Weltseele)」の思想はプラトン『ティマイオス』に遡るが、一八世紀末には、当時の自然科学的知見を裏付ける形而上学的モデルとして着目されるようになる。決定的なのはシェリングが『自然哲学の考案』に次ぐ第二の大著として公刊した『宇宙霊について』(一七九八)で、同書においてシェリングは、プラトン的あるいは新プラトン主義的な「宇宙霊」の思考モデルを基礎に、有機的自然と無機的自然の連関性を説明しようとした。

(3) ノヴァーリスが『アテネーウム』誌第一巻(一七九八)に掲載した断章集『花粉』のモットー、「友よ、大地は貧しい。我々はたっぷりと種子を撒かねばならない、せめてささやかな収穫が得られるように」を受けたもの。

(4) 真の宗教は理性信仰に基づく理性宗教のみである、との確信のもと、カントは『単なる理性の限界内における宗教』(一七九三)を世に問うた。本断章はそれに対し、こうした「限界内」からの宗教の解放を要求している。

(5) シュライアマハーは一七九九年に『宗教について――宗教を蔑む教養人への講話』を匿名で出版した。

(6)ノヴァーリス「心(Herz)ではなく?」

(7)ノヴァーリス「そう、聖職者は全体の構造(コンポジツィオーン)を見晴らしていて、そこで同情などは、一声部を示す音符にすぎない」。

(8)ノヴァーリス「着想はありのままの思想――必然的な思想、未だ産まれざる世界たちの偶像である」。

(9)ノヴァーリス「啓蒙は、感性培養学の一つであった」。

(10)ノヴァーリス「芸術家はあくまでも無宗教――だから相手が宗教だろうとブロンズ像だろうと同じように仕事ができる。芸術家が属する教会とは、シュライアマハーの言う教会のこと」。

(11)ノヴァーリス「僕に言わせれば宗教はむしろ、徹底的かつ本質的に、作品外的(オードブル)なものだ」。

(12)ノヴァーリス「神のことなど僕には何もわからない――神々についてなら語りたい。そういうことなら、この命題は信心深い誰にとっても正しい」。

(13)ノヴァーリス「形成するなど、聖職者には絶対に無理だ――形成が一個の活動である限りは。慢性の病(ライデンシャフト)となるほど非活動的なのが、聖職者気質の人間なのだから」。

(14)ノヴァーリス「確かに宗教は周囲を包み込む海だ。そこではいかなる運動も、波ではなく幻想(ヴィジオーン)を産み出している」。

(15)ノヴァーリス「今はっきりわかった。天才とは、それが精神(ガイスト)の間違いでなければ、精神の特殊形態にほかならず、だから自然に反した制約、精神を襲う病(ライデンシャフト)でしかない」。

(16)ノヴァーリス「これではディレッタントではなかろうか。――おのれの感性でも、っ、て形成すること、というのなら芸術家なのだが」。

(17) ノヴァーリス「宗教について語るとき、どうも君の念頭にあるのは熱狂一般であるように思える。宗教はその一つの応用であるにすぎない」。ノヴァーリス「墓場とはまさしく宗教上の概念だ――ただ、墓場にやすらうのは宗教とその信者たちばかり。宇宙を信じる者たちを弔うには、火刑台こそふさわしい」。

(18) シュレーゲルがここで用いた「神の姿を明かす(offenbar[en])」という表現を、ノヴァーリスは「(神を)直観する(anschau[en])」へと修正している。ノヴァーリスのこの指摘は、シュライアマハーが『宗教について』で宗教の本質として提示した「無限なものの直観」を踏まえたものと思われる。

(19) ノヴァーリス「だがまた、まさに一切の質量を破壊するに至る」。

(20) ノヴァーリス「第三の媒質たる道徳が欠けている」。

(21) ノヴァーリス「もし革命が本当に歴史的真実であるなら、その原因と本質は、同時代人それぞれが自らのうちに見出すことができるに違いない」。

(22) ノヴァーリス「なぜいつも切り離された人間性が問題になるのだろう、僕にはわからない。動物も、植物も、鉱物も、星辰も大気も、人間性に入るのではないか。だから人間性とはただの神経節にすぎず、そこでは無限に多様に伸びる神経繊維が交差しているだけではないのか。人間性をかの自然ぬきに理解できるのだろうか？　人間性は果たして、ほかの自然種とそんなに違うものなのか？」

(23) ノヴァーリスとの〈聖書プロジェクト〉(本断章集95番を参照)を進める中、彼に宛てた書簡でFr・シュレーゲルはこう書く——「僕は一つの新しい宗教を創設することを考えている。いやむしろ、それを告げ知らすのに力を貸したい。というのも、僕がいなくとも新しい宗教は到来するだろうし、また勝利を収めるだろうから」(一七九八年一二月二日付)。

(24)「民衆教師(Volkslehrer)」は「民衆学校(Volksschule)」の教員。一八世紀を通じて教育改革が進んだプロイセンでは、五歳から一二歳までの子供に対する義務教育が実施された。啓蒙主義を背景としたこの改革は、教育の主体が教会から国家へと移行しつつあったことを意味している。

(25) ノヴァーリスが『ロゴロギー断章集』において投げかけた「文字は精神を所有しうるだろうか? そしてその逆は?」という問いへの応答として、シュレーゲルは一七九八年一二月二日付の書簡において、「文字こそ真の魔法の杖なのだ」と書いた。本断章は、二人のあいだのこうしたやり取りを踏まえたもの。「精神と文字」については、『リュツェーウム断章集』69番の訳注(33)を参照。

(26) シュライアマハーが『宗教について』第五講で論じる「キリスト教の根源的直観」をシュレーゲルなりに言い換えたもの。シュライアマハーは「この根源的直観の分かち難く結ばれた二つの面」として、「堕罪と救済」を挙げている。なお、本断章に対するノヴァーリスの覚書——「罪はキリスト教にとっての非自我でしかないのでは?——あるいはひょっとすると、キリスト教によって否定されるだけなのでは?」

(27) ノヴァーリス「とはいえ、さまざまな変形(モディフィカツィオーネン)ばかり」。本断章中の「均斉をなしつつ

(symmetrisch)」という語は、ノヴァーリスがこの覚書を書き込んだ草稿段階では「体系的に(systematisch)」となっていた。

(28) ノヴァーリス「君の言う通り、まったく正しい。さもないと、自然的なもの、神的なもの、人間的なものの区別がなくなってしまう」。

(29) レッシングの『人類の教育』(第八六節)には、こうある。「それはきっと到来するだろう、新約聖書において我々に約束されている、新しい永遠の福音の時は」。レッシングはフィオレのヨアキムが唱えた「歴史三段階説」を踏まえ、人類の完成の歴史的プロセスを、旧約の時代、新約の時代、永遠の福音の時代と捉えている。

(30) ノヴァーリス「聖書は、さまざまな書籍ジャンルのなかの一ジャンル概念である。ジャンル概念はさまざまな様式や個体に応じて包括する。聖書たち(Bibeln)は、おびただしい書物のなかの人間たちと神々である。これらの発生に、聖書たちはある程度関与しているのだ——だからその起源は解明不可能である。ゆえにどうしても原初的(オリギナール)でなければならない。ひとは聖書たちを愛し、憎み、神格化し、軽蔑する。まるで自分自身であるかのように。一冊の聖書を書こうというのは、向こう見ずである。だが優れた人間なら誰しも、そうした性癖を備えているに違いない。そして、完全なものになろうとするのだ」。

(31) ノヴァーリス「活動的な非活動性、真の静寂主義。これが批判的観念論である。フィヒテの知識学が芸術家の内的本質を示す型(シェーマ)とどれだけ似通ったものか、君は容易に見抜くだろう。実在論は無力症(アステニー)——感情——観念論は——強壮(ステニー)、幻想(ヴィジオーン)、あるいは虚構(フィクツィオーン)」。

(32) フランツ・バーダー(一七六五―一八四一)のキャリア形成は医学、鉱物学、化学の研究から始まり、一七九六年までイギリスで鉱山技師として従事していたが、ドイツ帰国後シェリングの自然哲学と出会い、またヤーコブ・ベーメなどの神秘思想にも触れ、それらの影響のもとで『自然におけるピュタゴラス的正方形について』(一七九八)等の自然神秘思想的著作を発表した。

(33) ノヴァーリスはこの断章に星印を三つ付している。なお、「密かな憂い (stille Wehmut)」は、シュライアマハーが『宗教について』第五講で言及した「聖なる憂い (heilige Wehmut)」を踏まえたものと思われる。シュライアマハーによれば、「キリスト教徒が抱くあらゆる宗教的感情の主調」は、「いかなる喜びや痛み、そしていかなる愛や怖れにも伴われる〔…〕聖なる憂い」である。

(34) 本断章は、一七九八年から九九年にかけてフィヒテを巻き込んだ「無神論論争」を端的に総括したもの。イェーナ大学の哲学教授であったフィヒテは、ニートハンマーとともに主宰する『哲学雑誌』(第八巻第一分冊、一七九八)に、フォルベルクの論文「宗教の概念の発展」と合わせて、自らも「神の世界統治に対する我々の信仰の根拠について」を掲載したが、まもなく、この両論文を無神論として断罪する匿名の文書が出回るようになり、その論調が一つの世論を形成するに至った。フィヒテは翌九九年一月に小論文「公衆に訴える」を出版してこれに反論するも、その強硬な姿勢がかえってワイマール政府の不興を買い、三月、フィヒテは教授職を解かれ、イェーナを追われることとなった。当時ベルリンでこの状況を注視していたシュレーゲルは、一七九九年五月、自ら筆を執って「フィヒテ擁護――ドイツの人々へ」を書いたが公にはせず、代わりに行く当てのないフィヒテをベルリンに迎え入れ、親交を深めた。

(35) 一七九八年五月一一日に、ノヴァーリスはベルリンのシュレーゲルに宛てて政治的断章集『信仰と愛または王と王妃』の原稿を送り、さらに、その内容上『アテネーウム』には相応しくないため、『プロイセン君主国年鑑』などの公的媒体に掲載できるよう仲介を依頼した。

(36) ノヴァーリス「君の言葉に従うよ、友よ」。

(37) 本断章集105番と訳注(34)を参照。

(38) ノヴァーリス「カロリーネ・シュレーゲル」。カロリーネ・ベーマー(一七六三―一八〇九)は、東洋学者として著名なミヒャエリス教授を父としてゲッティンゲンに生まれ、数奇な運命を辿った後に一七九六年にアウグスト・ヴィルヘルム・シュレーゲルと結婚した。自由な知的雰囲気に満ちた二人の家は後にロマン派と呼ばれるサークルの中心となったが、特にカロリーネの存在は大きく、Fr・シュレーゲル同様、ノヴァーリスもまた彼女との交流や文通を通じて多くを学んでいる。

(39) 共和政ローマの執政官を務めたプブリウス・デキウス・ムスは、ラティウム軍との戦い(紀元前三四〇年)の際、自らを生贄としてローマ軍を勝利に導いた。その同名の子も、またやはり同名の孫も、同様に自らの命をローマ軍の勝利に捧げたことで知られている。

(40) ノヴァーリス「本当の神にならば、我々はすべて生贄にされてもいい。けれども、地上の精華が誤った偶像のために犠牲になったり、そんなものを崇めるために台無しにされたり、というのがいまだに日常茶飯というのは、おぞましいではないか」。

(41) ノヴァーリス「先述の如く、君にとって宗教とは精神的な官能性であり精神的な物質界一般のこと」。

(42) ノヴァーリス「ユーリウスへ。もし、この時代の使徒たるに相応しい者、そうなるべく生まれた者が誰かいるとしたら、それは君だ。君は、至るところで始まりつつある新しい宗教にとって、パウロの如き存在だ。新たな時代を、新たな宗教を伝える最初の使徒の一人だ。この宗教とともに、新たな世界史が幕を開ける。君は時代の秘儀を理解している――君にこそ、革命はその本来の作用を及ぼしたのだ。というよりむしろ、君は聖なる革命の見えざる一分肢であって、というのも聖なる革命とは、地上に現象した複数からなる一人の救世主(ein Messias im Pluralis)だからだ。君がわが友であり、この心からの言葉を僕に寄越してくれたと思うと、素晴らしい気持ちで心が弾むよ。僕にはわかる、僕たちは多くの点で一体なのだ。そしてこう信じる、僕たちは徹底して一体なのだ、なぜなら一つの希望、一つの憧れが、僕らの生であり、僕らの死なのだから」。なお、ここでノヴァーリスが呼び掛けている「ユーリウス」とは小説『ルツィンデ』の主人公の名前だが、つまりはFr・シュレーゲルのことである。

訳者解説

武田利勝

一　はじめに

　数多の音楽的天才を輩出した名門といえばバッハ一族が知られるが、こと人文学に関して言えば、一六世紀ザクセンに興ったシュレーゲル一族も負けてはいない。一七世紀前半にザクセン宮廷牧師を務めたマルティン・シュレーゲルを筆頭に、一族の多くは各地で新教の要職についたのだが、なかには詩的才能を大いに発揮する者もいて、この方面で特記すべきはヨハン・エリアス(一七一九―四九)であろう。シェイクスピアをドイツに紹介した当代随一の批評家として、かのレッシングも称えたすぐれた劇作家として、またドイツ古典主義演劇の進むべき道を示した理論書『模倣論』の著者として、ドイツ文学史に不朽の名を刻んでいる。彼の弟たちのうち、ヨハン・ハインリヒ(一七二四―八〇)は歴史学研究に大きな業績を残したし、ヨハン・アドルフ(一七二一―九三)はハノーファーの教区監督に昇り詰めるほど有能な新教の牧師だったが、その傍ら、ゲレルトやゴットシェートといった啓蒙主義の詩人たちとの交流を通じて、詩作方面にも足跡を残した。

このヨハン・アドルフには五人の息子がいる。上の二人は一族の伝統に順じて神学の道に進み、長じて新教の高位聖職者となった。三男カール・アウグスト(一七六一―一八九)はハノーファーと縁の深いイギリス王室付きの測量技師としてインドに渡り、インド地図の製作という大事業を成し遂げた後、当地に夭折した。それはちょうど、四男アウグスト・ヴィルヘルム(一七六七―一八四五)と五男フリードリヒ(一七七二―一八二九)の二人が、世間に打って出ようとする頃である。そしてこの二人の登場をもって、シュレーゲル一族の名は世界文学の重要な一章を飾ることになる。

アウグスト・ヴィルヘルムは、偉大な伯父ヨハン・エリアスの事業を受け継ぐかのようにシェイクスピアの全戯曲作品の翻訳を完成させ、天才的な語学力と韻律の知識を駆使して現代の比較文学研究への道を拓き、ナポレオン戦争期にはかのスタール夫人とともに欧州各地を巡ってロマン主義の伝道師となり、後年には新設なったボン大学に招かれ、そこでドイツにおけるインド学研究の基礎を築いた。

そしてもう一人、本訳書の主人公フリードリヒは、異形(いぎょう)の小説『ルツィンデ』(一七九九)、また本書に訳出した断章集(一七九七―一八〇〇)のような初期の仕事で知られるが、その後は古典古代から中世を経て近代に至るヨーロッパ文学史をまとめ上げ、歴史哲学、中世ドイツ美術の研究で多大な成果を挙げたばかりか、さらには亡兄カール・アウグストが地理学者として取り組んだはるかインドに、人文科学者としての眼を向けるに至った。すなわち言語学、哲学、文学、宗教学、歴史学の幅広い知見に基づいた彼のインド研究は『インド人の言語と叡智について』(一八〇八)に結実したが、この仕事は後に兄アウグスト・ヴィルヘルムによって引き継がれる。同書発表の年にはカトリックに改宗して全ドイツを驚愕させ(なにしろ当の本人が新教の名門出なのだから、なおさらだ)、旧教の牙城たるウィーンに活躍の場を移してからは宰相メッテルニヒ麾下のジャーナリストとして対フランスの論陣を張り、ナポレオン戦争後はオーストリア帝国の外交顧問としてヨーロッパ新秩序の建設に尽力し、政治から身を退いて後(のち)、キリスト教神秘哲学の一大体系を完成させようという道半ば、五六歳で没した。

本書は、まだ二〇代半ばの彼が書き、あるいは編集した三つの「断章集(フラグメンテ)」の訳出を通して、このように広範で巨大なフリードリヒ・シュレーゲルの全精神活動の一断片(フラグメント)をお示ししたわけである。以下、まずはこれら断章集へと至るシュレーゲルの精神形成を手短にご紹介した後、それぞれの断章集の成立背景や特徴などについて、若干の解説を加えたい。

二　フリードリヒ・シュレーゲルの修業時代

アウグスト・ヴィルヘルムが幼少期から抜群の秀才ぶりを発揮し、ハノーファーの名門シュレーゲル家の誉れであった一方、四歳下の末弟、内気で移り気で情緒不安定なフリードリヒは、常に一家の悩みの種であった。躾と称して伯父や、あるいは一六歳も年の離れた長兄のもとへと里子に出されもしたが、改善は見られない。そればかりか、およそ経済観念を持ち合わせていない、という決定的な（そして生涯治ることのなかった）欠陥も次第に露わになってくる。そこで一五歳のとき、今度は社会性と経済感覚を養うべくライプツィヒのとある銀行家のもとに修業に出されたが、こんな実利的な生活に馴染めるはずもなく、というより馴染むつもりなど毛頭なく、仏頂面をぶら下げてたちまちハノーファーに舞い戻った。

そんなフリードリヒの唯一にして最大の理解者が、兄アウグスト・ヴィルヘルムだった。一家の希望の星たるこの兄が、一家の問題児の父となり、教師となった。兄の導きによって古典語や古典文学に親しむうちに、弟はいつしか、古今のさまざまな文献への限りない愛を抱くようになる。こうして芽生えた「文献学的衝動〔philologischer Trieb／言葉への愛欲〕」(『アテネーウム断章集』391番)が、フリードリヒ・シュレーゲルの生涯を決定づけることとなった。

この新たな衝動の赴くままに、一七九〇年にはゲッティンゲン大学、翌年にはライプツィヒ大学に籍を置き、手当たり次第、ありとあらゆる書物を貪るように読み漁る。プラトン、ギリシアの悲劇に喜劇、カント、ヘルダー、ゲーテ、シェイクスピア、ダンテ、そしてヴィンケルマン。やがて濫読の日々のなかから、また別の衝動が頭をもたげてくる。それを、この頃アムステルダムで家庭教師として生計を立てながら、すでに新進気鋭の批評家として文壇の注目を集めていた兄は見逃さなかったのだろう、あるとき弟に手紙を書いた。それに対する弟の返事は、こうだ。

物書きになる気はあるか、だって？——むろん、そのための計画はたくさんある。でもそのほとんどは完成できないだろうと思ってる。それは作品への愛が足らないからじゃなく、僕をとうから捉えて離さない、ある衝動のせいなんだ。つまり僕を活動へと駆り立てる、身を焦がさんばかりの衝動のことだけれど、僕としてはこれを、無限への憧憬とでも呼んでみたい。だから兄さんに、まだ熟していない計画も含め、何もかも伝えてしまうのも、当然なんだ。（一七九一年一〇月四日付）

それは、「書く」という衝動——明確な対象も特定の方法もないまま、書きつづけるという衝動である。以後、彼は生涯にわたって、自らの着想、構想、覚書を、思いつくままに、また断片の姿をとどめたままに、絶えず書きとめ続けることになるだろう。「生きることは書くことである」とは、後年のエッセイ「哲学について」（一七九八）の言葉だが、目下の修業時代にフリードリヒが兄に宛てた手紙の数々を読むと、そのような衝動が、その放埒な構想の舞台を美学、哲学、文学と多彩に変転させながら、限りなく豊饒に溢れかえっている様子がわかる。まるで、フリードリヒ・シュレーゲル生来の奔放な経済感覚が、文字を書き付ける営みそれ自体を——二〇世紀の思想家バタイユに倣って言えば——「蕩尽（とうじん）」という「祝祭」にしてしまうかのようだ。そして祝祭にはその場を共有する仲間が不可欠だとすれば、この衝動は同時に、他者への「伝達／分有（Mitteilung）」を求めてもいる。

彼を捉えて離さない伝達／分有への衝動はしかし、生来の内気と過剰な自意識のおかげで、時として、というより非常にしばしば、奇妙に屈折した言動となって外化した。

例えば一七九二年には憧れのシラーに面会したが、苦労人だったこの大劇作家にとって、皮肉な冗談を絶えず空回りさせるこの若造は、「不遜なひねくれもの（Witzling）」以外の何ものでもなかった（この印象はシラーのなかで終生変わらない）。

こうした様々な挫折を経ながらも、熱狂的な伝達の衝動は、一七九二年一月、兄以外の新たな対象を見出した。それは同い年の、そして同じライプツィヒで学ぶ、「将来への無限の可能性を秘めた一人の青年」（兄宛書簡）であった。後にノヴァーリスの筆名で知られる、フリードリヒ・フォン・ハルデンベルク（一七七二―一八〇一）である。さらに翌年には、後に兄の妻となるカロリーネ・ベーマー（一七六三―一八〇九）との親密な交流が始まる。そんな彼らとの、蕩尽をきわめた言葉の祝祭は、やがてフリードリヒ自身によって「共同哲学（ズュン・フィロソフィー）」と呼ばれることになる。

だが、一七九四年に――こちらは経済的な意味での蕩尽をきわめた挙句に債権者に追われ、もはやライプツィヒにいられなくなり――ドレスデンに移った彼が取り組んだのは、さしあたってギリシア文学の研究を完成させることだった。右の兄宛の書簡にも示唆されるおびただしい「計画」の一つを、何としても形にしなければならない。「ギリシア文学の諸流派について」「ギリシア喜劇の美的価値について」「美の限界について」等の論文を矢継ぎ早に発表し、一七九七年、主著となる『ギリシア人とローマ人』を刊行する頃には、「シュレーゲル兄弟」の名は批評界に広く知れわたっていた。

三 『リュツェーウム断章集』

一七九七年夏、フリードリヒ・シュレーゲルの活動拠点はベルリンに移る。まだ大学のなかった当時、このプロイセンの首都で誰しも認める文化的中心と言えば、ユダヤ人の才媛ヘンリエッテ・ヘルツの催すサロンだった。早速その常連となったフリードリヒは、ヘンリエッテを介して二人の人物と出会う。一人は生涯の伴侶となるドロテーア・ファイト（一七六三―一八三九）、もう一人、神学者フリードリヒ・ダニエル・シュライアマハー（一七六八―一八三四）は、やがて「共同哲学」の祝祭における主要メンバーの一人となる。

ところで、注目の新人シュレーゲルをこの高名なサロンに引き入れたのは、音楽家のヨハン・フリードリヒ・ライヒャルトだった。彼の活動は音楽にとどまらず言論界にも及んでいて、シュレーゲルはこの前年、ライヒャルトの主宰する雑誌の同人に招かれ、物書きとしてのキャリアを本格的にスタートさせている。そしてこのベルリンでの最初の年、やはりライヒャルトの雑誌『芸術のリュツェーウム』第一巻第二部に発表したのが、『批判的断章集』(本訳書ではシュレーゲル研究の慣例に倣って『リュツェーウム断章集』としている)である。

実は同誌の同号に、シュレーゲルはさらに一篇の論文を寄稿している。「レッシングについて」と題するこの論文のいわば後を受ける形で『断章集』が続いていることはきわめて重要であって、だから同論文について少々触れたとしても、本解説にとっては決して脱線とはなるまい。

ゴットホルト・エフライム・レッシング(一七二九―八一)。言わずと知れた、ドイツ啓蒙主義を代表する劇作家、思想家、批評家である。彼の没後十年以上を経た一七九四年のこと、その本格的な著作集・書簡集全三〇巻の刊行が完結した。すでに「文献学的衝動」に駆られていたシュレーゲルが、これに手を伸ばさないわけがない。そして気付いたときには、レッシングの熱烈な崇拝者となっていた。しかし世間ではどうだろう――との思い抑えがたく、シュレーゲルは「レッシングについて」の筆を執ったのだが――批評界も演劇界も、なるほど、自称レッシング信者だらけだ。それに、注目すべきレッシング論もいくつか出始めている。しかし、「ありとあらゆる角度から眺めてもまだ十分とは言えない」ほど「無尽蔵」なこの人物を理解できた者、せめて理解しようと努めている者が、果たして、いると言えるだろうか?――いや、皆無だ。よく引き合いに出される彼の「寛容」精神にいたっては、彼が生前もっとも憎悪した「凡庸詩人、穏健文士、中途半端教の信者ども」が彼を称える際の空疎な呪文に堕してしまった。レッシングを理解するとは、「彼のものしたありとあらゆる作品」を、「どんなに些細なものだろうと失敗作だろうと例外なく」、それらが「入口を見つけるのはいとも容易、だが出口を見つけるとなると実に困難を極める、一つの迷宮」であると理解することだ。自分には、それはよくわかっている。しかし世間の連中は、それぞれがくだらぬ主義主張や各人の属するジャンル特有のつまらぬ入れ物にレッシングを押し込めているだけだ——云々。

まるでレッシングの論争的文体が乗り移ったかのようなこの論文の至るところ、シュレーゲルは苛立ちを隠さない。ただ、それはレッシングを理解しようとしない世間への苛立ちだけではない。そうして苛立ちをぶつけるうちに、自分自身の思考が「入口を見つけるのはいとも容易、だが出口を見つけるとなると実に困難を極める、一つの迷宮」になってしまっていることへの苛立ちでもある。レッシングとは何ものか。それを纏めきれぬまま、荒れ狂う論争的思考の奔流に唖然とするばかりの読者を置き去りにして、本論文は、「結部は次号」の一言をもって唐突に打ち切られてしまった（ちなみに、シュレーゲルの手でこの論文がまがりなりにも完結するのは四年後のことだ）。

そしてこの論文の――ということは、そこに憑依しているレッシングの――論争的な気分をそのまま引き継ぎながら、しかしそれを別の形式で展開して見せたのが、「批判的断章集」（『リュツェーウム断章集』）なのである。そればかりか、「断章」という形式に関しても「レッシングについて」はその重要な伏線だった。従来、シュレーゲルの「断章」形式といえば、『リュツェーウム断章集』でも折々に登場するフランスのモラリスト、シャンフォールからの影響が指摘されてきた。確かにその通りで、シュレーゲル自身、この初めての断章集を「批判的シャンフォルターデ」と呼んでもいるほどだ（一七九七年九月二六日付、ノヴァーリス宛書簡）。だがそれに劣らず、レッシングという「迷宮」の経験は、シュレーゲル独自の「断章」形式の成立にとって決定的な要因だったに違いない。

レッシングにおける「断章」といえば、彼が一七七四年以降、後にヘルマン・ザムエル・ライマールスの遺稿と知れる一連の「無名氏による断章」を編纂、発行し、理性に立脚した宗教批判を展開して正統派を刺激、それがやがて「断章論争」と呼ばれる激しい応酬となり、わけても、敵方の首魁ゲッツェとの手に汗握る一騎打ち（『ゲッツェ論駁』）は近代宗教思想史上もっとも注目すべきスペクタクルの一つとなった、という事実が思い出されよう。だがまずは、「レッシングについて」から以下の箇所をお読み頂きたい。特に後半部でシュレーゲルは、続く断章集が目指そうとしているところのもの、それをあくまでもレッシングの名に仮託しながら、予示しているかのようである。

〔レッシングの〕書いたなかで何より興味深いもの、何より根本的なもの、それは仄めかしであり、暗示である。何より熟しきった完全なもの、それはさまざまな断片からなる断片である。レッシングの語る最良のもの、それは〔…〕力と精神と塩で充たされた二、三のたくましい言葉となって、彼の口からふと、漏れ出るもの。すなわち、人間精神の領野にあってもっとも暗い箇所があたかも突然の稲光に照らされるかの如く、もっとも神聖なものが冒瀆寸前のこの上ない歯切れよさをもって、もっとも普遍的なものがこの上ない奇抜さとユーモアをもって表現されている、そんな言葉だ。彼の主命題はおのおの自立し、実にコンパクト。分析も例証もなく、まるで数学の公理である。その論法はきわめて説得的でありながら、機知にとんだ着想の連鎖でしかないのが常である(KA II. S. 112)。

「仄めかし」や「暗示」としてテクストの至るところに散在する、書き手の全思想の「断片」。それらを丹念に探し出し、拾い集め、相互に関連させ、結び付けてゆくこと。

シュレーゲルにとってレッシングを読むとは、こうした際限なき結合術的実験にほかならない。そして彼は、レッシングの論争的文体が孕むこの断片的性格を、形式としての断片（フラグメント）（断章）へと転換して見せたのだ。これを言い換えれば、『リュツェーウム断章集』全一二七篇は、レッシングの断片性を断片の形式によって累乗する試みなのである。それによって彼の批評の営みは、「レッシングについて Über Lessing」という旧来の次元から、「超レッシング Über-Lessing」という新たな次元に移行したと言えるだろう。

シュレーゲルに、手応えは十分にあった。だが気になるのは盟友ハルデンベルクの反応だ。遠回しに探りを入れるうち、こんな返事が来た――「君の断章集はまったくの新機軸だ、革命のポスターそのものだ。多くは、僕の骨の髄まで沁みたよ」（一七九七年一二月二六日付）。この頃、シュレーゲルは自信に満ちている。「断章」こそ我が「天性の形式」であり（一七九七年一二月一二日付、カロリーネ宛書簡）、我こそ「断片的体系家」（PL II, 815, KA XVIII, S. 97）である、という自信に。

四 『アテネーウム断章集』

実のところ、シュレーゲルはいささかやり過ぎた。というのは『リュツェーウム断章集』の話だが、彼は雑誌主筆のライヒャルトの眼を盗み、印刷に回す直前、ある断章をこっそりと忍び込ませたのだ。刷り上がったばかりの完成品を手に、ライヒャルトは激怒した。問題の断章は、113番目のもの。当代一流の詩人、また彼にとっては友人でもあったヨハン・ハインリヒ・フォスに対しての、傲岸不遜きわまる当てこすりではないか。レッシング仕込みの「塩」あるいは「認識を促す酵母(フェルメンタ・コグニツィオス)」(『アテネーウム断章集』259番)は、また劇薬でもある。結果、ライヒャルトと決裂したシュレーゲルは、『芸術のリュツェーウム』誌からの脱退を公に宣言することになる。

ところで他方、まだライヒャルトの忠実な編集協力者だった頃のことだが、彼はシラー主宰の雑誌『ホーレン』と『詩神年鑑』への書評をたびたび載せていた。もちろん、それらはレッシング流の「塩」をふんだんに効かせたものだったから、とうとうシラーの堪忍袋の緒が切れた。その怒りの矛先は、彼の雑誌で同人として活躍していた兄アウグスト・ヴィルヘルムに向かい、その結果、兄もまた、文壇の重鎮シラーの周辺から放逐の憂き目にあう。シュレーゲルなる輩ども、それは弟だろうと兄だろうとおよそ「心情」というものを持ち合わせていない——とはこの頃、怒りなお冷めやらぬシラーの言葉である(一七九七年一二月二一日付、ゲーテ宛書簡)。

だがこうした一種の孤立状態のなかで、兄弟のあいだに一つの計画が進展しつつあった。それはかねてよりフリードリヒが温め続けていたものであって、つまりは、誰からの干渉も指図も受けることのない、兄弟二人だけの雑誌を作ろうというのである。一七九七年一〇月三一日、ライヒャルトとの関係が急速に冷え込むなか、ベルリンの弟がイェーナの兄にこの構想を打ち明けたところから、のちにイェーナ・ロマン派と呼ばれる思想集団が輪郭をなしはじめたと言っていいだろう。

その後は、誌名、出版社、掲載原稿の方向性、編集権限等々について、構想実現に向けての二人のやり取りが年明けまで続く。誌名は、『ヘラクレス』『棍棒』『シュレーゲレーウム』といった過激で奇抜な案が弟から次々と繰り出されたが、最終的には兄の提案に弟が不承不承従うかたちで、『アテネーウム』に落ち着いた。弟のこだわりはタイトルページの体裁にまで及んだ。通常であれば、誌名の後には編集責任者の名が、「何某による編集(Herausgegeben von....)」というかたちで続く。ところが彼によれば、「僕らが編集者であると同時に、普段から完全な著者でもある、というのがこの雑誌本来の性格」なのだから、簡潔に「アウグスト・ヴィルヘルム・シュレーゲルとフリードリヒ・シュレーゲルの」雑誌、と記載するべきだ、と言うのである(一七九七年一一月二八日付、兄宛書簡)。この大胆な提案は、そのまま採用された。

こうして議論を進めるうち、雑誌『アテネーウム』の性格が徐々に定まってきた。それがいかなるものかは、一七九八年五月、いよいよ刊行なった第一巻第一分冊に二人が掲げた巻頭言の一節に顕著だろう。

我々は多くの見解を互いに共有している。とはいえ、それぞれが他方の見解に同調するつもりは毛頭ない。だからそれぞれ、自分の主張を譲りはしない。さらに、これあってのみ思索する著述家の営みも進歩し得るところの精神の独立、これについては僅かなりとも、これを味気ない単旋律のための犠牲にするなど、あってはならない。その結果、本誌の刊行が進むにつれて、見解がますます相違してゆくこともあり得るだろう。

独立した諸精神が互いに見解を述べあい、決して同調しあうことなく、対立と矛盾を孕みながら、共同して一つの全体を形成してゆく。そして『アテネーウム』巻頭に掲げられたこの理想を体現しようとしたのが、いわゆる『アテネーウム断章集』なのである。

新雑誌の企画当初から、フリードリヒは、質量ともに『リュツェーウム断章集』を凌ぐ新たな断章集を載せるつもりだった。というよりむしろ、『リュツェーウム断章集』を放った後も、相変わらず断章を書きとめ続ける自らの手を抑えることができずにいた。

ふと気づけば、愛用の手帳はおびただしい断章群で溢れかえっている。そのうち哲学に関するものを、敬愛する哲学者フィヒテとニートハンマーの『哲学雑誌』に提供しようかと思っていた矢先、アウグスト・ヴィルヘルムのふとした提案が、彼を熱狂させた。自分たちの雑誌で、共同の断章集を作ろうじゃないか、というのだ。これこそ、念願の「共同哲学」ではないか。それから翌一七九八年の春まで、実質的にフリードリヒが牽引役となって、断章編集という名の共同哲学プロジェクトが進められることになる。当初のメンバーは兄とその妻カロリーネ、そこにハルデンベルクとシュライアマハーも加わった。ちなみに一七九七年の暮れ以降、フリードリヒはベルリンのシュライアマハーの下宿に居候している。朝晩交わされる二人の対話もまた、それぞれが書く断章への刺激となったろう。プロテスタントの信仰篤い牧師シュライアマハーの影響で、新たに倫理や道徳といった主題がフリードリヒの視界の中心に入ってくる。そうした刺激は書簡を通じて、アウグスト・ヴィルヘルムにもハルデンベルクにも伝播する。書き上げられた断章の束が郵便馬車に乗って行き来し、それらについての批評やコメントや修正提案が活発に飛び交う、といった日々が続く。

ところで、その間にフリードリヒが兄に宛てた書簡の一つ(一七九八年三月六日付)は、『アテネーウム断章集』の本質を考えるうえで興味深い。それに先立つ兄の手紙は残されていないが、おそらく、それまでに弟から送られてきた断章群への何らかの苦言ないしは注文があったのだろう。だが、それに対する弟の言い分はこうだ――個々の断章ではなく、まずは全体を見て欲しい。無論、まだ全体像なぞまったく見えないこの段階で、「全体の体系(システム)」に即して個々を判断してくれ、というのは無理な話だ。だが、僕の感性と悟性を信頼して欲しい。そこで、兄さんのために「断章についての実に長ったらしい理論」を書いてみよう。そうすれば少なくとも「全体の概念」くらいはわかるだろうから。断章は、兄さんがそうやって軽く見ているかもしれないような、「ちょっとした謝肉祭のお遊び」なんかじゃない。それに、断章には解説が必要だと思っているようだけれど、僕の希望としては、断章そのものが解説を含んでいるはずだ――云々。フリードリヒはこうして待望の断章理論を展開し始めたかと見せて、たちまち、「歴史的でない理論など、僕にはどれも吐き気がする」――つまりはやってみなければわからない、と匙(さじ)を投げ、せっかくの理論を早々に切り上げてしまう――「僕らそれぞれの断章が合わさっているように見え、調合がうまく行きさえすれば、断章についての僕らの考えがまったく違ってるなんて、どうってことはない」。

　差し当たり重要なのは、断章の実践であって、理論ではない。断章の何たるかについては、断章の実践をもって語るしかない(例えば『アテネーウム断章集』206、259番)。それに、複数の、それぞれに個性も思想も異なった人物たちによる、しかも文学、哲学、芸術、道徳、政治、歴史と多方面にわたっての断片的思考の集積には、予め定められた「全体の体系」など存在し得ないし、存在するべきではないのだ。まずは多様な言葉たちを集めるだけ集め、然るのち、それらを「調合」すれば、そこから初めて一つの全体が生成してくるだろう。

自らの手による約三二〇篇の断章、それに仲間たちから集まった一〇〇篇以上の断章を読み込み、適宜修正を加えながら、フリードリヒ・シュレーゲルは得意の結合術的実験、あるいは本人の回想によれば「人為的秩序化というか無秩序化」（一七九九年二月五日付、兄宛書簡）の作業に没頭した。ハルデンベルクが送ってきた断章の大部分は、『花粉』のタイトルのもと、そしてシュレーゲルのいくつかの断章も交えつつ、『アテネーウム』創刊号を飾る

I. Fragmente.

Ueber keinen Gegenstand philosophiren sie seltner als über die Philosophie.

Die Langeweile gleicht auch in ihrer Entstehungsart der Stickluft, wie in den Wirkungen. Beyde entwickeln sich gern, wo eine Menge Menschen im eingeschloßnen Raum beysammen ist.

Kant hat den Begriff des Negativen in die Weltweisheit eingeführt. Sollte es nicht ein nützlicher Versuch seyn, nun auch den Begrif des Positiven in die Philosophie einzuführen?

Zum großen Nachtheil der Theorie von den Dichtarten vernachläßigt man oft die Unterabtheilungen der Gattungen. So theilt sich zum Beyspiel die Naturpoesie in die natürliche und in die künstliche, und die Volkspoesie in die Volkspoesie für das Volk und in die Volkspoesie für Standespersonen und Gelehrte.

『アテネーウム断章集』初出時の冒頭ページ（番号も著者名もなく，各断章は罫線で区切られている）

(ハルデンベルクはこの時はじめて「ノヴァーリス」を名乗っている)。そしてさらにノヴァーリスの断章、アウグスト・ヴィルヘルムの断章(なかにはカロリーネによる断章もあるとされる)、シュライアマハーの断章、そしてフリードリヒ自身の断章、計四五一篇もの断章群は、フリードリヒ・シュレーゲルによる「調合」の後、『断章集(フラグメンテ)』という実に素っ気ないタイトルとともに、一七九八年七月、『アテネーウム』第一巻第二分冊に発表された。断章はすべて無記名であり、通し番号はもちろんなく、また、よくある隔字強調(ゲシュペルト)も一切なかった。ここではすべてが強調されているのだから、というのがシュレーゲルの考えだった。

このように滔々と打ち続く巨大な断章群は、思いがけない着想と出会う宝庫である。現代に至ってなお、これら断章は、読む者をしてそれぞれの結合術の試みへと誘うだろう。とすれば、『アテネーウム断章集』の「全体の体系(システム)」はおそらく、なお生成のうちにあると言っても、あながち言い過ぎではあるまい。

五　『イデーエン』

『アテネーウム断章集』から一年後の一七九九年五月、小説『ルツィンデ』を発表したばかりのフリードリヒ・シュレーゲルは、すでに次の断章集のために準備を進めている。八月には脱稿、兄による校正を経て、それは翌一八〇〇年三月、『アテネーウム』第三巻第一分冊に掲載された。タイトルは、『イデーエン』。「着想集」、「考案集」あるいは「理念たち」と解してもよいが、本訳書では慣例に従って原語のままとした。

本作はシュレーゲルが生前に発表した最後の断章集とされるが、著者自身の説明によれば、『イデーエン』は「断章集」ではなく、あくまでも「諸着想の小さな纏まり」、「見解集」である。何しろ、今度は誰も「共同哲学」の誘いに乗ってくれなかったのが、フリードリヒには不本意だった。自分ひとりだけの見解を縷々並べたところで、それは彼の目指す本来の断章集とは言えない。おそらく断章155番での仲間たちに対する呼びかけの声からは、そうした忸怩たる思いを聞き取ることもできよう。とはいえ本作もまた、『アテネーウム』に集う面々の「共同哲学」の一環であったことは間違いない。例えば、一七九九年の秋にこの原稿の写しを受けとったノヴァーリスは、そこに自分なりの見解を書き加えることによって、友人との、文字を介した対話を展開している（本訳書では、ノヴァーリスによるこれら覚書をすべて訳注に掲載した）。そしてここでの対話が、この直後にノヴァーリスが着手するはずの論考『キリスト教世界あるいはヨーロッパ』に一定の方向を与えたことは、確かである。

そもそもシュレーゲルのこれらの着想が、シュライアマハーの『宗教について――宗教を蔑む教養人への講話』(以下、『宗教論』)への応答として、またその触発によって書かれたという事実が、『イデーエン』の共同哲学的な出自を証している。シュライアマハーが『宗教論』執筆を始めたのは一七九八年末頃だが、ちょうど『ルツィンデ』に取り組んでいたシュレーゲルはその傍ら、友人の仕事の成り行きを熱心に見守っていた。そしてシュライアマハーが本書を匿名で出版する前に、まず『アテネーウム』第二巻第二分冊にその書評を掲載する一方、同じ主題をお馴染みの断章形式で書き留めていったのだ。

『宗教論』は、ポスト啓蒙時代の新たな宗教観を立ち上げようとした意欲作である。そこで追究されるのは、神の正当性をめぐるライプニッツ的形而上学でもなく、「理性の限界内」に押し込められたカント的道徳宗教でもなく、つまりは弁神論や道徳の混ぜもの一切なき、純粋宗教とも言うべきものだ。シュライアマハーによれば――この時彼の思考を根底から支えているのがスピノザ哲学であることは明白だが――、宗教とは「宇宙の直観」であり、「無限なものの感情」である。それ以外のもの、現行の教会や教派のようないかなる制度も、本来の宗教にまったく与るものではない。有限性の彼岸、無限なものの只中に立って、そこから世界を捉えなおすこと。これあってのみ、真の宗教は生まれ得るであろう――。

友人のこの過激な力作によって、フリードリヒ・シュレーゲルは「宗教」の問題圏のど真ん中に引きずり込まれ（ほかに、ノヴァーリスの『花粉』や『サイスの弟子たち』もその重要な契機ではあった）、その状態に大いなる昂奮を覚え、ただならぬ熱狂ぶりを示しもしたが、しかし友人と同じ見地に立つことはできない。彼が『アテネーウム』に掲載した先述の書評からもそれは明らかだ。そこで匿名の評者シュレーゲルはこれまた匿名の著者に対してまず賞賛の言葉を捧げるが、次第に著者の言う「宗教」なるものの主観過剰、ないしは独断性を遠回しに指弾するようになる。そしてあからさまにイローニッシュな色調を漂わせながら叙述は進み、最後、本書評は次の問いかけをもって結ばれる。

僕は喜んで告白するが、この書物を通して、無限に多くが僕のなかで刺激されたのだ。ところで君は、宗教を構成する極として、宗教そのものと宇宙以外、ほかに何か知らないだろうか？（KA II, S. 281）

もちろん評者シュレーゲルは、知っている。例えば『宗教論』を通じて刺激されたような「僕」（＝自我）の意識（＝悟性）がなければ、そもそも宗教は成り立たない。「無限なもの」ないし「宇宙」は、それが有限に立脚する自我によって意識されない限り、あり得ない。一言すれば、シュライアマハーの『宗教論』は、宗教一元論としてここでは否定されている。ちなみに、『イデーエン』の断章117番は、右の問いに対する間接的な解答として読むこともできよう。宗教を道徳的理性の限界内から解き放つことに激しく同意し(断章7番)、時には宗教の根源性への熱狂に取り憑かれながらも(断章14番)、シュレーゲルには、「理性の自己法則」、つまりフィヒテ的な意識の哲学を手放すつもりは毛頭ない。宗教に対するこうした不安定とも見えるシュレーゲルの態度を、後にディルタイは「未熟で混乱している」と批判することになるのだが、ただし、それはシュレーゲル自身にもよくわかっているのである。

『イデーエン』完成稿を同封した兄宛の書簡において、彼は自作をこう評している――「これはシュライアマハーのドン・キホーテに対する、カルデーニオだ」(一七九九年八月末)、と。カルデーニオは『ドン・キホーテ』に登場する若者で、彼は時として、勇敢な主人公を怯(ひる)ませるほどの狂気の発作に駆られることがある。要するに『イデーエン』の狂気は、「宇宙の直観」という風車めがけて一直線に突き進む『宗教論』の狂気を凌ぐ、というのだ。だがカルデーニオはまた、その登場をきっかけとして、山中を彷徨する狂気の騎士をふたたび人里へと戻す役柄でもある。『イデーエン』に頻出する概念をここに用いるとしたら、「仲介者」と言ってもいい。シュライアマハーの直観一元論を、フィヒテ的な自我の観念論と接触させ、対立的な両思考体系の並存という逆説を逆説のまま提示することが、彼の自覚的な役割だった。そしてその役割に付き物の狂気の発作は、盟友シュライアマハーとの間に小さからぬ亀裂を生ぜしめ、やがて二人は袂を分かつことになる。

さて、『イデーエン』掲載号から四か月後、一八〇〇年七月の第三巻第二分冊をもって、『アテネーウム』は廃刊となった。翌年三月には、『イデーエン』を介して「新しい聖書」構想(断章95番)を共有しあった友人ノヴァーリスが病没。この頃にはすでに兄アウグスト・ヴィルヘルムとカロリーネの夫婦関係は破綻していて、もはや共同哲学どころではない。後にイェーナ・ロマン派と呼ばれることになる、蕩尽をきわめた言葉の祝祭は、こうして終わった。

『イデーエン』は、シュレーゲルの思想形成にとって重要な転回点だった。スピノザ的／シュライアマハー的な直観とフィヒテ的な意識との逆説的統合の問題は、その後、イェーナ大学講義『超越論的哲学』(一八〇〇年一〇月から翌年まで)の根本主題として更なる展開を見せる。そしていまだ不安定な宗教についての根本見解は、これ以降、最晩年のキリスト教神秘主義的観念論の形成に至るまで、シュレーゲルの脳裏を去ることはないだろう。さらに、本作で顔を覗かせた「東方（オリエント）」への関心（断章133番）は、彼をその後数年にわたる本格的なインド学研究へと向かわせるだろう。また、『イデーエン』の至るところで述べられる芸術と宗教の関連は、「芸術宗教」、あるいは予言者としての芸術家という形象を伴って、シュレーゲルの関心が後に中世宗教美術へと向かうための準備となるはずだ。そして何より、こうした一連の傾向がいずれも、シュレーゲル個人の思想的転回に関わるばかりか、一九世紀のいわゆる「ロマン主義」にとって、その決定的な思想的土壌となっていることは、注目に値する。

六　フリードリヒ・シュレーゲルと断片の体系

一七九〇年代のドイツにおけるほど、哲学や文学の領野で若い才能が湧きたち、高熱量の議論が闘わされた例は、歴史的にそうはないだろう。カント、ゲーテ、シラー、ヘルダー、フィヒテといったベテラン・中堅世代が新著を世に問うたび、それらは若い世代に吟味され、咀嚼され、また彼らの体内で独自に発酵し、消化不良も日常茶飯とはいえ、時にはそこから新たな言葉の芽を吹いた。だからこの時代の言葉の多くは、実に魅力的で新鮮な揺らぎのうちにある。

しかし一七九〇年代の思想を大きな視点から振り返るなら、この時代はドイツ観念論胎動期とされている。カントからフィヒテを経てシェリング、そしてヘーゲルへ——という単線仕立ての哲学史はいかにも古めかしいし、そんなに単純でないことは誰もが承知していながら、この大河的なストーリーを無自覚の主要参照軸にしてしまっていることは、よくある。

言うまでもなく、ドイツ観念論哲学とは体系の哲学である。シェリングもヘーゲルも、それぞれが絶対的な体系を追究した。混迷する時代だからこそ、全体を一つに束ねるための確固とした体系が必要だった。そうした意味では、『純粋理性批判』におけるカントの以下の要請によっていわゆるドイツ観念論は始まった、と言ってもいい——「理性の統治下にあっては、我々の認識はそもそも断片のつぎはぎ(ラプソディ)であってはならず、認識は一つの体系(システム)をなしていなくてはならない」。カントが「純粋理性の建築術」の名のもとに構想する体系は、内的・有機的連関によって構成され、彼自身の表現によれば「動物的〔この場合、人間の〕身体」のシンメトリーを範とした一個の古典的建造物であり、強固な建造物なら当然のこととして、「断片のつぎはぎ(ラプソディ)」であってはならない。この体系モデルが、一七九〇年代の哲学の主流を決定づけた。

同世代のシェリングやヘーゲルが「体系」の構築を目指す一方、フリードリヒ・シュレーゲルの関心はむしろ、「体系」の反省に向かった。この辺りの機微を、ヴァルター・ベンヤミンがきわめて的確に表現している――「彼〔シュレーゲル〕が求めたのは絶対的なものを体系的に把握することではなく、むしろ逆に、体系を絶対的に把握することであった」(『ドイツ・ロマン主義における芸術批評の概念』)。「体系」を希求しつつも常にそれを疑わざるを得ない、という意味できわめてアンビバレントな思考の道筋は、彼の遺稿断章のなかにおびただしく見出されるが、そこには例えばこう書かれている――「いかなる体系も多量のものからなる断片のつぎはぎ(ラプソディ)であり、さまざまな断片のつぎはぎからなる塊である」(FPL V. 939, KA XVI, S. 164)。彼が、カントの指示した方向からどれだけ逸脱しているかは明らかだ。

ギリシア語 rhaptein(縫い合わせる)を語源とする「ラプソディ」の本来的な意味は、多様な諸部分の縫合である。そして諸部分が一個の体系へと縫い合わされる――という よりも縫い合わされてはじめて一個の体系が出来上がる、という観点に立つならば、「いかなる体系も諸断片からのみ生長する」(FPL V. 496, ebd., S. 126)としか見えないであろう。そのうえまた、それら体系もさらなる縫合可能性のうちにあることから、「いかに偉大な体系といえどもやはり断片にすぎない」(FPL V. 930, ebd., S. 163)のである。こうして断片から体系へ、そして体系から断片へと、どこまでも無限循環的に続くラプソディ的生長プロセスはもはや、カントが要請するような、人間身体のシンメトリーをモデルとした体系とは別次元にある。それは敢えて言うなら、断片の萌芽から多様な枝分かれを繰り返すうちに巨大な樹木へと生長し、さらに無数の種子へと回帰し、このプロセスの無限反復のうちに鬱蒼と繁茂しつづけてゆくという、植物の生長に似ている。悟性の限界を奔放に突き破りながら、予測不可能な全体を無限に更新し続けるのだ。

これが、フリードリヒ・シュレーゲルの見た体系のビジョンである。そして彼の考えるところの体系が、その基盤をどこに有しているかといえば——それは理性でも悟性でもなく、おそらくもっと根源的に人間に備わる、そしてシュレーゲルから終生離れることのない、あの「伝達／分有」の衝動であったろう。最後に、彼の遺稿断章の一つを引用しておきたい。「伝達／分有」の衝動を、ここでは「理解」と言っている。

一人の人間が他者を理解するということは哲学的には不可解であるが、それはおそらく魔術のごときものだろう。それは神へと生成してゆく神秘なのである。一人の開花はもう一人にとっての種子である(PL IV, 713, KA XVIII, S. 253)。

体系は、一つの作品で完結するのではない。また、一個体において完結するのでもない。

着想の種子を他者のなかへと撒布しつづける「魔術」的な営み、その意味で植物的生長としか言いようのない伝達／分有のプロセスこそが、体系なのである。

シュレーゲルがレッシングから受け取った「暗示」や「仄めかし」、あるいは彼自身が言うところの「ハリネズミ」（『アテネーウム断章集』206番）――物陰から不意に姿を現すが、それに気づく人は少なく、まして、鋭い棘（とげ）のために捕まえることは困難だ――のような、断章たち。それらは、「整然と行進する兵士たちの一連隊」（『アテネーウム断章集』46番）としての、つまり絶対的統一のもとにおかれた堂々たる正規軍としての「体系」からすれば、たしかにきわめて異質である。ところがそれは、混乱する近代がどうしても発せざるを得なかった体系の要請に対しての、特異にして重要な、そしてあるべき応答の一つなのだった。

*

本訳書を通じてフリードリヒ・シュレーゲルに関心を持って頂いた読者のために、比較的容易に入手しうる邦語（邦訳）文献をいくつかご紹介しておきたい。今回の訳出に際して、あるいは訳注や解説を書き進める中で、訳者もまたこれらからさまざまの示唆を得た。

エルンスト・ベーラー『Fr・シュレーゲル』安田一郎訳、理想社、一九七四年
フリードリヒ・シュレーゲル『ロマン派文学論』山本定祐編訳、冨山房、一九七八／一九九九年
ドイツ・ロマン派全集 第一二巻『シュレーゲル兄弟』山本定祐・薗田宗人・平野嘉彦・松田隆之訳、国書刊行会、一九九〇年
田中均『ドイツ・ロマン主義美学——フリードリヒ・シュレーゲルにおける芸術と共同体』御茶の水書房、二〇一〇年
フリードリヒ・シュレーゲル『イェーナ大学講義『超越論的哲学』』酒田健一訳・註解、御茶の水書房、二〇一三年
酒田健一『フリードリヒ・シュレーゲルの「生の哲学」の諸相』御茶の水書房、二〇一七年
フリードリヒ・シュレーゲル『ルツィンデ　他三篇』武田利勝訳、幻戯書房、二〇二二年
二藤拓人『断片（フラグメント）・断章を書く——フリードリヒ・シュレーゲルの文献学』法政大学出

版局、二〇二二年

胡屋武志「フリードリヒ・シュレーゲルの共同哲学の方法――文献学の哲学と生成の概念、そして命題の中の多元論的な世界」、『現代思想』二〇二二年八月号所収

フィリップ・ラクー゠ラバルト／ジャン゠リュック・ナンシー『文学的絶対――ドイツ・ロマン主義の文学理論』柿並良佑・大久保歩・加藤健司訳、法政大学出版局、二〇二三年

伝統ある岩波文庫のラインナップにとうとうフリードリヒ・シュレーゲルが加えられたことを、著者本人とともに、また研究仲間たちとともに、喜びたい。そして怖気づく訳者を力強く後押ししてくださった岩波書店の吉川哲士さんに、心から御礼申し上げる。最後に。わたくしをフリードリヒ・シュレーゲルと引き合わせてくださった酒田健一先生に、本書を捧げる。

二〇二四年一〇月

フリードリヒ・シュレーゲル 断章集（だんしょうしゅう）

2025年3月14日　第1刷発行

訳　者　武田利勝（たけだとしかつ）

発行者　坂本政謙

発行所　株式会社 岩波書店
〒101-8002 東京都千代田区一ツ橋 2-5-5
案内 03-5210-4000　営業部 03-5210-4111
文庫編集部 03-5210-4051
https://www.iwanami.co.jp/

印刷・三秀舎　カバー・精興社　製本・中永製本

ISBN 978-4-00-324761-7　　Printed in Japan

読書子に寄す

――岩波文庫発刊に際して――

岩波茂雄

真理は万人によって求められることを自ら欲し、芸術は万人によって愛されることを自ら望む。かつては民を愚昧ならしめるために学芸が最も狭き堂宇に閉鎖されたことがあった。今や知識と美とを特権階級の独占より奪い返すことはつねに進取的なる民衆の切実なる要求である。岩波文庫はこの要求に応じそれに励まされて生まれた。それは生命ある不朽の書を少数者の書斎と研究室とより解放して街頭にくまなく立たしめ民衆に伍せしめるであろう。近時大量生産予約出版の流行を見る。その広告宣伝の狂態はしばらくおくも、後代にのこすと誇称する全集がその編集に万全の用意をなしたるか。千古の典籍の翻訳企図に敬虔の態度を欠かざりしか。さらに分売を許さず読者を繋縛して数十冊を強うるがごとき、はたしてその揚言する学芸解放のゆえんなりや。吾人は天下の名士の声に和してこれを推挙するに躊躇するものである。このときにあたって、岩波書店は自己の責務のいよいよ重大なるを思い、従来の方針の徹底を期するため、すでに十数年以前より志して来た計画を慎重審議この際断然実行することにした。吾人は範をかのレクラム文庫にとり、古今東西にわたって文芸・哲学・社会科学・自然科学等種類のいかんを問わず、いやしくも万人の必読すべき真に古典的価値ある書をきわめて簡易なる形式において逐次刊行し、あらゆる人間に須要なる生活向上の資料、生活批判の原理を提供せんと欲する。この文庫は予約出版の方法を排したるがゆえに、読者は自己の欲する時に自己の欲する書物を各個に自由に選択することができる。携帯に便にして価格の低きを最主とするがゆえに、外観を顧みざるも内容に至っては厳選最も力を尽くし、従来の岩波出版物の特色をますます発揮せしめようとする。この計画たるや世間の一時の投機的なるものと異なり、永遠の事業として吾人は微力を傾倒し、あらゆる犠牲を忍んで今後永久に継続発展せしめ、もって文庫の使命を遺憾なく果たさしめることを期する。芸術を愛し知識を求むる士の自ら進んでこの挙に参加し、希望と忠言とを寄せられることは吾人の熱望するところである。その性質上経済的には最も困難多きこの事業にあえて当たらんとする吾人の志を諒として、その達成のため世の読書子とのうるわしき共同を期待する。

昭和二年七月